CUNEI
FORM
铸刻文化

單讀
One-way
Street

# 在工厂 梦不到工厂

## 如此工作二十年

张赛◎著

上海译文出版社

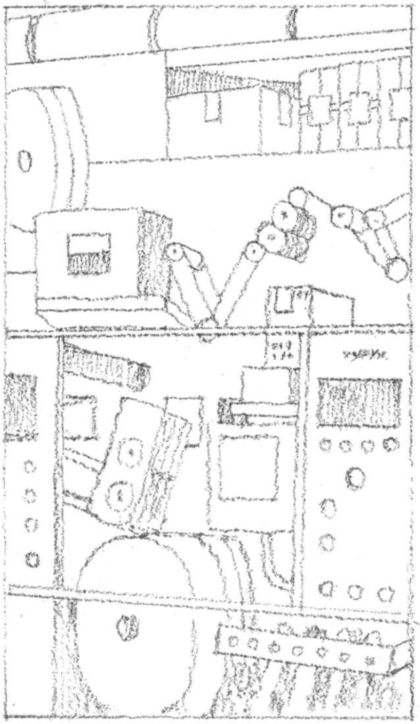

# 自序 上班的形状

梭罗，美国作家，代表作《瓦尔登湖》和《论公民的不服从》。我要说的并非梭罗，另有其人，其名苇岸。

中国作家苇岸也写下许多关于自然的文字，其中一句是：“麻雀在地面的时间比在树上的时间多。”

我从十几岁进厂打工，至今已逾二十年，粗略算来，在工厂的年月比不在工厂的年月多。

在机台上我想起纳兰容若，噪声充耳，故园无此噪声。在工厂的这些年，我很想家，这种感觉日益浓烈。车间枯坐，想回家种地，激动，忍不住深深呼吸，多吸了一些粉尘。很奇怪，起初家是想逃离的地方，最终变成我的桃花源。

我的哥哥常常说老家的好，水好，菜好，空气好。我的工友们说到自己的老家时，嘴角皆是上扬。工友们说在外打工不是长久计，不过是工作，不过是异乡的客人，回家好，回家是主人。

人人心中一首田园诗，工人的退路是老家。工人的自由自在不建立在此刻此地此身。大家想着要修老家的房子，即便不住，也要修好，修安逸，却不想着改善当下附近此身的环境。大家说，现在是苦的，未来是甜的，只有现在是苦的，未来才是甜的，我们的身体现在承受吃得凑合、住得凑合、工作环境凑合，未来则是美的。老家，成为一种集体想象，那里逃脱掉各种问题，干净、安逸地存在着。事实是，有人的地方就有问题。不发现问题、表达问题、面对问题，终将被问题裹挟、被问题困扰一生。

我希望我的工厂生活充满趣味。上班时我会想，上班是什么形状？工厂十二小时制，因为午餐和晚餐时能休息，上班的形状是一块夹心饼干，休息是其中好吃的部分。夜班呢，一口气上完，一切非工作时间从生命中压榨出去，是馒头，没有馅。我写日记，我做实验，我在宿舍里瞎蹦乱跳，就是想撞裂枯燥的墙，让生活变得有意思起来。

世上充斥着修辞学。有意思的工厂生活是真实的，但那只是一部分真实，枯燥的工厂生活也是真实的，劳累的工厂生活也是真实的，充满拼搏干劲的工厂生活也是真实的。只追求趣味的我是可耻的。除了修辞学，有更重要的事。

话不多说，仅举一例。工厂计时制下，工伤的原因是操作不当、玩忽职守、机器本身的缺陷。计时制改为计件制，工人由被动变主动，积极性提高，生产效率提高。由此，产生一种新的工伤原因，即系统性原因。工人不愿意机器停下来，在高速运转的机器上面进行危险的操作，这样产生的工伤不能简单归咎于个人原因，这是系统性伤害。新的剥削已产生，即自我剥削。

直面生活才是重要的。工厂是什么样，就是什么样，就写成什么样，说成什么样，我想工厂好，首先要表达一个真实的工厂，其次要表达自己真实的想法。

我所在的这家工厂会好吗？

这家工厂明明很好啊，去年底购入新机器，订单做不完，根本做不完。

我说的是个体，个体在工厂的感受，他吃得好吗？睡得好吗？穿得舒适吗？干活安逸吗？我关心个体，关心工人，因为我是个体，我是工人，我关心我自己。

工人在工厂的时间比在家的时间多，在车间的时间比在宿舍的时间多，工厂就是我的家，我怎能不爱我的家，我珍惜我的眼前。

2025年4月9日

# 目录

## II　一个工人决定去做更多



## III　工厂之外

# I

# 卫生巾厂狂想曲

# 01 你要到工厂去吗

十八年前第一次出远门的我不曾想到，十八年后我要去同样的地方——福建省晋江市陈埭镇——找工作。

从十堰出发，武汉中转，再坐高铁到泉州。出发路上，老婆发信息问，是去十堰站吗？我答，是。老婆说注意不是十堰东啊。

到了，我跟老婆报告，十堰站到了。老婆回复说，确定？我说，黑灯瞎火，“十堰”两个发光字特别醒目。老婆说，你眼神不好，万一“东”字不发光呢？老婆点醒我。有一回满大街找厕所，进去厕所我惊呆了，里面人来人往，金碧辉煌，大厅弥漫着一股柴火肉香。依据常识，我果断退出，发现人家招牌原来是“厕所串串烧烤店”，只剩“厕所”两个字在发光。谨慎的我拍下“十堰”，在手机上慢慢放大，吃力辨认。确认无误三遍，恭喜自己：一个中年人来对一个火车站。

我们总是为生活中一些琐碎的细节投入大量精力。

第一次去十堰坐的绿皮火车，一下坐到陕西。审视这件事情，我发现我是带着坐动车的思维坐绿皮火车，以为到站会有重复的广播提醒。结果那趟火车是人工提醒，我未能注意到列车员的叫嚷。这件事导致再坐火车，无论什么车型，我都定一个下车的闹钟。然而又冒出一个新的问题：火车会晚点。

我买到武汉发往泉州当天最早一趟高铁的车票，下午3点38分到泉州，总用时6小时36分。在购票软件搜索目的地“泉州”，出现两个选项，“泉州”和“泉州东”。我又打开地图软件，再三确认我的目的地是“泉州”。

现在是2021年12月21日，年关将至，放假早的工人已经动身返乡。老婆劝我春节后出门，我也想春节后出门，但房贷不等人。偌大的车厢空了一半，我的周围都是空座。我晕车，不能看手机和书，闭上眼，往事如昨，汹涌而来。

2003年8月，初中毕业的我南下打工，第一次坐火车，一路上注意力全都集中在脚底袜子里的一百块钱上。脚底，爸爸给我指定放钱的地方，就像一些盛大活动有指定车指定酒指定礼服。出门打工，从花钱的中学生变成赚钱的打工人，当然是一个盛大的开始。爸爸彼时宣布，“从此你算一个劳动力了”。劳动力是爸爸年轻时候社会对成年男子的一种称谓。毫无疑问，这个称谓注重男人的肌肉力量。爸爸是改革开放后第一代打工人。那年他坐班车到广州，穿着带口袋的内裤，奶奶把路费塞在里面，用针线把口袋缝死。爸爸反复交代十六岁的我，车上什么人都有，肯定有扒手，一定要时刻当心自己的钱。那时买不到座位，只有站票，扶着行李站在过道。不能倚靠座位的边沿，每一个边沿已经被同样携带大包小包的人占领。他们和我一样带着印花的毛毯、勒紧的棉被、塑料水桶、铁洗脸盆。不同的是，我的行李箱崭新。临行前在县城买了一个全新的拉杆行李箱，到市里坐火车，看到进站的人群像刚当垃圾卖掉的语文课本里的诗句，“黑云压城城欲摧”。人头数并没有震撼我，震撼我的是家乡的打工仔，当真生猛，拉杆行李箱不拉不推不提，直接扛在肩头上。后来春运回家，行李箱拉杆被拉掉了，提手被提断了，轮子也滚走了。打工并没有使我身体生猛，却生猛了我的行为。我也变成把行李箱扛肩头大军中的一员。十八年后的今天，国货终于令人安心，久用不坏，令文弱书生得以保持形象。

十八年前我乘坐，不，我站立的车厢被人和行李占满，饶是如此，中途仍源源不断塞人进车厢。说起来像是夸张：我不敢把脚抬起来，因为再放下时已无立锥之地。有人去上厕所，我才可以偷空弯下腰在自己的行李上坐一会儿。运气好时能在座位边沿靠一靠。比不得有人善于搭讪，和有座位的人聊得热乎，三个人的座位变成四个人的。绿皮火车从驻马店开往泉州需要两天一夜，有的人钻到座位底下，蜷着腿睡觉，似乎比有座位的人还舒服。实在困乏，人学骏马，站着也似和衣而卧。这时，售货员推着小推车缓缓走来，大声叫卖着："白酒香烟矿泉水，花生瓜子八宝粥，腿收一下，啊。"小推车一来，明明密不透风的地面竟然变身跑马场。我没买，打开金库去买一包花生的画面想想就觉得像用高射炮打蚊子一般滑稽。中途好像只去过两次厕所，厕所也全是人和行李，无法关门，女的上厕所也一样。去厕所，紧紧抓住的行李只好丢弃在过道，两手轻松，心内惊悚，只缘破家值万贯。

站立一天，周围人彼此看熟悉，相互热情起来。有同龄人提起歌星周杰伦，话题霎时引爆。大家讨论他的歌哪首最好听，哪首最酷，哪首最牛。说着说着一个女孩子唱起来，大家接着，你唱一句我唱一句。我着实被这气氛感染，不会歌词，也要跟着哼，愣是把滥竽充数活用成褒义。那时我还不知道周杰伦是谁，只知道那个女孩子唱得太好听，太想认识。于是先问另一个也唱了好久的男孩子要了联系方式。那个年代很多人还没用上电话，也不知道QQ，只能各留老家地址用来通信。周杰伦唱歌的特点是咬字不清，大家比赛背歌词，还是学校里死记硬背那一套。我不知道歌词，脑海里还得惦记脚底的金库，觉得没脸问那个美好的女孩子要地址。思来想去，刚一开口，哪个喊了一句“查票的来了”，那个女孩子立马被人海推向别处。人浮于海，也不知道那个女孩子听见我的半句请求没有。

爸爸第一次到广州打工坐的县城发往广东的直达班车。

爸爸说：“那时候县城有两家车队，徐老板车队和马老板车队。倒不是市场竞争的结果，而是谁也吃不掉谁。班车分两种，卧铺和硬座。没点儿人际关系坐不着卧铺。”

我说：“到汽车站看看呗，硬座不坐。”

爸爸笑一笑：“那时候谁让你看，你算老几？先买票，买了就不能退。”

我很疑惑：“没有退票机制？”

爸爸哈哈大笑：“退票？上了车，吃饭都是别人说了算。现在时代好喽，有服务区。从前半路在饭店停车，都是车队谈好的饭店，全部赶下车，进店消费，伙食差，价钱高，必须吃。”

我问：“不吃会怎么样？”

爸爸冷笑：“拌猪食，猪吃不吃？”

我不甘心，又问：“两个车队都一样？”

爸爸双手一摊，笑笑：“哎呀，都一样。天下乌鸦一般黑，我是马老板徐老板，我也这么搞，票钱赚一道，饭钱赚一道，住宿再赚一道。”

我越发好奇："住宿怎么再赚一道？"

爸爸说："车开到广州，不进站，开到一个鸟不拉屎的地方，天又黑了，周围就一家旅馆，如果没有亲戚朋友来接，人生地不熟，你说你住不住？不住，就要睡桥洞。"

我问："真有人睡桥洞吗？"

爸爸点点头，说："有。"

我简直要愤怒了，问爸爸："就没有人站出来说，你们这样做不对？都是老乡，老乡岂能欺负老乡。"

爸爸朝上看了看，眼神又落下来，说："你可以坐火车啊，没人逼着你坐汽车。火车票不好买，火车站离目的地还有一段距离，人生地不熟，又是一笔未知的开销。要理解车队，车队也难。有这个营运资格，已经过五关斩六将，要搞定多少人多少事啊。多少双眼睛盯着车队这块肥肉呢，平时人情往来，运筹帷幄，风风雨雨。当车队老板你以为没有风险？马老板和徐老板斗得厉害呢。"

我问："怎么斗？比谁价格低吗？"

"比谁拉人多。出门打工有旺季也有淡季，旺季两个车队都能吃饱，淡季才是两家竞争最激烈的时候。两个车队争着笼络乡镇上那些包工头。过去出门打工，尤其是去工地，哪有自己找活儿的，都是一堆人跟着包工头走，工资没有按月发放这一说，都是包工头给你一年一结。包工头有限，两个车队争着争着就打起来。马老板争不过徐老板，越是争越争不过，车队慢慢败落。徐老板生意红火，占着这头占不住那头，独生子被人开车撞死。徐老板报警抓马老板，没证据，不了了之。”爸爸回答。

我问：“怎么知道是马老板害死他儿子？”

爸爸用手指戳着桌子：“全县城徐老板就马老板一个仇家。”

我问：“警察找不到证据？”

爸爸冷笑：“这种事，买凶杀人，假设马老板给你100万，叫你开车撞徐老板的儿子，伪装成交通事故。你不说，马老板不说，谁知道。警察也没办法。”

我问：“买凶谁说的？”

爸爸已经不看我了：“听别人说的。”

我继续追问：“别人又听谁说的？”

爸爸有点儿不耐烦：“别人肯定听别人说，小道消息。那一年，也是巧了，刚好开会，刚好徐老板是人大代表，拿着代表证去北京有关部门，往桌子上一摔，‘告御状’，一下告赢了，相关部门把马老板逮了，不过不是买凶罪哦。后来徐老板离婚又结婚，这个结婚对象不会生育，两人领养了一个六岁的小孩。没在县城住，在驻马店住。那天保姆领着小孩玩，过马路，保姆没事，小孩被车撞，当场没了。都说这个保姆被马老板买通。徐老板做生意是庄家，但人生是输家，后来年龄大了，再生不出来。”

“这些都是真的吗？”

爸爸苦笑：“哎呀，真真假假。瞎话儿[1]嘛。”

“你没有多问几个人，验证这些事的真假？”

爸爸忍不住说了脏话：“问这些有球用！”

我给同学老徐发信息：“你听说过咱们县两个车队的故事吗？”

老徐回复：“小时候听说过，忘了，好像说一个车队老板的孩子出事了，那个事在咱们县影响很大。”

我问：“哪个车队的老板？”

老徐回复：“不记得。”

世界上有一种理论，你想认识任何一个人，最多需要通过六个人就能认识。如果能采访到两个车队老板，分别写下来，可能是我们县的传奇故事。

很难找到，就算找到，别人的隐私会给你说吗？何况，我是一个内向的人，根本不会把采访的想法付诸行动。

我们的见闻处于一种巨大的不确定之中。

能确定的是理论。现在，我坐在敞亮的动车里，想起爸爸的名言：社会不断向前发展，人的生活肯定会越来越好。

---

[1]河南方言，指故事。

此刻，周围的环境印证着爸爸的名言。旧时列车售货员“白酒香烟矿泉水”的大声吆喝，如今变成耳畔轻柔的“啤酒饮料矿泉水”。不久前，一位列车售货员因为独特的娃娃音叫卖声而爆红于短视频平台，乘客听到这般个性的叫卖势必探头而非收脚，“坐动车一代”和“坐绿皮火车一代”的肌肉记忆必将截然不同。面前的桌子可以折叠，不用时收起来，以便腾出更多空间。这赋予人更多自由的空间。如今座椅的角度可以调节，原来的直角座椅坐久有腰断的感觉。我起身去洗手间，一路上打扰不到任何人。如果我是从20世纪90年代穿越过来的，一定想多上几次厕所，当然并不是因为卫生间有大卷的公用卫生纸哦。从洗手间回到座位，抬头，车载电视没有喧哗的电视节目，只是循环播放一个宣传片，音量也小。多年前，我从不在大年夜看春晚，因为开往工业区的班车上、火车上会重复播放。再好笑的相声听几遍也是一种折磨。班车喜欢播放小品、二人转的合辑，火车喜欢播放春节联欢晚会。不知何故，绝少放送流行歌曲。明明流行歌曲才经得住反复播放的考验。现在一人一部手机，各取所需，班车上常有人把视频声音外放，动车上大多数人戴着耳机不打扰大多数人。

是环境塑造人，还是人塑造环境？

爸爸不会回答这样书面的问题。但察其言观其行可以断定：他觉得人占主导地位，人凌驾于万物之上，人拥有绝对价值。

第一次出门打工，临行前，爸爸跟我说，到工厂一定要听老板的，别人叫干啥我们干啥。

已经讲过很多遍的故事，爸爸又讲了一遍："我和你舅舅当年在广东打工，别人都下班了，我们不走，缠着老板再给我们一点儿活，老板拿我们没办法，让我们接着加班。"

我像一头牛，爸爸的话像一条鞭子。

你要到工厂去吗？记得带上鞭子。

2021年12月

## 02 在找工作的路上

### 你迷糊，做不了这个

泉州到了。我随着人流走，十八年前到站时，我的哥哥早已在出站口等候，我在几千个攒动的人头中看到他，那种从心底爆发出的喜悦竟和悲伤一模一样。那时的哥哥瘦削，瓜子脸，留着一头飘逸的长发。有样学样，我也想留长发，尝试过几回，邋遢得自己都嫌弃。

从泉州坐大巴去晋江的路上，哥哥问我："不在一个厂可以吗？"我说："都行啊！"我又说："和你一个厂不行吗？不过工厂就是我的新大陆，怎么样都行，干什么都行。"哥哥说："我们车间楼上有个卫生巾厂，招装箱工，听说工资高，活儿又轻松，就是用胶带封箱子。平时不招人，刚好有个装箱工辞职。楼下不行。"我问："怎么不行？"哥哥说："等会儿到了带你看看。"

我从回忆里回过神，已经下午4点多，坐公交需要两个小时，坐班车需要先去客运中心站，网约车只要三十多分钟。我想马上找工作，虽然人事部门早已下班，厂门口的招工简章不会收起。打的坐到晋江市前进路下车，记忆里此处明明叫七一路。在一家超市楼上找到一家小旅馆。没有窗户可推，但我确定旅馆后面便是我和哥哥曾经打工的地方。我自己人生第一个打工的工厂花亿公司（化名）就在这里，如今被几栋居民楼填充——虽然工厂不见了，但工厂旁边的这家医院还在。医院的名字像老朋友的名字，此生难忘。那时候生产车间每个月固定有人受伤，老板办公室神龛里水果供奉的关二爷不灵，我也曾被同事架着走到厂门外几步远的医院包扎伤口。

哥哥带我到他们树脂厂车间，那是一张张床一样的机器，一张“床”前面站一个人。哥哥把一包方块棉花打开，用手撕开，抖擞着使棉花蓬松，棉花经过“床”的传输进入机器的轧辊。哥哥拿起一根木棍说：“棉花堵住了要用这个通，重复这个动作十二个小时，一直看管棉花，有人上夜班站着睡着，一头栽进轧辊里，五个手指头没了。”我问：“厂里赔不赔？”哥哥说：“老板叫他自己选，赔医药费和五万块还是赔医药费和一份工作，他选医药费和工作，工资和我们一样，整天在厂里转悠，不下力只管跑跑腿。你迷糊，所以不能做这个。”

哥哥之所以说我迷糊，是因为我从小就是书呆子。不读书的人不迷糊。

那个没有手指的人，之后几年的时间里我常碰到，他喜欢帮胖子保安值班，胖子保安喜欢上班的时候睡觉。树脂厂的生意很好，老板很精明。房地产的生意更好，老板架不住行情，把厂子的几栋楼卖了，改行做房地产。这是那个没有手指的人没有料到的。

我住在哥哥和金舅的宿舍，高低床、明星招贴画、磁带、厂牌、红色水桶、瑞士军刀、《人之初》杂志、抽屉里的啫喱水，凡此种种，样样新鲜。次日上班，卫生巾厂的仓库里浓浓的松木味和此起彼伏的胶带撕扯声直教我恍入仙境。师傅叫我去包装部拖货，推开仓库的门，但见数张大桌子拼凑在一起，上面是堆积如山的卫生巾片料，女孩们围着大桌子坐，一团巨大的聊天声迎头击打，我晕了。我走一路，两旁的小女孩们边包装边歪头看我一路。这万众瞩目的明亮时刻，往后再也没有经历过。

才上半天班，突然被叫去生产车间当学徒。车间主任叫小张，小张不小，比我大十几岁，但是大家都叫他小张，我也傻傻地跟着叫。我也姓张，大概是比较老气的缘故，当时才十几岁就有人喊过我老张。小张问我叫什么，哪里人，安排我去2号机台。那是一台高约两米、长约十米的机器，是一面真的铜墙铁壁，挂在上面的各种圆形材料正在飞速旋转。机器的轰鸣使我一下子失聪，但几十秒后我恢复了听力并开始适应。机台最前端是两百多公斤的木浆，硬木浆经过粉碎机变为细微的绒毛，这里灰尘最大，不过没人戴口罩。绒毛经过厚重的压实辊，被卫生纸包裹成棉芯。棉芯沿着传送皮带往前走，和下方无纺布上的流延膜会合。凹道压出凹槽，印花印出花纹，锋利的刀具把片料切开，切成卫生巾的形状，切剩的边角余料被吸风口吸走。片料经过转鼓调整方位，经过莫比乌斯环状的翻转皮带来到后段。小包膜包住折叠好的片料，粘上快易贴，经过最后一道刀辊，成型的卫生巾流进套在铁架子上的大白塑料袋。我的任务是守着塑料袋，换袋子。开机台又吵又脏，但我没有任何抵触情绪。哥哥知道后，也没说什么。

第一天上班就被骂。组长（后来才知道专业的叫法叫主机，因为那个岗位的人经常站在主电机那里；我进过六家卫生巾厂，有的叫主机，有的叫组长，这里统一称为“组长”）命我往胶箱里加胶，有两种胶，背胶加在背胶箱，结构胶加在结构胶箱。我加错了。组长的声音比轰隆隆的机器还响：“白痴，指挥着都能搞错！”组长指着我的鼻子叫我滚。我杵在那里，瞬间，泪珠挂上脸颊，心里想的却是“天将降大任于是人也，必先苦其心志，劳其筋骨，饿其体肤，空乏其身，行拂乱其所为，所以动心忍性，曾益其所不能”。我正在受苦，真好。

爸爸总是这样教育我：年轻时多吃一些苦，年老时多享一些甜。虽然，年老的爸爸每况愈下。

把行李箱放在地上，来不及收拾，得给老婆报平安。老婆说，四十块钱一晚不贵，工作慢慢找。我说，明天中午准时退房。这个底气源自我在火车上已接到三通面试电话。我在大泉州人才网投简历，为了多一些机会，求职一栏填写三项：普工，保安，仓管。我打开地图，规划明天的路线。打开行李箱，像打开麻雀的胸膛，扯拉充电线，摆镜子，掏水杯，抓住肥皂，捧出日历……我得喝一些活血化瘀的药，到前台问旅馆老板取烧水壶。水放凉要一会儿，先出去走走。

沿着前进路往东走，这条路只可并行两辆小车。走几步即便利店，门口堆着棉被、枕头、红桶和草席。再走几步即一家工厂，工厂门口必贴招工简章。南方就是南方，沿海就是沿海，工业区就是工业区，工作太好找。我的脚疼起来。

### 我的名字叫小包

2021年秋天，我准备辞去武汉外卖员的工作，回十堰和家人在一起。我受够了工作和家庭分离两地的生活。回家前夕，下班路上，我摔骨折了。好巧的时间点，不算工伤，自己兜底。在家躺着，没有收入，房贷逼人。我想躺着把钱赚了。躺着的时候，幻想自己已经站起来，来南方找工作。若干年前，我在南方做过保安，于是脑海里把保安的经历再过一遍，写成一部小说《6加20加11》。这部关于保安的小说写好以后，极大地缓解了我不能工作赚钱养家的罪恶感。小说里，一瘸一拐的我被当作残疾人，找不到工作：

> 我想把招工简章从玻璃镜框里取出来，取不出，我扛着它直奔三楼人事科。我保证，做出这种破釜沉舟行为的，三千年来只有项羽和我。

秋天已尽，冬天已至，我开始找工作。这才走几步路，脚便不舒服。回头望望，有三百米。明天如何是好？

五金厂招聘，头一排写着氩弧焊师傅，8000—10000元，工资最高。末一排写着杂工，3000—4000元，工资最低。“农民工”这个称谓是否带有歧视？这个问题多年前在媒体上引起不小的争议。有人提议将其改称为“新产业工人”，也有建议叫“蓝领”，这些叫法并未传播开来。以“杂”开头的词，虽有杂家杂文，却占不了多少比例，更多的是杂碎杂种杂牌杂耍杂音杂物杂质杂乱。生活中，我每每自称“打工的”，从不自称工人，那是一个书面语。周围的人也不自称工人，提到职业身份，便具体到职业以自称。机台工自称“开机的”，包装工自称“包装的”，杂工自称“打杂的”，外卖员自称“送餐的”，快递员自称“送快递的”，餐饮老板自称“开饭店的”。这是务实的方法论，形而上的问题留给提出形而上问题的人。待在自己的工作圈，这样的方法论有效。

有一次跟同学杜艳聊天，我说想写打工的，杜艳说你可别写我。我说：“你不是打工的。”杜艳说：“我是，我是啊。”杜艳和我是初中同学，她上高中，我去打工，之后许多年我一直打工，她一直上学，直到实习，她还在抱怨，“我这是哪门子的大学生，工资没你高”。现在，多年的媳妇熬成婆，她工资应该比我高了。当我们都认为自己是打工的，这个“打工的”所指是否同一？打开大泉州人才网，那么多行业与工种，它们的薪水、环境、福利、价值，是否能用一个词（打工的）来概括？即便是同一个词，也有不同寓意。

在河南老家，称呼司机、厨师等从事技术性职业的人为“老师儿”。当称呼真正的老师的时候，则去掉儿化音。同样一个词语，硬是读出一级一级上楼台的阶梯感。

是这样吗？我不太确定。常年在外，我的家乡话一点儿也不标准。这需要印证，至少两个人才叫印证。我发信息向老徐求证。

我："咱那边，'老师儿'这个词，特指干司机、厨师等技术性职业的吗？还有更多使用场景吗？当称呼真正的老师的时候，就去掉儿化音？"

老徐："老师儿，包括很多，比如泥瓦匠、修鞋匠、剃头匠，反正多少有点儿手艺，算是个尊称，不到老师的级别。老师，是另外的称呼，不是一回事。"

我："学校看门的，喊不喊老师儿？"

老徐："不喊吧。"

我："老师和老师儿不是同一个词？"

老徐："以前老师叫先生吧。"

杰克·伦敦的小说《马丁·伊登》里，穷小子马丁第一次到千金小姐罗丝家，罗丝和弟弟都喊他伊登先生。马丁哆嗦起来，他一辈子尽在汽锅室、水手舱、贫民窟、传染病院晃悠，被人喊着各种称呼，成为先生这是头一回。少年时我心底时时有一个响亮的声音："见大人，当藐之。"那时我认为女士、先生是上层阶级的词汇，我才看不上。我藐视地位高的人。

我是谁呢？

十八年前，我的名字叫小包。开了几天卫生巾机台，先知道同事的职务，而不是名字。一台机有四个机台工，组长叫主机或者主机手，主管机器的意思。站在外切刀旁边的人叫外切，是副组长。站在排片前面的人叫排列。我站在小包膜附近，他们喊我小包，别的机台的人喊我2号机小包。这确实是一个行之有效的方法，我不知道任何人的名字，却能轻易用机台编号和职务锁定一个人。后来，来了一个姓包的学徒，主机不叫他小包，那时大家热爱胡军版的电视剧《天龙八部》，于是叫他包不同。现在回忆那个小包，只记得电视剧里包不同的模样。有的主机和外切很熟，打打闹闹，不喊职务，不喊名字，喊外号。有个外切的头很大，外号叫猪头。有个小包长得尖嘴猴腮，外号叫猴哥。个子又高又壮的人，大家叫他大象。有的主机和外切生疏，便以职务相称。新人没有名字，我又不和他们住一起，过了一个多月，才有同事问我叫什么。自始至终，我没有外号。

上班没多久，我找到晋江图书馆。它在爱国楼对面，位于菲律宾华侨陈永栽以父亲陈延奎、母亲蔡琼霞的名义捐建的“陈延奎图书楼”。爱国楼同时是一位工友的外号，他好色，爱国楼的男科门诊出名，大家恭维他是爱国楼，说他久病成医，可以看各种男科。

哥哥和金舅都告诫我，没事别出去，尤其是一个人的时候，碰到查暂住证的人就被罚五十块钱。那时候我做学徒月工资才一百块钱，我天生胆小怕事，可是我爱看书啊。厂里不放假，但是两班倒，下了夜班，买上两个包子，边走边啃。借完书，再走回来，强压下满腔兴奋，倒头睡去。

往往睡五六个小时醒来，手到处摸，摸到书，觉得安稳。十八年后的今天查看地图，前进路距离爱国楼5.1公里，好远啊，那时候怎么一点儿不嫌累。

读《包法利夫人》，觉得小包就是包法利夫人，我就是小包。

在那部骨折时期所写的小说里，我写了一件真事："刚出来打工那会儿，我带了一本小说进生产车间，妄想在工作间隙看两页。因为机器总会出故障，机修赶来维修的空当，大家无所事事只会闲言碎语。有个女同事问我看什么书。我说《羊脂球》。她掩着嘴哈哈大笑，到处和人讲。我以为她在嘲笑我是书呆子。后来才明白，她以为我在看小黄书《羊之球》。"

离开老师和课本，我完全凭兴趣读书。也许是年龄使然，我欣赏朱淑真、李清照、艾米莉·狄金森、弗吉尼亚·伍尔夫的作品。因为徐志摩的诗，知道林徽因和陆小曼，想遇见属于自己的林徽因和陆小曼。

我打了十八年工，莫说林徽因和陆小曼，连一个爱看书的女工也没碰见。

后来，我知道了每一个工友的名字。知道某人的名字与知道某人，完全是两回事。我在花亿公司三年，始终是个多余的人。我住在树脂厂的宿舍，和同事只有上班关系没有下班后的关系。我不喜欢说话，不喜欢出去玩，每天看书，每天写日记，每天搞创作。那么多工友，那么多故事，我拿沉默面对他们。我把青春献给图书馆。如果不翻看当年的日记，已经记不得他们的名字。他们都不写日记，想来早已忘记曾有个十几岁的爱看书的工友叫小包。

## 回宿舍就是回家

2021年12月21日，找工作的第一天。沿着前进路走两公里不到，左脚开始拖地。我记下这个实验数据。

回到小旅馆，把药喝了。检查一遍出行规划，计算需要步行的距离。睡觉，往事如昨，睡不着。

2003年，哥哥和一个江西的包装工谈恋爱。金舅特别嘱咐我，可别跟家里人说，你哥只是谈着玩儿。哥哥也说："她是江西的，我们是河南的，结婚没戏。"金舅和哥哥一般大，每天下班，换掉厂服，对着镜子喷香气刺鼻的啫喱水，梳一个油亮的中分，对镜良久，喃喃道，这个头型不泡妞，可惜了。哥哥不梳头，总是用手一抓，反倒先谈上。那个包装工还有一个表妹，颇胖。金舅一直摇头，说："算了，委屈一下自己。"说罢还是摇头。哥哥和女朋友走一排，金舅和江西表妹走一排，我跟在屁股后面，眼见他们裸露的胳膊碰一下离开再碰一下再离开，江西表妹玩笑也和金舅开，电话也和金舅打，就是不单独找他玩。

金舅搬出上学时的招式——写情书。金舅对我说："写字是你的强项，花生米一包，怎么样？"我说："简单。"情书写好，金舅大喜，读一遍，大怒道："你骂我呢，我可是你舅，娘舅最大！"我惊慌不已，问："哪有啊？"金舅指着其中一句说："你看。"那一句是："我是你的一条哈巴狗，时时刻刻望着你。"

谈了两个月，哥哥失恋了。哥哥要辞职。金舅说："不会是因为那个江西老表吧？"哥哥说："不想再看见她。"金舅说："咋还假戏真做了？"哥哥说："花的钱都是真的，她过生日，要的金戒指可是一个月的工资。"金舅说："还以为你送的地摊货，你太实在了，她身份证上明明不是那个月的生日，我猜最毒妇人心，她就是骗人，想大吃一顿，没想到是想套一个戒指。有了女朋友你也是见色忘友，什么事都不再跟我商量。不过你也不赔，初恋也有了，失恋也有了，快乐也有了，痛苦也有了，人生阅历啊。她一个女的尚且没脸没皮，你走什么？再谈一个，在她跟前晃，气死她。"

哥哥还是辞职了。虽然金舅待我如亲舅舅，我再没有家的感觉。爸爸说，你妈走后，家都零散。爸爸不知道古书上的句子"将军一去，大树飘零"。工人住在宿舍，回宿舍只说回宿舍，不说回家。他们把家的观念看得很重，外地的房子永远不是家。我却把回宿舍当成回家。2019年，我在武汉送外卖，自己租房，回出租屋却说回家。2020年夏天，我们一家四口寄居在二姐家两个月，回二姐家也说回家。2021年，后妈瘫痪，哥哥嫂子叫我把出租屋退掉，和他们挤在一起住，下班回哥嫂家也说回家。

从学校出来打工没多久，哥哥主动告诉我爱国楼对面有个图书馆，他知道我是书呆子。金舅一开始还说，不上学还看书，有啥用。哥说，看书又没噪音。金舅渐渐接受沉默的我。一间宿舍两架高低床，住四个人，三个人都是老乡，剩下那一个从不嫌我怪异。哥哥一走，搬来新人，我再也不在桌子上看书写字，退到床上，弓起腿当桌子。从此，回宿舍再也不是回家。一年后，金舅也走了，金舅走的第二天我成了室友口中的傻子。

多年来我的行李箱一半是书，一半是衣物。这次只带三本书出来：《小团圆》《理想国》《把自己作为方法》。不急，它们很快会招来宾客满堂。

哥哥不看书。1999年，他第一次出门打工，在新疆，赚不到钱。2001年，他跑去佛山。没多久从佛山回来，坐车坐到驻马店，没钱了，一块钱也没有。驻马店距离我们村子还剩下一百多里路，怎么回来的他没讲，自此成为世界未解之谜。回家后，哥哥从包里掏出几本书给我。我高兴坏了，将书紧紧抱入怀里，不肯拿出，竟因此看不到书的样子，反问哥哥买的什么书。哥哥说："临走在地摊买的，我没看，你看。”夜里，我和哥哥一前一后走在田埂上，庄稼无言，星星满天。哥哥把手电光打向星空，说：“我想写一个武侠小说，主角的武器想好了，就是这个手电筒，一按开关，剑刃弹出来，再按开关，只剩剑柄。”

2002年，哥哥再次出门，去晋江打工。我的暑假结束，开始上初三。考上高中后，爸爸说：“家里情况你也清楚，只你哥是劳动力，我们都是吃白饭。你哥一年比一年大，如果上高中，还要再吃他三年白饭，你哥说亲都没法说。也不是说不鼓励你上学，如果咱能考上一本，咱上，二本三本，算了，浪费钱，你自己选。”我马上说：“我去找俺哥。”

走上打工的道路，一开始是骄傲的。同学们去上高中，你们的课本是教育部定的，我的课本是自己定的。而且哥们儿我跳过高中直接上社会大学。结婚之前32开的日记本，我写了十七本。

一年又一年，打工复打工。当年的同学大学毕业，有的当了老师，有的当了律师，我还在打工，在社会大学永远不能毕业。慢慢意识到我并不是一个文学天才。同时仍觉得，只要付出一万个又一万个小时，文字多少会有长进。本来就很少投稿，认识到自己的不足后更不投稿，再没有这方面的妄想。

十八年前，我对即将到来的工厂生活怀有巨大的想象。一家工厂那么多人，总有人爱看书吧！那么多人，总能找到志同道合的朋友和女朋友吧！我肯定是一个文学天才，我要一点儿一点儿往上爬，先给厂里的报纸刊物投稿，然后是市里、省里的，接着是国家级刊物，最后是国际级别的。我要和哥哥兵合一处，将打一家，让哥哥做我的打字员吧！

2021年12月

# 03 工作必须三天找到

在旅馆睡了一晚，脚更疼了。我没有时间休养，昨天接到三个叫我应聘的电话，两个招保安，一个招普工。先去最近那一家，就在前进路。

这是一家体育用品公司，两个保安站在大门口，我问这里招人吗，他们问我要身份证，看完叫我等一下保安队长。很快，虎背熊腰的保安队长来了，也看了一下身份证，接着带我去办公室填表。路上，保安队长告诉我因为我是河南老乡才要的我，这家公司的保安全是我们河南的。填完表，保安队长和我拿着表去找一个经理签字，经理看了我一眼，把字签了。从办公室出来，保安队长告诉我这个公司的基本情况以及我需要做什么，说完公事，他又说："我出来得早，早些年做保安是要打架的，不打不行，我可是打出来的，在晋江有什么事只管报我的名号。"我问："哥，你叫啥？"保安队长说："老蔡。"我问："这里做保安没有体能训练吧？”保安队长说：“有啊，跑步、爬楼、站军姿什么的，我看你挺瘦的，需要重点培养。”

第二家招保安的我没去，直接打电话问了问薪资和工作内容，顺带问了问要不要体能训练。人事的文员说要，看来大一点儿的公司都注重这些。那时已经中午了，第三家2点半以后才能过去看。我的脚开始疼了起来，于是我坐了一个摩的返回旅馆，下午2点再出发。这是一家纺织厂，车间不大，一人负责一台小机器，4500块一个月，包住不包吃。我嫌工资低，没有具体问，走了。

蹲在马路边，搜索附近的工作岗位，普工一个月基本上4000多块钱，待遇像和那家纺织厂商量好似的。十八年了，惭愧，我没有技术，还是像个刚毕业的初中生，只能做没有技术含量的普工。十八年前，和我同样是学徒的阿飞现在已经是厂长，他是怎么做到的？为什么他可以我不可以？

阿飞和我认识的时候，我们同在花亿公司当学徒。他爱说爱笑，逢人就打招呼，我沉默寡言，见人躲着走。他下班不喜欢窝在宿舍，到处找人玩，我下班就往宿舍钻，接着往书堆里钻。他喜欢打台球，我喜欢看书。从2003年算起，他在卫生巾行业已经坚持十八年了，我总是在走投无路的时候重拾老本行。现在想来，他利用下班时间多跑多看多聊天，不就是他的方法论吗？但也许不是，我不知道，我想听阿飞说。

在马路边蹲了很久，不知道该往哪里去。天渐渐暗了，我给阿邦发信息，问他最近怎么样。阿邦说还是老样子，问我怎么样。我说在晋江找工作。阿邦说联系阿飞啊，他现在是厂长，问我有没有阿飞的微信。我说没有。阿邦说帮我问一下。

阿邦早年间和我还有阿飞在花亿公司开机，如今早已告别工厂，在老家开了一家养鸡场，同时在乡政府里做一名小职员，相当于一只脚已经踏入体制内。

等回到旅馆，阿邦把阿飞的微信推给了我。我就和阿飞聊起来。他所在的厂是纸尿裤厂，尿裤机台又高又长，需要上上下下，我对我的腿没有信心。阿飞建议我做装箱工，忙的时候也有六七千。我回复说："好，我再看看，到时联系你。"

看到附近一家体育用品公司招跟单员，以前我认识一个跟单员，感觉他的工作我也能做，他一天到晚在各个部门转悠，偶尔用电脑打打字。这家公司的跟单员要求大专以上文凭，懂电脑办公软件。我想起了阿宝。

十八年前和我一样是学徒的阿宝现在已经是某公司部门经理。

阿宝初中毕业，一开始在花亿公司做包装工。她面容姣好，并不羞答，很快被调到质检部做质检，很受机台工的欢迎。下了班有人喊她玩，她倒是也去，但不曾传出绯闻。她常常和厂里的男男女女嘻嘻哈哈，不管对方是机台工、包装工还是杂工，她使我第一次具象化地见识了什么叫落落大方。阿宝是泉州本地人，她热情邀请阿邦还有很多工友放假时去她家里玩，可惜我一直和她不熟，但并不引以为憾，来日方长，总以为会遇人无数。确实遇人无数，只是，那之后再无本地人邀请外地人的故事发生。她在夜校花钱学办公软件，费去许多功夫。听说从花亿公司离开后她就去应聘文员。我虽然有她的联系方式，仍和她保持没有联系。2012年，我又到泉州的卫生巾厂，阿邦告诉我阿宝现在已经是部门经理。我们一起去寻阿宝，阿宝见到我俩十分稀罕，和我俩勾肩搭背，揽着我俩进金碧辉煌的餐厅。她已经明显一身职业打扮，却还是和我们嘻嘻哈哈，不过一股成熟的气息袭人，即上级的味道。她已经爬上去。那时我刚好谈第一个女朋友，驻扎着女朋友的眼睛里放不下任何其他女性。阿宝一直叫我弟弟，请弟弟多关照，请弟弟常来玩，那次见面之后，我和阿宝再次断了联系。

虽然才找了两天工作，我已经有点着急，工作必须三天找到。早上没吃早餐我就去那家体育用品公司，在公司门口把早餐吃了刚好8点半，我打电话给那个主管，他说安排文员接我。不一会儿文员来了，她的高跟鞋踩得咣咣响，我紧跟其后还是有点儿跟不上。来到主管的办公室，文员敲敲敞开的玻璃门然后走了。

“你坐。你做过吗？”

“没有。”

“你哪里毕业？”

“我没有文凭，初中生。”

“噢，这样。你会电脑吗？”

“基本的会。”

“这里有一张报表，你把它录一下吧，录好告诉我。”

我用主管的电脑打开Excel，开始输入，过一会儿我告诉他录好了。主管来看的时候，我感到手心里都是汗，有生以来打开Excel的次数没超过十次。

“我其实不太看重学历，更看重一个人做事的能力，你很有勇气，我们来聊聊这份工作是做什么的吧。”

主管和我聊了很多很多，问我上一份工作是什么，我如实回答是外卖员。他告诉我这份工作的具体流程，需要注意什么，有哪些工作技巧，问我有什么想法。我说我想挑战自己。聊得太久，我有点儿不好意思了，感觉不像是应聘，而是已经入职了。尤其是，当我了解到这份工作需要每天在各个部门之间来回跑的时候，心里已经在打退堂鼓。

晚上跟老婆聊天，她安慰我慢慢找，反正旅馆也不贵。我想说如果我的脚好不了怎么办，说不出口。一个人的悲哀是悲哀，一群人的悲哀是悲剧。现在我已经不是一个人，肩负着一家四口的吃穿住行和喜怒哀乐，必须信心满满。我说，决定了，明天找到工作。

我给老婆的堂哥打了一个电话，问他们厂要不要人，堂哥说明天问问老板娘。堂哥在泉州辉帆公司（化名），是一家生产卫生巾和护垫的工厂，2014年我在辉帆公司做过一年。堂哥开的机台很短小，只有四个材料，不需要频繁走动。

12月24日，找工作的第四天。中午，堂哥打来电话说，要人。下午到辉帆公司办入职，领宿舍钥匙，到附近街上买被子、枕头等生活用品。

虽然以前我在辉帆公司做过，堂哥还是给我详细讲了公司的制度。

堂哥告诉我早上8点上班，值班的人7点就要给机器预热。中午12点吃饭，上夜班的人和中午连班的人11点半就去食堂打饭，有时候饭菜没好，他们就坐在那里等。下午1点上班，晚上6点吃饭。6点半开始加班，加到8点半。理论上是计时制，十二个小时，其实复杂。搞计时制的同时还搞计件制，每个机台规定日产量，达到产量即可提前下班，达不到产量仍旧按计时制上到8点半。为了早点下班，很多人提前上班。有的人早上7点50进车间，有的人早上

7点半进车间，有的人中午不停机，有的人晚上不吃工作餐，这样最早晚上6点下班，等于提前两个半小时下班。机台有时候出故障，提前上班的人白白提前，十二小时工作制变成十三小时工作制或者更多。上夜班的人看到白班提前下班，也会选择提前上班。

堂哥又叫我买三个碗，明天去食堂吃饭用，一个打饭，一个打菜，一个打汤。我只买了一个碗。食堂提供午餐和晚餐，周一到周五的午餐马马虎虎，好不好吃，谁吃谁知道，反正是四菜一汤。周六周日的午餐纯属糊弄，因为老板休息，没人监督。每天吃晚餐的时候老板早已离开工厂。

关于厂服，堂哥叫我入职一周后去办公室领。厂服夏季和冬季各两套，做满一年免费，做不满扣钱。

堂哥说罢，直接低头看网络小说去了，我在旁呆坐了一会儿便告辞回宿舍。

上班的第一天，感觉机器很吵，第二天就不会了。上班第一天就想辞职，上班第一天就想家。我知道，现在走的每一步路，都是回家的路。

2022年6月

# 04 卫生巾厂狂想曲

卫生巾厂男厕所贴着一张标语：不准把卫生巾和护垫冲进下水道。

我们卫生巾厂十二小时制。厂里规定，上班不准玩手机。可是十二小时太漫长，如何打发时间？工友老王说："其实十二小时很容易过，我给你算算，每个小时上一趟厕所、抽根烟十分钟没了，每个小时质检巡查一次、和她聊一次天十分钟没了，每个小时玩一会儿手机、打一会儿瞌睡二十分钟没了，还能剩多少时间呢？"是的，厂规森严，可是执行起来是另一回事。管理手执厂规，看人下菜碟，工人如何面对厂规，各凭本事。我怕老王打我，不敢告诉他，我打发时间的办法是走神，我的精神一直在世界漫游，一个小时在机台上待不了几分钟。

和堂哥一起开10号机，外面下雨，下了两个月。想到食堂后面的小菜园，花生叶留得住雨珠，青椒叶留不住。

此情此景，想起李商隐的一句诗，顺便把全文背诵一遍。这一背不当紧，脑海里又顺便背了几首李商隐其他的诗。这厢堂哥已经请我吃栗子，絮叨着："就两个材料，你愣是瞪着大电泡眼看它跑光。"我非常内疚，机台停一次着实麻烦，浪费材料不说，也拖累后面包装工和装箱工的效率。不能走神了，千万不能走神了，我告诫自己，至少接材料那一刻不能走神吧。堂哥气势汹汹抄起大头笔，朝我面前的挡板上写下八个大字：不要忘记接材料。什么？差一个字？当时的紧张氛围，最后一个字"啊"还用说吗，啊？这并非堂哥第一次创新，他在惯常站立的位置也给自己写着一句话：不要忘记关香水/加胶。

每过一小时，上厕所十分钟。这不是厂规，不是福利，是抽烟爱好者带头养成的习惯。厕所里有长凳，是大家用木板和纸筒芯私自搭建的。机台不顺的时候，大家主动放弃上厕所的权利，有时一连几个小时不去。好不容易去趟厕所，我也只想跟大家一样刷刷小视频，只有按部就班地每小时上厕所十分钟时，才从容地在手机上记下走神时脑海里的只言片语。

也有不走神的时刻，比如看见女工小银。

那一天，我在厕所里写下一句话：上厕所，男工慢走，女工快跑。因为男工计时，女工计件。

女工站着包装，有凳子不坐，因为腰会断。数年前，她们需要把卫生巾塞进包装袋，经她们的手，卫生巾像流水流进包装袋。无聊的我试过，卫生巾明显比袋口宽一些，虽然也能塞进去，但皱皱巴巴。我包不好，因为我的手腕没有涂正骨水[1]。现在是自动包装机，只需要把片料放进凹槽。她们放累了，不会停下，反而使劲甩甩手腕。一台机配备三名包装工，她们不时交换位置，这样受累的部位也会交换。我做过不同的工作，我的不同部位轮换着去承受。送外卖心脏要好，得跑着上楼，得扛着柴米油盐在倒计时中跑步上楼；卖早餐每天喊着起不来，每天凌晨4点准时起床，你的眼睛得非常善于睁开；做保安的时候太无聊，坐着打哈欠，站着打哈欠，玩手机还是打哈欠，做保安你需要有一张合得上的嘴。2021年秋天骨折，躺在床上写小说，假装是小说家，小说写完，颈椎病犯了。

小银的背影美得像个刺客。物理学家费曼去看牙医，牙医准备用电钻往牙上打孔，费曼想，我得赶紧思考某件事，否则太遭罪。于是，他就一直走神，想电钻的马达在转，什么使它转，里面是一套什么结构。一看到小银的背影，我就一次次情愿放弃成为费曼。

---

[1]正骨水是一种治疗跌打扭伤的药水，味道有一点刺鼻。包装工都是女工，她们的手腕一直用力重复同一个动作，所以会经常疼痛，有时甚至会不小心扭伤。正骨水消肿止痛，是女工的必备良药。

每次都是小银主动和我说话。去食堂的路上，我躲着太阳走。小银说："多晒晒太阳，我们一天到晚不见太阳。"正大光明的小银不知道，我厂服底下藏着一头吴牛。

在工厂梦不到工厂，去年夏天外卖员张赛倒是经常梦到工人张赛。

我的宿舍正对着空压机，有夜班，机器二十四小时轰隆隆地响。我花了好长时间适应，不得不感叹，人的适应能力真强大，不管什么样的环境，照单全收。有一天凌晨4点多，我忽然惊醒，夜班不知何故已经提前下班，万籁俱寂，我被安静的空压机吵醒。

每晚8点半，孩子们洗脚，我开始"云带娃"，给他们讲故事。有一回周末，家里晚上9点多才打来，我马上挂了。宿舍不隔音，即便空压机吵闹，我也不能进一步增加吵闹。

咱们工人有力量，咱们工人嗓门大，即便是小银，亦复如是。

好事之徒，也就是我啦，曾经下载噪音计在机台上测试，结果在70—80分贝之间。分贝表有说明，70分贝是走在闹市区，80分贝是汽车来往的大马路，110分贝是KTV包厢。这里明明是110分贝，我气不过，另下载一款软件，还是不超过80分贝。好吧，我认输，我不会去买一款真噪音计。

在高分贝的车间，在没有人戴耳塞的车间，我戴上耳塞。车间灰尘大，我戴上口罩；迷眼，我买了护目镜，没戴，太丑了，车间里毕竟还有小银的注目。耳塞没能戴多久，我被调到6号机，6号机机台长材料多，戴着耳塞容易出错。

在高分贝的车间，每个人大声说话，说话像吵架。

在食堂，大家吃一样的米饭，哪怕是老板娘，因为煮饭的是她妈妈。十几年来，她妈妈保持着同样的煮饭水平，要么稀饭，要么夹生，不会有第三种，哦不对，有第三种，把两者混一混。每一个大声的人沉默地吃饭，连小声都没有。

有一回我亲眼看见菜盆里有一只黑色甲虫，看见的人把它挑走，没看见的人继续打菜。

洗菜的刘阿姨擦桌子的姿态像画国画，不是工笔画，是泼墨。

在食堂常听见一句口头禅：有的吃就不错了。或是另一版本：免费的你想怎么样，啊？

我真想大叫一声，人不该有美好的追求吗！

不需要大智慧，我亲眼见过合理的食堂制度。把免费废掉，餐补补到工资里，公司食堂和市场上的餐馆放开竞争。

厂服也一样，穿新厂服一股霉味。应当令员工自行网购厂服。“退货”“换货”“差评”一系列框架之下，岂有熏人之厂服？好一个“免费”，好一个“包食宿”，免费才最昂贵。

去年骨折在家，老婆送娃上学归来，四目相瞪，不愿牛衣对泣，双双报名参加菜鸟云客服。在那部卧床所写的小说里，我记下培训过程：

> 我开始接受在线培训，认认真真在一个64开的笔记本上做笔记。我发现规则特别简单，只有两种处理方法：一是不赔钱，安抚客户；二是赔钱。学了几天，发现不赔钱分为两种：一是坚决不赔钱；二是安抚过后客户情绪非常激动，转为赔钱的流程。赔钱也分为两种：一是少赔钱；二是多赔钱。又学了几天，我发现坚决不赔钱也分为两种：一是坚决不赔钱；二是客户情绪保持非常激动，转为赔钱。我的64开笔记本换成32开的。如果电话客服实在处理不了，工单升级，交给更高级别的客服处理。升级的工单分为两种：一是直接升级，交给高级客服；二是咨询客服助手后升级。直接升级分为两种：一是直接升级，交给高级客服；二是直接升级后继续跟单参与处理，这种单子叫关联工单。咨询客服助手后升级

也分为两种：一是直接升级，交给高级客服；二是直接升级后继续跟单参与处理。我把画画用的4开画纸拿出来做树状笔记。

整个客服培训过程条理分明，逻辑严密。后来，看到120接线员和河南大学女生的新闻[1]，女生不知校址，接线员没有经验，双方始终无法沟通。若引入菜鸟云客服一样的培训，哪有这等事。

在烦琐私事上有多大声的人，在公共事务上就有多小声、多无声。

今年夏天特别热。电梯里遇见堂哥，没话找话说："去年没有这么热吧。"堂哥说："哪一年不热，切。"这一声"切"提醒我，每个人的感受和记忆多么不同。我必须做点儿什么。下班后开始统计厂里的人数，用我所知的今年中暑过的人数除以它，粗略得出今年的中暑率是7%。要知道，我极少与人交往，这仅仅是孤陋寡闻的我知道的人数。做这个实在没什么意义，只是对堂哥的态度不甘心。统计人数的时候，我发现公司群文件有一张表格，里面记录着

[1]2022年5月17日，河南大学一名女生因急性脑出血拨打120求救，但因为她未能清楚说出学校地址，接线员也没能耐心沟通，从现有回答做出判断，因而没有派车。两小时后，同学返回宿舍发现了她的情况再次拨打120求救，对方才派车。5月30日，该女生病故。——编者注

每个人的年龄，有一栏赫然写着，小银，五十岁。看到这个，我觉得小银的背影不美了。女性的美和年龄挂钩，从小到大我所接触的观念都是这样。只有年轻的才叫美。虽然现在意识到女性的美不应该和年龄绑定，但陈旧的观念依然存在，就像一个思想钢印。

脏话也是一种思想钢印。在工厂，说脏话是普遍现象。一个人在工厂久了，难免学会几句脏话，说脏话不一定是在骂人，往往是一种习惯性表达。

两个工友见面，客客气气打招呼：

“吃了没有，傻×？”

“吃了，×毛。”

傻×可以配×毛，万不可傻×配傻×。小陈和另一工友不幸踩雷：

“吃了没有，傻×？”

“吃了，傻×。”

“谁是傻×？”

“你说谁是傻×？”

“你说谁是傻×？”

两位工友互称傻×，结果对骂，对打，誓要分出到底谁才是傻×。这真是惨痛的教训。在此郑重声明：文明礼貌很重要。

文明的成果人人乐享。看见杂工阿贵在打卡，对着打卡机人脸识别十几次，打卡机连说十几次谢谢。

发工资那天，发现被罚五块钱，漏打卡一次。我想不通，明明每次都打了。脑海里，阿贵给我一个白眼，说，别人笑我太疯癫，我笑别人看不穿。

每次打完卡，还要签洗手记录。洗手是为了消毒，签洗手记录却要工友们使用同一支笔。我嫌麻烦，这不就是双重打卡嘛，总是一次把全天的签完。发工资那天，发现被罚二十块钱，原因是不按要求签洗手记录四次。原来上个月恰巧提前下班四次，我签的时间是下班后的时间。洗手，没有人严格要求，却严格要求签洗手记录。

多么好的制度啊，治好我的种种不规矩不约束不冷漠不死板，却没有制度去制约食堂。无论是这个厂的头把交椅，还是平日为人做事像开碰碰车的堂嫂、自诩精明强干和运筹帷幄于一身的管理、想发火便发火的组长、不愿吃一点儿亏的杂工、一根筋的堂哥、美丽的小银，都在无声地吃着那三种米饭和赠送虫子的佳肴。

食堂不革新，眼见的食堂不革新，哪怕世界上有再多革新，再多天雷滚滚，再多绝妙好词，再多金光大道，再多春服既成，再多留骨而贵乎，嘿嘿，我——不——相——信。

2022年9月

# 05 黑夜之黑

好书要买，糟糕书也要买。上午接到通知，晚上转夜班。中午吃饭，拖拉到所有人走尽。一个人坐在空空的食堂，心情悠悠荡荡，何日无食堂，何日不堂食，但少闲人打开一个新世界。新世界有刘阿姨的当头棒喝：还玩手机！回去玩！刘阿姨可不是餐馆笑面服务生，工友们前脚打完饭菜，刘阿姨后脚收拾餐具，叮叮当当。七个洗碗池，她刷锅占据四个，一百位工友共享剩下的三个。谁胆敢说她半句不是，先要思量嗓门有没有她大。食堂差一样东西，墙上该贴标语：禁止打骂工友。没眼色的我是她到点下班的最后一颗绊脚石，她恨不能以秋风扫落叶之势把我扫进垃圾桶。

下午一定得睡觉，无论如何。躺在床上，无论如何不能玩手机，越玩越精神。我有法宝可施——读书。读书使人明智，读书使人精细，读书使人大气，读书使人昏昏睡矣。糟糕书当安眠药尤为适宜，所以那两本名家所写的书我总不舍扔掉。

晚上打菜，食堂只有几个上夜班的人，车间还差十分钟下班。看着老盐急匆匆奔向难吃的饭菜，我越发闲庭信步。有天中午，菜没炒够，堂哥来晚一步，只端着米饭过来。他把碗重重往自己桌上一放，恨恨地说："越勤劳的人越没饭吃，以后提前十分钟去排队打卡，不行，十分钟也抢不过那些杂工，他们太过分啦，老早就在打卡机那里扎堆，都怪他们，早早来打菜，打那么多。对，以后提前十分钟停机，先来食堂打菜，再去排队打卡。"

我不愿吃饭还要争抢，可是大家一抢，马上跟着兴奋。现在好了，上夜班的第一个好处出现，可以悠哉悠哉地打难吃的菜了。

上夜班的第二个好处要从老盐说起。来这个厂第一天，堂哥就给我交代护官符。原来这个厂有三个老板娘：大股东余总是外省人，属于逍遥派，不涉具体事；小股东人轻言微，没什么存在感；掌事的是二股东，本地土著，大概"县官不如现管"，员工只管她喊老板娘，其他股东则是姓氏加一个总字。半个厂都是老板娘的亲戚，机修、质检、巡检、仓管、保安、文员、开机的、煮饭的、车间主任，都是。堂嫂也是，堂哥虽是我老婆的堂哥，算起来，我也是老板娘八竿子打得着的亲戚。

堂哥一再强调，不要得罪人，厂里明着有一套规矩，暗里走另一套规矩。比如车间主任，换过好几个，其中有个黄主任，技术过硬，很是服人。黄主任不喜欢开玩笑，做事有板有眼，下班也不找机修喝酒。没过多久，机台坏了，他去叫机修，机修口头答应，他回到机台，怎么等也等不来，这样搞了两回，他直接去找老板娘。老板娘去请，没请动她的外甥机修。黄主任等不及，把余总搬出来，余总一发话，机修跑断腿。可是黄主任月底竟因别的事被辞退。现在的这个车间主任，才一来就生根，别个是皇亲国戚，他也是皇亲国戚。堂哥说注意啦，组长里只有老盐是皇亲国戚，盐嫂是包装工，和老盐同一个机台。不久，我便领教什么叫夫妻档。盐嫂和老板娘是亲姐妹，小时候老板娘被别家领养，长大后照应两边亲戚。说到老板娘的往事，堂哥的声音有些颤抖。老板娘以前也是打工的，在工地像个男人一样干活。她打工的时候遇到余总的爸爸老余总，运气好，老余总主动拉她办厂，她才有今天。老余总是个好人，身为老板，七十多岁，还到机台学开机，最后比组长开得还溜。老余总还会说英语，每年固定走一趟东南亚，偷偷考察卖过去的卫生巾产品定价和销售情况，回来再决定来年产品涨不涨价。可惜不长命，他走的时候，大家都觉得这个厂不行了，因为老余总太强，显得旁人太弱。每个员工入厂时，厂里都会发一本《员工手册》，其中有一句话明显流露出自豪感："2015年，公司产值达1500万美元。"此时，按老王的话来讲，这里已是"女人的天下"。这真是一个鲜活的励志故事，我们像努力拉车的毛驴，每天看到的老板娘像吊在毛驴眼前的红萝卜，成功仿佛触手可及。然而堂哥似乎从来不作此想，他关注的点很具体：我们吃大锅饭，几位老板吃小灶，可是吃过苦的人不一样，你看，他们经常到大锅里打点儿我们的菜尝尝，一点儿也不挑食。

即便戴着口罩，10号机的粉尘仍能钻进鼻孔。下班我会用气枪吹干净全身，但常常忘记吹耳朵。下半年开6号机，灰尘少了大半，机台却长了很多，为保持沟通，不能戴耳塞。有时候，我能看见我身体里的那些粉尘，它们像一把把纤维编的利剑，长长短短，舞来舞去；也能看见传入耳朵的噪音，它们是从天而降的鼓与锣，鼓与鼓成同一直线可以消除并产生分数，消除许多鼓会激发更大的鼓声与分数。过去，未能意识到噪音和灰尘对人的侵蚀，现在，仍救不了自己。

工厂赠我以噪音、灰尘、劳累，我还之以走神、记录、冷眼。

我给待用的无纺布贴好双面胶，装上机台，等机台另一侧的材料快用完，撕开双面胶，按按钮，接换材料。老盐的嗓门比机台还大，凶我说："撒你老母，怎么接的材料，一天要断几回，跟你说双面胶剪短一点儿短一点儿，死活不听。"接下去我便一再缩短双面胶的长度。本来，一天要剪上百个双面胶，换上百个材料，一天又一天，机台操作的每一个动作已经成为肌肉记忆。而当我按老盐的最新要求把双面胶剪得更短一点儿时，差点儿剪到手指。也是怪哉，那一天接换的材料老是跑偏，没多久，老盐开始朝机器发火："撒你老母撒你老母撒你老母。"转身对我说："撒你老母，把双面胶贴长一点儿，不然材料老是卷起。"我接受命令，切换新的肌肉记忆。我来之前，陈总一直跟老盐开机。那天凑巧陈总和我一起开6号机，看了一眼他剪的双面胶，是菱形。

刀切不断片料，包装工在后面叫："喂，满天飞喽。"我上前打点儿白矿油。老盐随后冲过来，看了看，生气地说："不能打油，打油满天飞。"我心里辩论，是先满天飞后打油，不是先打油后满天飞。我已经老到不想和人争执任何事情，可是，我真的想对老盐说，你忘记说撒你老母了。

机台一故障，老盐就思考，总要有一个人背锅。有时候管理会安排三个人开机。第三个人多半不熟悉6号机，稳做背锅侠。半年之中，走马上任过数个"第三个人"，接离型纸的时候，无一例外，他们的脚都碰到过急停按钮。

这是一个设计缺陷，离型纸在上，无纺布在正下方，脚不长眼的话会碰到急停按钮。“第三个人”太笨了，惹老盐生气是必然，盐嫂在机台尾部眯起眼歪着头往这边张望。等我过去，盐嫂说：“还是两个人开机好，配合好，哇，你看那个机台工在干什么，玩手机哎，怪不得开不好，小张，跟管理说。”

想起刚开6号机的时候，我也是“第三个人”。

那天还有几分钟下班，我在机台顶部准备接材料。刚接，老盐按下急停，惊得我把手边的材料看了又看，确认没有犯错。我从楼梯上下来，才知原来无纺布跑偏。我不在底下，无责，逃过一劫。收拾完机台，看见老盐夫妇跑到质检那儿嚷嚷。原来，他们怪质检没到下班时间人就都不见了。

产量开够可提前下班。机台大坏，提前无望。慢慢悠悠吃罢午饭，没有早一秒，没有晚一秒，恰在规定的上班时间，慢慢腾腾走进车间。那厢老盐一个人早已把机台开得摇摆摇摆，照例说话像吵架：几点了！直到进入走神模式，我才觉悟，盐嫂计件，能多包一点儿是一点儿，不像我们可以磨洋工。

盐嫂和老板娘形体相似，一日，穿着和老板娘同款的裙子。在眼角余光中，冷不丁有个“老板娘”在看着我。这真是一种刑罚。

夜班按规定20点30分上班。规定只是规定，国人何其灵活。上午老盐问我有没有夜班质检的微信，白班质检下班时会实时通知夜班质检，夜班质检再通知盐嫂。老盐自制了一个规则，如果白班19点之前下班，夜班19点30分上班。白班20点左右下班，夜班就是20点30分上班。我没有质检的微信。老盐说：“我在工作群艾特你。”我说：“好。”

晚上19点20分，堂哥来敲我的门，说赶紧去，别人都去了你还不去。我说：“你咋知道。”堂哥说：“你堂嫂叫我喊你的。”第二天我遇到堂嫂，她说老盐在上班途中遇到她，叫她通知我。堂嫂没有我微信，叫堂哥打电话叫我。堂嫂突地轰隆一声朝我开炮，叫我上班积极点儿，别让人催。我连连说好。堂嫂的嗓门神通广大。她打卡，人脸识别不出，朝打卡机大吼一声，打上了。堂嫂说原来是个声控的。

于是，我通常会在19点10分买完夜宵，拐弯去车间，看看白班快下班没有。盐嫂已经蹲在包装机那里守候，不知来了多久，就像上班前的时间不值钱一样。

我时常感慨工作十二个小时太长，工友不感慨，工友自有妙计。提前上班，则提前下班。下班后的时间增加了，岂不赚大了？虽然事实上并未增加，只是幻觉上增加了。更何况如果机台出故障，提前来也白来。即便屡屡遭遇白白给老板多上一小时班的情况，工友仍然愿意提前上班。

是因为提前来上班的时间就像不是自己的时间一样吗？就像是垃圾时间，反正都要浪费？我觉得可以提供另一种解释，朝九晚五是一种规训，提前下班是一种反规训，提前上班也是一种反规训啊。

那天19点，正准备出门买夜宵，门咚咚咚地被敲响，老盐笑眯眯地喊："走哦，上班去。"

我至今无法理解，难道按规定时间上班，不是一种最省心最简洁的行为吗？人，一定要做个聪明人吗？国人啊，我可不可以不聪明，不灵光，不大智慧？

一过0点，开始犯困。站在机台前，手一直找地方扶着，头不停磕，有时腿忽然一软又瞬间立正。老盐朝我走来，一路走，一路瞌睡，嘱咐我把自由辊上面的胶擦一擦。朝着老盐，我不知道自己在点头，还是在磕头。

夜班像审判者手中的铁锤，老盐像罪人低头认罪。他坐在材料上，眼里已没有烈火。老盐不发脾气，这是上夜班的第二个好处。

不知老盐的十几岁是否和我一样，通宵泡网吧，早上洗把脸，继续上班。那时候太阳底下都是新事，一首歌单曲循环都能听个通宵。

我老了，无可救药地老了。

韩愈说，吾年未四十，而视茫茫，而发苍苍，而齿牙动摇。从前觉得韩愈好矫情啊，现在到了韩愈的年龄，才知道我还不如他呢。

我坐在材料上，眼里还有青春。十七岁那年上夜班，最爱说笑的那个女工我好喜欢。在宿舍，听录音机，把每盘磁带调到最好听的地方，但不听。机台工去吃夜宵，女工趴包装台聊天，我把几十盘磁带倾倒在她们面前。她们或许已经听得入神，她或许已经听得泪流满面，我在阳台一边扒饭，一边这样想念。

我们这个厂，如今已没有年轻人。走在马路上，工业区也没有多少年轻人。那些打工的年轻人都去哪儿了？

身体并没有因为上了十几年夜班而更加适应，好在有肌肉记忆，机台操作不会出差错。

凌晨5点，想起许立志的《远航》：

> 我在凌晨五点的流水线上睡去
> 我想合上双眼，不再担忧熬夜和加班
> 此行的终点是大海，我是一条船

这是一首伟大的诗。让一个正在上夜班的人携亲身经历带你解读它缘何伟大吧。晚上12点开始犯困，一直困到凌晨5点，终于清醒过来，正因为清醒过来，才有精神开启走神之旅，化身为船。既然清醒，为何又言睡去？犯困时闭眼是被动，清醒时闭眼，才是抗争僵硬生活的主动选择啊。在车间，闭上眼，我才看见大海。

大海没看见，看见温柔的老盐。白天，他是领导。没错，他是领导。哪怕仅仅管辖一个员工的小组长，都能把权力发挥得炉火纯青。

大概是2007年，听说当保安轻松，可以睡觉，带着一颗睡觉的心，我便去了。

那是一家酒店，我站形象岗。有一天，有个拾荒婆婆，她跟着大风抢塑料瓶，摇摇晃晃，像大风中的一个塑料瓶。她要进售楼部，我连忙拦下她。她转身，我以为她要走了，退回岗位立正。谁知她又转身，竟然进去了。我被打个措手不及，边走边劝她，她执意走过去，取走桌上一个塑料杯，那里面还剩大半杯卡布奇诺。我奔向婆婆，像是哀求："婆婆，这是酒店，你出去吧。"婆婆不言语，非但不出去，还往吧台走。里面的贵宾惊讶地看着我和婆婆。我不能拉扯她，她那么大年纪，重要的是她手里有卡布奇诺。我张开怀抱拦住她，她便朝另一面走。我们主管跑过来朝我喊："我的天啊张赛，把她架出去！"我那时一天读几本书，忽然心生一计，她不过想要一些废品，这样的老人，不痴不聋不做阿翁，她们的智慧已经形同庄子，我把吧台的纸皮拿给她，她自然满载而归。果然，婆婆拿到一摞纸皮马上往外走，估计再多她也拿不动啊。这时候另外一个保安跑过来，老鹰抓小鸡一般把她拎出去。回过头，主管用对讲机指着我的鼻子说："学着点儿！怎么站的岗？这么大一个活人放进去，一个老家伙都搞不定，中午吃的是屎吗？"其他领导都赶过来，其中一个教训我："你一来大家都说你软弱，我想着人的性格嘛，总归不一样，可是你是谁，你在这里的工作是什么，你的意义是什么，你让我很失望。"另一个主管摇摇头，什么也没说。

后来，我因为不称职结束了保安生涯。

职业给我一张皮。我为什么不动手？那时候已经意识到工作能使一个人变成工具人，而我确定我做不了工具人。一个人，一旦做了工具人，就将做出疯狂的事情，螺丝刀会做出剪刀的事情，橡皮擦会做出硫酸的事情，指挥棒会做出大铁锤的事情。今天，我们见证了太多工具人。以及，太多的疯狂。

我想到妈妈。小时候，她对我说，她没上过大学，就算是捡垃圾也要供我上大学。后来妈妈先走了，我上完初中就去打工。那个捡垃圾的，她在供养谁？我不知道，我只是想到妈妈。

即便老盐会现出原形，我仍然呼唤：天为何还不亮，雄鸡为何还不一唱。传递光明的信使，你是乘蜗牛而来的吗？我想象着《哈利·波特与魔法石》的桥段，必有书信被送达。

因为生活在黑夜，因为洞穴里灯火通明，我才倍加渴望倍加坚信白日的到来。是为夜班的第三个好处。

2022年11月

## 06 我这是正宗的感冒

2022年的11月，已经很遥远。

那天早上，顶替小银的小黄说："小银出小区，保安告诉她封了，小银说做完核酸看看能不能出来，哈哈，最好别来祸害我们。"

那天中午，堂哥让堂嫂洗碗，堂嫂照例找个理由甩手走人，堂哥都要哭了，"我手指头受伤了"。堂嫂朝他吼："哎哟，好严重，少矫情。"他们没养孩子，洗碗是他俩恒久的命题。

那天下午，大林子喊我们看窗外："哈哈，对面厂完蛋了。"不知道什么状况，只见一团大白挤在对面厂里。

稍早时候，壮如牛的老盐被流调，上班时间去做核酸，剩我一个人开机，人很忙，心很闲。全厂只他一个做核酸，中午吃饭都端回宿舍吃。堂嫂交代把口罩戴好，我没听。没有人关心老盐，没有人关心弱者。

我关心他，不是我多好，多善良，多温润如玉。我更愿意这样表述：这是经过思考后近乎本能的一种选择。我从来不觉得自己是幸运星，发生在别人身上的不幸，大概率会发生在自己身上。

2019年，在武汉，我送外卖，老婆在奶茶店上班。她总是在几个门店之间调来调去，有的门店离出租房远，我得去接。打烊时间不固定，发信息她大概率看不到，常常我刚回出租房，就接到她的信息，然后来到商场门口，老半天她才出来。我甩脸色，她赌气不坐车。她在前面走，我在后面推着车。走回出租房，气也消了。那时，我以为我多好，多善良，多温润如玉，发脾气都是由于工作。那时，我还不敢以思考为矛，将自己刺落于电动车下。

孔子一刀切下，把世人分为君子和小人。显然，我是小人，这经过老婆验证。

那天，我在洗碗，老婆无意间说："你洗碗都比对我温柔。"

一入12月，忽然感冒，靠在机台上，鼻涕静静淌。下班打开音响，跳，蹿，跑，打拳，舞蹈（假如手舞足蹈也算舞蹈），我要出汗，要每一个毛孔张大嘴巴呼吸。为了大汗淋漓，穿上比鸭绒还鸭绒的鸭绒服。只发热一个晚上，后面咳嗽十几天。我跟北方的朋友说，南方的病毒温柔。

幸好，上班和老盐没话说，如果关系好，难免咳嗽着说话，彼此尴尬；不说话，咳嗽也不当紧。

厂里似乎到处是咳嗽声。在厕所，相对无言，浓烟袅袅。门外忽然传来咳嗽声，胖子忍不住笑出声，咳嗽着说："又中一个。"堂嫂上夜班，堂哥在餐桌上忙得不亦乐乎，一边看手机，一边吃，一边咳嗽，一边流涕，拿手机的手指缝夹着纸巾。同桌的仓管问堂哥："你感冒多久了？"堂哥说："一星期。"仓管说："中了吧？"堂哥说："放屁，我这是正宗的感冒。"接下来，堂哥向仓管普及感冒和新冠的不同，以及病毒今非昔比，没那么厉害了。一个月前，堂哥持相反的观点，他是怎么转变的，我不知道。

扔垃圾，撞见小黄，她说："你不戴口罩。"我笑说："忘了。"

堂嫂敲门，说："你不戴口罩。"又问我吃不吃夜宵。

打菜时，老陈不停地说："戴好口罩，打菜戴好口罩。"

打菜的地方有病毒，吃饭的地方没有病毒。这样的观点对于爱看新闻的人来说并不新鲜。可是，新闻上的人是被动接受指令，工厂里的人是主动。此地3月疫情那么严重，也没这种自发的阵势。

红色横幅已打到厂门口：医院开设二十四小时发热门诊，药物充足。

横幅斜对面五十米，卖拌面的老板问我，不要辣椒吧。上回他问的是“要不要辣椒”。

他们说盐嫂一家都发烧了，我不信，盐嫂一直在包装啊。

“没人，不让请假。”

“怎么会。”

“人情嘛。”

抓住机会，我问盐嫂。盐嫂说她老公一天就好了，她反复烧几天，好了又不好，真要老命。我说：“去打点滴。”盐嫂说：“那么长的队，算了。”

等我想到让老婆备退烧药的时候，哪里还有退烧药，连骗子药都空了。

如果我是诸葛亮就好了。

庆幸他们仨都活蹦乱跳。我赶紧在网上买了感康和小快克寄回家，家人痊愈后药到了。那天晚上老婆说大儿子烧起来。我说物理降温，不行吃点儿感冒药。老婆说大儿子精神好得很，还以为温度计坏了，又量一遍。又过了很久，老婆发消息说，小姨给送了点儿退烧药。

第二天给爸打电话，他说去看看有没有药。我说别寄了，寄过来也好了，你自己备着吧。

大儿子好了以后，老婆才发烧，我又打电话，爸说我给你寄一盒。我说也给我哥寄一盒，他们一家三口都烧了。老婆说：“现在最怕老二也烧起来，可依赖的小姨也病倒了，我叫老二把口罩戴上，他还一遍一遍跑过来问，妈妈，这道题什么意思。真想一脚把他踹飞。”我说：“住同一个房间戴啥口罩。”

我写了一张纸发给老婆：

已知，房间大小为100立方米。小红、小明和小刚每秒各呼出气体80毫升，门缝和窗缝进出的气体每秒160毫升。求，多久后房间内充满三人呼吸过的气体？

老婆说，滚。

我有力气出题，因为那时我只咳嗽。

爸爸说镇上的快递告诉他，你寄的地址不用寄了，寄过去也没人送。

老家人实在，不会为了赚钱闷头干活。

爸爸都回村里了，又想起来，要给我寄。我说你留着，谁需要给谁，南方的感冒温柔。

老婆说如果不是孩子们烦她，真的会一直睡下去，脑子是醒的，身体醒不了。

真幸运，老婆熬过来，皮糙肉厚的老二才低烧一场。但这幸运，实在不知道是哪门子幸运。

12月26日，被冻醒。起身把那件比鸭绒还鸭绒的鸭绒服搭被子上。又起身把系着比牛皮还牛皮的皮带的裤子搭被子上。还是冷。

妈的，奸商。

设计出工厂考勤制度的人定是聪明人，从小熟读《孙子兵法》和各种成语故事。满勤奖励一百块钱，请假，只要请假，一百块钱就没了。这是物质层面的障碍，还有心理层面的：请假必须向管理说出理由，回来时很多同事会询问你的请假理由，讨论你的请假理由。没错，我并不觉得请假需要理由，可是整个社会默认你必须给出理由。倘若你给出不疼不痒的理由，或不被认可，或被鄙视。大家如此勤劳，而你懒惰，心真的不会痛吗?

还有辞职书。大家往往这样写：因家中有事，无法继续工作。仿佛非要家中变故大到天崩地裂才能忍痛离开。坚持上班是忠，辞职回家是孝，忠孝难两全。

以上，都是理论。一百块钱，它不香吗?

闹钟响起，划掉。某米手机接着提醒我：恭喜，早起，您已打败45%的人。正如这些天的朋友圈，有人晒自己是天选打工人，“跑毒”挺进决赛圈。人生何处不战场，人生何处不厮杀。

科技网站“爱范儿”登过一则新闻：

法国工业设计师卡米尔·林根巴赫在参观葡萄园时，看到蹲着采摘葡萄的工人，觉得这种姿势对工人的身体十分不友好。因此，林根巴赫设计了一个很出色的解决方案。她用有色防水泡沫做出了一个舒适的可穿戴座椅。林根巴赫表示，她研究泡沫的不同摆放位置，将其置于脚后跟上，最终得到了一个令人惊讶但完美平衡的结果。

我喜欢这样的新闻。

车间噪音大，想戴耳塞又怕影响沟通。一定会有我们的科技企业研究出只能捕捉人声的耳塞吧。

带着希望，上班去。

熬到下午，熬不住，请假。晚上发烧，早上退烧，接下来应该又是十几天的咳嗽。谁知吃不下饭，头疼，眼疼，只能多喝水。天冷尿多，这天的尿不知哪里去了，一摸后背，都是细细的冷汗。难受，想发个朋友圈。能说出口的，还不算最难受，对吧。等更难受些再发，就这些症状，北方的朋友会笑死。结果，下午好了。

次日上班，堂嫂说："牛逼轰轰，给你拿个N95口罩。"我说："不。"

质检雪华让我把口罩戴好。我赶紧摸摸，我戴好了呀。中午，我还是端回宿舍吃吧。

老婆说："听说你嚣张得口罩都不戴，中了吧，自作孽不可活。"浑身懒，不想解释，是不戴N95，不是不戴口罩。

看见女工朝垃圾桶恶心。

看见清洁工用消毒液拖地。

看见工厂只剩四个班组在运转。

晚上的打卡队伍里忽然有戴口罩的人喊，把口罩戴好。有不戴口罩的人出招反击，大喊，保持一米距离。哈哈，把防尘口罩戴好，小人我在心里喊。有人起哄，就有群体起哄，气氛热烈极了，生猛极了，一瞬间艳阳高照，戴与不戴的人都大笑起来。

在痛苦中，内心激烈地追求不痛苦，如若不然，这痛苦有何意义？

有啊。全体咳嗽竟有好处。杂工老李打菜时率先发飙，说昨天炸肉，今天炸鱼，大家都咳嗽，呵呵。另一个装箱工附和，说这是以毒攻毒。

管理下午跑机台问我："感冒好了没有？"我说："明天请假。"管理说："操，又请假？"说者无心，听者有意。心里很不是滋味。

2022年1月1日至2022年12月29日，4月因事我请假一天，12月因病请假两天。

如果没有人给我休息，我就自己给自己休息。

我们什么时候有过星期天？2021年年底我刚来的时候，堂哥说你没赶上好时候，去年厂里效益奇差，每到星期天，都不用贴通知的，自动放假。

如此工作十九年，直到拥有星期天。

问这十九年的工作，可有什么时刻令我感觉有尊严。

2019年，我们家买了房子。有一天，接到一个骚扰电话。大家遇到骚扰电话，应该都会挂掉，外卖这个行业不会，什么电话我们都得接，万一是客户打的呢。骚扰业也得吃饭。那个骚扰电话说："您是不是在某某小区某某房间，这不是快交房了嘛，跟张先生您报个喜，找我装修吧，张先生。"哎哟，他叫我张先生，打工多年，我竟然在骚扰电话里得到尊重。聊聊吧。他的声音很有磁性，就叫磁性男吧。我说："你怎么知道我的房间号。"磁性男说："我不光知道房间号，我在居委会还能提前帮你拿到钥匙，物业我们很熟，熟得很。"我的天呐，我有点儿怕。我说："小区绿化怎么样了？"磁性男说："好，好着呢，种了老高老高的一棵树，很粗，很老，有排面，有气场，镇宅之宝树呀。"我问："什么树啊？"磁性男说："额，这个，我问问物业，这好像不是什么打紧的事吧。"我使劲按按喇叭说："不着急，不着急，慢慢问，我等你电话撒。"磁性男说："好好好，张先生，我等着您莅临啊。"我说："好好好，运输的生意太忙了，客户晚一分钟就给脸色看呀，抽空一定回去，看看房，看看宝树。”过了几天他又打过来关心我。我问：“那棵树叫什么名字？”他说：“我，我没问。”我们聊过小区周边的学校，聊过市政府的人事变迁，聊过没有名字的小山头和大名鼎鼎的武当山，只是始终不知道那棵树的名字。我就想，这个世界，谁会关心一棵树的名字呢。

三年前，我无从知道自己是不是无症状感染者。三年后，我无从知道自己的症状是不是新冠的症状。笃信刀枪不入的义和团爱得了国，笃信逻辑推理能护体的我爱不了自己？网上说，得了新冠以后智商降低、记忆下降、人变懒散，我能在一天之内写这篇文字，证明，我得的不是新冠。按堂哥的说法，这是正宗的感冒。

2022年12月

# 07 一条上夜班的狗

为何买书这么多？当我吃力举箱子得到大男生帮助时，我也质问火车上的自己。回到家，开玩笑回答老婆，这都是嫖资，每当我感到无法战胜欲望的时候，就告诉自己，一个每天工资一百多块钱的人，买一本一百块钱的书，那不震撼吗？

更震撼的是，春节假期这样短，转眼回到工厂。不知何故，老盐去上夜班，换果冻和我开白班。果冻从不责怪副手，真好；果冻上厕所超过十分钟，真好；果冻有空便坐，久坐，真好；果冻爱挠头，真好。

好景不长，耳朵里面开始疼。也许是噪音作用下的工伤，也许不是。谁知道呢，任凭这么想那么想，也不知道。想起那日堂哥手划破，堂嫂拿来创可贴，两人互开玩笑：

“哎哟，工伤！”

“找老板娘去。”

"老板娘会给你一样东西。"

"什么？"

"给你一脚。"

小伤自己办，好像是默认的规则。哪怕翻破这本《员工手册》，也翻不出抚恤大小工伤的流程规定。月黑风高，我再翻一遍《员工手册》，发现句句行行字字整整齐齐写的都是高屋建瓴的规划，充满大风起兮的气势、居高临下的态度，一套全是教员工应该怎么做，而非公司应当怎么做的规则。只是管教，没有服务。

那天，气管爆裂，香水喷进一只眼睛，我当场愣住。倒是盐嫂过来提醒赶快冲冲。我飞奔冲向水龙头，水不停流过眼睛。子在川上曰，我用眼睛阅。盐嫂紧随在后，递给我一叠纸巾，嘱咐轻拂眼睛。我一拂，热的，原来她用热水浸湿过。

"什么感觉？"

"舒服。"

"舒服？"

"啊不，酸，辣，像给眼睛吃酸辣粉。"

"哈哈，上次我老公还更严重，两只眼睛都被喷了，我领他过来冲的。"

"什么时候？"

"去年。"

"哈哈，没休息吗？"

"哎哟哟，没事的，一下子就好。"

我一听，瞬间感觉好多了，边拂边往车间走。真的，一走到机器旁，就像人类走到远古时代，神奇的事情特别多，眼也不酸了，眼也不辣了，一口气看机器一千次，眼都不想眨。

可是耳朵疼。

开工以后，有的人工资不要也不来了，机修便来顶岗。吃饭的时候，我向堂哥打听几个人。堂哥说："小林铁定不来，换了个厂。"我说："工资高？"堂哥说："高个屁，差不多，虽然人家一年到头很少放假，工资多就多到这儿。"我说："人跑了，是不是我们要涨工资，稳定一下军心。"

堂嫂说："痴心妄想。"

堂哥说："回去。"

堂嫂说："回宿舍去。"

堂哥说："做梦。"

堂嫂说："对，做梦，梦里什么都有。"

堂哥说："包你开心。"

他们伉俪一唱一和表达着对我的鄙视之情。

涨工资不可能，堂哥堂嫂似乎比老板娘更不想涨工资，这是机器对人的异化。快下班了，老盐对我说："明天开始加一个小时的产量。"我消化着这句话，也就是说，理论上，要从早上8点上到晚上9点半。老盐又说："早上提前十分钟来，早点下班。"

在车间，你们人类休想做个有原则的人。那个默默把闹钟提前十分钟的我，被迫打败更多打工人。

讨厌的人，讨厌的物，讨厌的事，总难避免，但讨厌的并非一无是处。每周三，轮到我提前一个小时给机器预热。有一回，闹钟响了，又赖床半个小时，结果上班的时候机器温度没到，耽误了大家的时间——机台工的时间、包装工的时间、装箱工的时间、杂工的时间。一整天我都不敢看别人。周一到周日的闹铃都一样，导致分不清哪天是周三的闹钟，我真真是马虎先生，我得换铃声，我得换个难听的铃声。2020年夏天在家带娃，孩子们说我的怀旧铃声"Hello Moto"太吵太难听。孩子们一说难听，从此我和"Hello Moto"势不两立。现在它重生的机会到了，只要它响起，我就从硬板床上弹起。

我打了个激灵，有人拍我肩膀，是阿贵。阿贵这一拍，拍走一个莎士比亚。阿贵把空塑料袋撑开，笑嘻嘻地看着我。他在等我帮他倒纸筒芯。这不是我的工作，我也得去帮忙。阿贵总是帮我拆离型纸，我没让他帮，这也不是他的工作。可是他要这样和人热络，我也无可奈何。

说起来，作为密闭空间，工厂是一个熟人社会。果冻从开厂起就在，工龄十六年，我听说工龄奖一年五十块钱，没想到每年只递增二三十块钱不等，现在他每月工龄奖三百七十块钱。从前食堂管事的张师傅记得每个员工的名字，记得每个员工的座位；保洁阿姨知道每个抽烟的人，知道哪个角落的烟头是哪个人扔的，别以为那里没有摄像头；食堂后面的小菜园，几个勤快人一人开垦一块，走了一人，宁愿那土地荒废也没人种，因为知道他不久必会重来。工厂里干了十年、八年的老员工一抓一大把，大家站在固定的岗位，做着固定动作，说着固定的话。别说哪个工友是什么脾气，就是他妻儿老小的脾气，恐怕也早已不是隐私。在熟人社会，有人拍你肩膀搂你脖子，是你的荣幸。在熟人社会，除了厂规，还有人情。

2014年，我在辉帆公司上夜班的时候，右手卡进机台，把机台卡停。我也不知道是怎么卡进去的，稀里糊涂就卡了。手一开始不疼，跑到保安室等车的时候也不疼，车开到医院才有知觉。那次一口气带薪休息两个月，和我开一台机器的云南质检一见面便表达羡慕之情。她不相信，我其实一点儿也不开心，手断断续续地疼。2004年的一个白班，我从梯子后仰下来，手撑地折断骨头，那叫一个高兴，足足带薪休息三个月，天天像个搞研究的学者从图书馆借书，到市中心广场听小姑娘卖唱，跟退休老大爷一样逛花鸟市场。

云南质检个子小巧，说话稚气，待人热情，很招人喜欢，直到一条狗的出现。

那是一条黏人的流浪狗，只因为云南质检喂它，便跟着她去宿舍，怎么赶都赶不走。云南质检和她老公一商量，把狗拴到宿舍楼门口，每天下班喂它。可是狗老叫，有人把它放了，狗跑到云南质检宿舍门口卧着等她下班。一来二去，云南质检大概感动了，决定养它。狗重感情，上班时间去车间找云南质检，一开始大家新鲜这事儿，你踹它一脚我摸它一下。不知道谁打小报告，管理严厉批评云南质检，最后不忘“活泼”一下：再让狗进车间，我要成立打狗队。于是，狗被关在宿舍，事情得以平息。只是从此除了狗的主人，没有人再亲近它。偶尔，门没关好，狗会溜出去，到车间，人人喊打。夜班松懈，因为没有领导，云南质检的狗不知怎么嗅到这个真理，竟然学会不再上白班专上夜班，楼上楼下，在大而吵的车间、在机器的缝隙、在犄角旮旯，来回游荡，最后逗留在垃圾桶里。可惜还是有人打小报告，惊动老板娘。这下子，管理、宿管、保安都去找云南质检解决问题。后来狗不见了，云南质检没有告诉大家狗的归宿。

我的手卡住没多久，云南质检的手也卡住，且恰好卡在卡我的地方。有人便说她是故意的吧，羡慕别人带薪休假。好几个人都这样说。

有的招聘广告说，可带宠物，可穿拖鞋。我找工作的时候，从来没有碰到过，大概因为我是工人。

在我们的工作中，工伤常有，职业病没有，一例也没有，大概因为后者实在是一个有学问的词汇。在厕所，从来没有人讨论过职业病；在厕所，从来没有人讨论过诗歌、绘画、自由、尊严和许知远。2022年春夏，车间外面的雨一连落了三个月，厕所里竟没什么讨论，难以置信，我们连天气都不关心了。我们关心地上的烟头保洁为什么还不来扫，我们关心新来的女工什么样，我们关心谁的机器坏了注定晚下班。更多的场景是，每个人抱着手机刷声音很大的短视频，三五个短视频同时响。

“还不走，电影都被你刷完了。”

“急什么，我刷的电视剧。”

工友刷的是三分钟看电影，一天下来可以看十来部。有人小便时候也看，把手机放在小便池顶端，看到津津有味处，或者脉脉，或者微笑，或者大笑，迟迟不愿把眼睛和身体从小便池拿开。小便池在工厂被工友狠狠注目，这情景，艺术家杜尚万难料到。这也是十七岁的我万难料到的。那时候我第一次也是最后一次把一本《羊脂球》带进车间，我以为再也不会发生那样的牛犊壮举。没想到，有一天，工友们把电子书和电视机搬进车间。所以我不再以为这是白日梦——那条学会上夜班的狗一定会回来。

保洁阿姨进男厕所前总会喊一声：有人吗？抽烟的人回答没人，她便进来。她轻易不聊天，春运前，话多起来。

她边拖地边和我们说："现在打工真幸福。我20世纪90年代开始打工，从贵州坐大巴车到湖南，小偷半道上车从第一排摸到最后一排，男的摸男的，女的摸女的。我的钱被缝在内裤里，缝得死死的。小偷看你没有，也不会为难你，接着摸下一个，不会在你身上浪费时间。那时候害怕回家，害怕坐车，最长一回有七八年没有回家。你说想家吗？我们一家子都在外面，没有什么大不了的。后来坐火车，人多，哪有什么排队，管的人拿个棍子，站在车厢口子那儿，打人的头。"

我问："谁不听话打谁？打得赢？"

她说："打个子高的人。"

我问："打个子高的人干吗？"

她说："打个子高的人。"

我问："打个子高的人为什么？"

她说："打个子高的人。"

保洁阿姨的老公在厂里做杂工，早上6点多起床，有时候帮忙打扫卫生，他们的小孙子也在这边上学。早上，保洁阿姨一家三口开着垃圾车浩浩荡荡往厂外出发。阿泉夫妇的三个女儿都在这边上小学，最近忽然听质检跟包装的没头没尾说了一句“阿泉夫妻正闹离婚”，当时没插上话，事后不好问，总觉得听错了。每到饭点，我们去食堂，阿泉夫妇的女儿便在宿舍楼上喊“爸爸”。虽不是喊我，这个声音却熨平了在工厂工作一天带给我的褶皱。老盐五十多岁，小儿子才上初中，早上7点总见他骑电动车笑呵呵去送孩子上学。有时候早班没上多久，他小儿子来车间，远远地站住不动，等他爸爸发现，老盐马上放下手边活计，朝我打个招呼，随即走人，送娃一趟用时十分钟。我挺羡慕孩子在身旁的人，他们时不时会请假，不像我，一年到头不请假。虽然也知道请假不是什么开心事，架不住他人即天堂。

十堰是山城，我家在山上，想念我家山下的菜园。那时我对孩子们说，这是我们的“电子菜园”，不能摸，不能摘，可以看，可以赏，还可以高空施肥哦。

思念令人老，可是耳朵疼。

我想我是海，可是耳朵疼。

我想今天漫游到土耳其，可是耳朵疼。

我想做个内心强大的人，可是耳朵疼。想，还是不想；说，还是不说；做，还是不做……这是一堆问题。难道，打工挣钱得了病就是为了以后有钱去看病吗？难道，我一生都要活在纸上，活在走神的世界里，活成差不多先生，还沾沾自喜吗？难道，我不能像胡适一样抛出一句简短的“干不了”吗？心绪走马至此，惊天动地，一不做二不休，把耳塞戴上。

戴上耳塞，几天过后，工作并不如我一直想象的特别受影响。除了质检一次说我是傻鸟，再次说我是傻鸟，再没有别的。

在车间，戴耳塞没有传染性，正如思考没有传染性。我终于成为车间唯一戴耳塞的人。

在工厂这个狭小的空间，我总是想去做更多。

2022年，我想做个统计。我下班打水回宿舍，次日再把空杯子拿到车间。有时忘记拿，一年大概忘记十几次。之所以说大概，是因为我统计着统计着中间有几次就给忘了。还想统计每天工作失误的次数，太难，放弃。于是想，人哪有不疏忽的，怎么避免都避免不了。这个思考没什么了不起，得出的结论也没什么了不起，而了不起的地方恰恰在于它没什么了不起，它很平常、很普通，谁都可以做，谁都可以思考。

喝水的时候，我看工友的杯子，就像一个个工友站立，高矮胖瘦，几乎没有超过二十块钱的。杯子位置的变化，表明工友进出几回。不妙，小英子的蓝水杯和我的蓝水杯偶遇。这真是个好桥段，可以这样表述：“那一天，他们的杯子终于碰在一起，驻足停留，短话长说，直聊到日暮月昏。次日，杯子分开，各占据桌子一角，但似乎踮着脚也要望一望。哇，杯子成精了。”

这是人对杯子的异化。

2023年5月

# 08 爱情真伟大

每个月，总有几天，且烦且躁，我称之为“大姨夫”来了。有工友上厕所前捎走几片卫生巾，女工瞪他，问他干吗，他说“大姨夫”来了。那个工友不是我。

想一想，那烦躁的时间，不正是八小时之外的时间、周末的时间、法定节假日的时间吗？人如果带着情绪上班，会很累。我常常看见工友在机台上开着开着突然手持电话夺门而出，处理琐碎家务。

我第一次进鞋厂的时候，还不知道网购是什么。鞋厂赶货，常常凌晨两三点下班。我的万能充电器坏了，总没有时间去超市买，和工友说起，他便帮我打听，结果当天在流水线上买到二手的万能充电器。在工厂，逛超市的时间可以合并到工作时间中。

可以合并到工作时间的非工作时间还有很多。比如恋爱时间。

老王为追那个女工阿凤，下了血本。不是在女工身上下血本，而是在自己身上下血本，从外套到内裤均焕然一新，把牙也洗开缝了，寸头也烫了。从老王嘴里还冒出来一个老家人介绍的相亲对象，对方远在广东，是个寡妇，守着老公留下的一个五金厂，年龄据说跟老王差不多，三十来岁。老王说等“五一”劳动节放假去广东看看。离“五一”还有几个月，阿凤还有机会。

我还记得和老王开一台机的第一天，他跟我说的第一句话是，我的水呢？当时我没反应过来，没回答。第二天上班他把一瓶矿泉水放到机台上，渴了便喝，我才反应过来，他觉得我把他的水喝了。结婚前我向来是“鞋儿破，帽儿破，身上的袈裟破”，致使他误会。

老王和阿凤怎么走到一起的，我不知道，也没人和我八卦，倒是分手的时候，全厂皆知。那是一个离晚上下班还有好几个小时的下午，阿凤给老王发完分手短信的若干分钟后，老王从生产车间一路大步流星到包装车间，谁也不知道他提着一件武器——他的巴掌。老王一巴掌把阿凤干倒在地，我不在现场，只能推测老王打人后一定骂人，但没骂太久，因为不久老王便回来开机。我想，如果加班时间不是那么长，如果工人有足够长的下班时间来处理各种生活问题，如果恋爱时间只是恋爱时间，工作时间只是工作时间，这一巴掌也许不会发生，即便发生，一定发生在“月朦胧鸟朦胧”的约会时刻。

有一个科学家做实验，发现工厂光线的变化，无论调亮调暗，都使工人的效率提升。也有极其重要的科学研究断定，适当的休息，最好多休息，对生产效率和工作关系都会有好的影响。堂哥不会这样想，有一回他跟我说不想干了。我很诧异，他那么爱上班，怎么会说出这样的话。多问几句，他才说跟那个管理不对付。我问：“最近发生什么事？”他说：“不是一天两天了。”他举了个例子说：“胶枪坏了，不喷胶，叫管理和机修来，我跟他们说应该是顶针坏了，很久之前这样坏过一次，他俩还是叫我洗胶枪，洗完胶枪，不行，又洗滤网，不行，又换密封圈，最后才把顶针换了，你说气人不气人？”

好事的我下过一个手机软件，叫“算法动画图解”，其中一种算法是冒泡排序：给一组随意排列的数字做升序排列，计算机的做法是比较相邻的两个数，升序则不动，降序则交换位置，如此循环重复，直到完成升序排列。我会怎么排呢？我肯定第一眼挑出最小的数摆到最左边，这道题我肯定解得比计算机快。很明显，管理和机修像混入人类的计算机，要让堂哥明白这一点，需要让他先下那个软件。这实在有些困难，倒不是因为那个软件没给我推广费，而是因为我们是亲戚，不是朋友。人和人的关系大概分为三种：亲戚、朋友、陌生人。夜深了，孩子们还不想睡，想把新买的奥特曼故事书看完。老婆开玩笑说："干脆明天请假看奥特曼算了。"我说："可以请假，不能说看奥特曼，要说家里有急事。"老婆知道我当真了，大义凛然地斥责我的荒唐。我不想和我的孩子们做亲戚，我想和他们做朋友，实在做不了朋友，那就只能做亲戚。有次吵完架，老婆接电话，朝孩子们喊："你们的亲戚打电话来了。"

我对我的亲戚——堂哥——说："换个厂，你怎么知道将遇到什么样的管理，也许比这个还难相处。"堂哥最终没有辞职，不知道是不是我的功劳。即便是我的功劳，我也没有成就感，来这个厂打第一天起我就想辞职，我就想回家。

我被钉在这里。一个月四五千块的工资钉住我的时间和想法，一个月两千多块钱的房贷钉住我回家的车票。

《乌托邦》里，人一天只工作六小时。早在1516年，人就敢大胆想象。2023年，我得狂想。

老王打完人被厂里开除，我还有点儿惋惜。从前4号机的变频器，按钮上磨损的字一个也看不清。调，要进入许多子菜单。老王凭记忆按得飞快，旁人都调不了，是为绝技。我总想，失传怎么办。没想到，老王走了没多久，那机器被当废铁卖掉了。

在车间，文字是多余的、不必要的。粉尘机上面贴的粉尘危害说明，谁会看呢？员工不会看，老板不会看，公家检查的时候也许会看，看看有没有贴，不是看贴的什么内容。调旋转的按钮，往左打是逆时针，往右打是顺时针，这不需要写，但是呢，有的按钮往左打是顺时针，往右打是逆时针，这就很有必要标明。按钮的两侧，有人写“左”“右”，有人写“前”“后”，1号机的按钮，我看见两侧同时写着“上”“下”、“里”“外”和“慢”“快”，很明显，这是三个组长来开机时写的，我写我的，我懂我的。作为一个方向感极强的北方人，我真的很想写上“东”和“西”。

老婆批评我“闲得蛋疼”“上班还是不够累”“没有领导的命，得了领导的病”，竟然有闲心做一个统计，统计车间里的标语。这又是一个不够严谨的统计。二楼和三楼共有标语（含标识）五十六条，一楼不常去，四楼是仓库不方便去统计。这些标语大多枯燥无味，比如电梯里外贴的警示标语、必须戴口罩的标语、必须戴耳塞的标语。有些也有意思，禁止吸烟的标语在车间门口左右各贴一张，像门神。洗手池关于洗手的标语竟然贴了六张。消防门贴了三张标语，其中一张写道：“非紧急情况不开，违者罚款两百元，欢迎举报。”“欢迎”——纵观整个车间，标语紧皱眉头，这是唯一一条面带笑容的标语。机台上有警示标语，新式机台均是自带的，老式机台原本没有警示标语，工友在事故多发地带自发写上“小心手”。机器在进化，不仅仅是速度更快了、操作更简单了、性能更稳定了，还增加了对人的在乎。

在车间，语言也是多余的、不必要的。机台十几米长，不想走动，便打手势。相好的同事，手势多、丰富。不对付的伙伴手势少、简单，凑合能用。每个组长打的手势不太一样。看不懂老盐的手势，实属正常，老盐也正常地发脾气。和老盐一起半年，我终于能看懂他的一整套手势语言。有一天，我朝他打个手势，他岿然不动，我再打，他把扳手往地上一摔，咆哮道：“什么鬼，你不知道过来说！”

上班时间，工人普遍有往窗外望的毛病。有人跑到窗前看，有人跑到窗前凭栏看，日复一日，凭栏的人不但把厂里的栏杆拍遍，也把栏杆上的灰擦遍。有人开一会儿机，靠着机器远远朝外面瞄一眼，也不知看到什么没有，其实，兄弟，不用朝外面张望，机台上的塑料挡板有镜子的功能，上面有外面世界的影子。机台顶部，有一长串珍珠项链一样的LED灯，照到铝合金挡杆上，不经意间被我发现可以出现彩虹。这时，我开这台机已超过半年。想起几个月前回家过年，和孩子们用镜子、水、阳光、纸箱制造彩虹，怎么做也不成功，最后光射到屋顶而不是面前的纸箱上，彩虹才出来。原来是角度问题。现在，彩虹再现。在车间，想看到彩虹，需要一个侧身斜倚机台的安逸姿势，摆不好，摆不安逸，休想看到。工友们，看到彩虹了吗？

还是有工友追求安逸嘛，厕所的长凳有人翻新、加高、加厚，舒服。

第一个发明鞋的人，一定是一个爱好安逸的人。他踩过草地便永远记住草地的感觉，他想永远抓住这种感觉，再无法忍受碎石的感觉、牛粪的感觉、枝杈的感觉。他可以承受吃苦，他不可以追求吃苦。

阿贵把叉车当滑板车，在车间飞驰。舒服。

再多的舒服也抵消不了工厂的枯燥，除了爱情。

那一年，我在南方一个小鞋厂打工，和十几个稚气孩子站同一条流水线。

我前面的肥姐，负责把泡沫塞进鞋里面。我站在流水线一侧，只负责右脚。我对面坐着毛孩儿，负责左脚。前面左脚右脚操作后随手乱扔，我们负责配对。每一天，一双双鞋，分开，结合。有点儿像民政局，管结婚，也管离婚。

毛孩儿喜欢他斜对面的丫头。对面站好几个姑娘呢，为什么偏偏喜欢那丫头？后来我想了想，可能毛孩儿工作时总要往左边看，看得酸疼，脖子往右边扭一扭才舒服点。于是他刚好看见令他脖子舒服的丫头。

工作时，毛孩儿总想撩拨丫头。丫头工作认真，不怎么理他。下班以后，丫头老是往老乡那里跑，搞得毛孩儿狗咬刺猬，无处下口。

恰好快七夕，单身的人每逢佳节倍着急。不知道毛孩儿听了谁的鬼主意，买了几枝花，花花绿绿，挺招眼的。怕人看见笑话，毛孩儿把花先装到蛇皮袋子里面。又怕自己关键时刻没有勇气，他找到我说："哥，你给写封情书呗。"我诗兴大发，欣然同意，在车间报表的背面哗哗写就。至今记得里面有这样一句："我是你的小狼狗，永远忠于你的手。"毛孩儿有点儿生气，说："我怎么成狗啦？"我说："这个时候你就得当狗，当年我舅舅找我写情书也是当狗，还不如你呢，他是哈巴狗。"毛孩儿同丫头一条流水线已经整整七天，还没任何成果，哪怕是碰一下手也好啊！毛孩儿也是急了，把狗情书往怀里一揣。

按照我这位没谈过恋爱的高人的指点，毛孩儿那天晚上没有加班。喂罢饭，钻回宿舍冲个凉，蹿爬上高低床，狗脸贴近大黄灯泡，清清楚楚对着镜子，认认真真喷一层啫喱水，再换上新工作服。约莫丫头下班时间快到了，毛孩儿掂着蛇皮袋子一路狂奔向厂大门。

下班的工友一簇一簇出来，热气烘烘。毛孩儿瞄准丫头出来，把花一掏，就冲过去。丫头只看一眼，什么都懂了，毕竟是天天泡韩剧、琼瑶剧长大的，撒丫子便跑。毛孩儿一看，有点蒙。工友们见状，哈哈大笑。毛孩儿有点儿臊，有点儿急，有点儿恼，脑子也有点儿昏了，喊了句"别跑"。丫头一听，跑得更欢。

毛孩儿追。女的哪里跑得过男的啊，眼看要追上了。

毛孩儿发疯一样地追，追着追着却发现丫头不见了。直通通的路咋会不见呢？毛孩儿可能心想，她怎么跑这么快呀？于是跑得更快了。

那会儿，我刚从厂里出来，就看见丫头蹲在地上气喘吁吁，大概是喝到风，肚子疼。跑过头的毛孩儿双臂如旋风车轮，还在闷头狂奔。

一阵香气随风扑来，不知是啫喱水味，还是花香。

那时，我和毛孩儿的想法不一样，我不追女孩。坏就坏在读了几本书，想找一个和我一样读了几本书的。

找不到，如何也找不到。朝夕相处的是机器，轰轰隆隆的机器，枯燥、单调、无味。我的眼里满是机器，我的手上满是机器，我的耳朵里满是机器，我的灵魂将是机器。离开机器，不可能，绝无可能，我得挣扎，我得离开，但这离开绝无可能。对于年轻人，爱情是唯一的希望、伟大的希望。日复一日，我渴望有一双手拉住我每天不断下坠的灵魂，我渴望拉我一把的人是一个才女。

没想到，她真的随互联网来了。二十四岁时，我终于有了女朋友，逢人就夸，我女朋友是大学生。结果，除了一个要好的朋友，再无第二个人祝福。不被祝福的原因和我又嘚瑟又骄傲的原因一样：我是穷打工的，她是即将毕业的大学生。

我才不管呢，我才华横溢，她觉得我才华横溢，足矣。那时的我万万想不到，多年以后我将躲在厕所看书，生怕室友说我是书呆子，以免坏了名声找不到女朋友。

爸爸旗帜鲜明地反对，他觉得不能结婚的恋爱纯属瞎胡闹，他打电话给我的同学，叫同学劝我清醒一点，别再胡闹啦。我正在热恋，所谈皆是弗洛伊德和《恋人絮语》，反对的话无疑火上浇油。我坐上火车，从南方跑到北方和她见面。在她的城市，我发现她的朋友并不知道我的存在，而她也没有把我的存在告诉她的家人。厂里的工友总是问我，大学生，和大学生还在谈吗？

没多久，我们在电话里分手。

后来，发短信又分了一次，算是确认无误。

再后来，互删，真的分了。

异地恋分手不像当面分手，当面分是飞蛾扑火，闻得到烤焦的煳味，散伙手不空，各分一杯羹。异地恋分手是飞蛾扑电灯泡，撞到鼻青脸肿也不壮烈牺牲，只好多撞几次。

直到现在，我仍感激她，有时候手贱，在互联网搜索她的名字，查看那些不是她的她，还看得很有劲儿。我想，无论现实多枯燥、多坚硬、多冰冷，真实的人、具体的人、愿意拥抱你的人，总会温暖你的灵魂。

2023年5月

# 09 最伟大的理想

我又买了一个水杯，去年一个杯子够用，今年不够。

不知道为什么，今年这个厂的生意好得就像今年的天气，火得不得了。从开工到现在，天天加班。刷短视频，附近的工厂不是停产了就是放假了。

刷到保洁阿姨的视频，九百多条，一条条翻。她的视频多拍于宿舍，其中一条是黑灯瞎火里忽然打出旋转的彩灯，她的小孙子满脸流光溢彩地跳舞，彩灯一闪一闪的，打在高低床上，打在没有衣柜的衣堆上，打在一个鼓鼓囊囊红色的塑料袋上。好多独唱视频，有时老公上场一起对嘴型，背景音乐一曲欢快，一曲悲伤，保洁阿姨均一脸肃穆。

有一次，盐嫂下楼梯，堵住迎面而来的保洁阿姨。

"哎哟，跟你说，你家老公太勤快了。"

"哈哈，他嘛，闲不住，早上6点多就去上班，我说还有一个多小时才上班，他说，有夜班留的东西要收拾，去晚了来不及。”

“他还帮你扫地。”

“闲不住，干活的命。”

“他把烟头都扫进去了，也不掐灭，好危险哦。”

“哎呀，我老早跟他说过，看到地上有烟头就踩一脚，别管冒烟不冒烟，哎呀，我小孙子都能记住，哎呀，记性差，我跟他说。”

别把踩烟头的动作编进舞蹈啊，艺术高于生活，我们低于生活。

我也跳舞，偷偷跳舞。你要是恰好经过我的门口，除了又摇又滚的劲爆音乐，还能听见我的拖鞋吧嗒吧嗒。

保洁阿姨多到看不完的短视频，是她的表达。这让我知道，她和我一样，下了班，洗了澡，试着蹦一蹦，试图在某个瞬间略高于生活。

至于有没有人看，点不点赞，毫不影响这蹦一蹦成为珍贵的表达。

质检雪华的短视频背景则是一半车间一半家里。雨后的飞蛾霸占楼梯，她拍视频说只能走电梯。晒变轻的体重，她不忘感慨一下岁月如歌，往昔如猪。拍自己做的满桌子的菜，我知道她总是只打食堂的饭，很少打食堂的菜。拍机台工包装工装箱工，拍运转的机器，拍出货的货柜，底下总有人留言问还招不招人。拍车间的视频，不见了噪音，精心选择的背景音乐非常之好听。我又刷了一下其他人拍的车间，也没有噪音。于是，上班时我拍了一段，下班来放，觉得刺耳和难听。可是，上班时并没有这种强烈的感觉。假如有人做一个博物馆，里面收藏一段车间噪音的标本，请务必要注明，当时打工的人并不觉得刺耳和难听。

短视频拍不到车间的噪音、灰尘和酷热。我对着工业风扇吹，很快，热风。我得走动，身上蓄点汗，回来兑换短暂的凉快。机器发热，旋转的部位发烫，不想，但不得不摸。毕竟，这世间，“不得不”的事还少吗？热风吹久了，一样流鼻涕。天热你才会发现，厕所的窗户是天窗，抽烟的人没得选，我则跑到楼道口喘气。有些事天热了你才会发现，比如蚊子只上夜班不上白班，且绝不会超过十二个小时。

前天，空调开到28度。房间里有点凉凉的感觉就好。每年6月、7月和8月，厂里每天补贴三块钱。这是神奇的三块钱。有人说，这补贴是买水钱；有人说，这补贴是西瓜钱；有人说，这补贴是电费钱。去年有个新员工，来的时候天气正热，月底宿舍用电量贴出来，他竟然被扣四百块钱。一问才知，他之前打工的厂不扣电费，习惯了一天到晚开着空调。我们厂的单人宿舍，厂里每月包30块钱电费，双人宿舍包50块钱。这就是为什么很多人从车间接开水回宿舍。

一个装箱工接不到开水，指着墙角的一排开水瓶说：“开水瓶是祸害，哪一天没有就好了。”

闻此言，我赶紧掏出手机，憋住尿意，在厕所先记下这句话，生怕它跑了。安迪·沃霍尔把他的工作室称作工厂，我把工厂称作我的工作室。我像个领导，关注这个厂的大事小情。是我，为这个厂含辛茹苦；是我，为这个厂含情脉脉；是我，为这个厂操碎了——淡心。

前天，夜里上厕所，发现厕所比房间还凉快。昨天我把空调打到27度，半夜又发现厕所更凉快，搞得现在我对厕所好感倍增。你猜今天空调我打多少度？还是27度，不能再少了，不能再起夜了。

6月的第一天，我和老盐一齐中暑，都坐在纸箱上，热风吹来，纹丝不动，直等到机台上的材料将要跑尽，才不情不愿地起身。盐嫂从管理那里要来藿香正气水，她老公喝了，我不喝。过了一会儿，盐嫂又跑来劝我喝，下班时叫我一块儿去诊所打针，我嗯嗯啊啊。下班时跟管理请假，次日躺了一天，听着窗外机器的声音，有点小兴奋，上班令人快乐，不上班令人更快乐。晚上去食堂打饭，碰到盐嫂，她问：“打针没有？怎么不打，现在去打吧，我老公昨晚只打了一针就好，如果不打，6号机现在也不用开了，你知道诊所的地方吧。”

老武不干了。

老武在这个厂来来回回、进进出出也有两三回了。老武是湖北随州人，2020年春节后他准备返回福建的工厂，因为他是湖北人，返程遇到困难，厂里出具接收证明和保证书，他才得以出行。那时候，很多卫生巾厂改装机台改做口罩，因为卫生巾和口罩所用的材料差不多，改装很简单。不知道为什么，辉帆公司不做口罩。做口罩工资非常高，老武坐不住了，工资也没要，去找前同事老晁。老武是个沉默的人，不过我们共同的前同事老晁和我堂嫂是好朋友，有一次老晁来厂里碰见我，和我聊起做口罩的事。

老晁说："2020年年初，我在一个卫生巾厂，有个前同事聊天的时候问我要不要去做口罩，我随口说好啊。晚上，有个自称老板的人打我电话，他问是不是曹师傅，来不来，做口罩一天四百到五百块钱，会修机器的话，一天七百到八百块钱。这人客气得我以为是个骗子，但他报出一个前同事的名字。我说我会修机器，但是我这边还上着班呢。他说，没关系，你这边工资多少我给你补，明天来吧。第二天我就去了，想着先看看，啥都没带，去了老板不让走了，给我安排一个单间，被子、牙刷……所有的日用品全部都是新的，全部都给我准备好了。口罩机是一个小机台，速度不快，材料很少，几层无纺布和熔喷布，做出来后把带子粘上去，后面有包装工包。开过卫生巾机台的人，开这个轻车熟路。吃饭和老板一起吃，非常丰盛，吃完还有水果，这待遇，从来没有想过。什么都是老板负责，日常花销，买个什么，都是老板来买，刚开始搞得我都不好意思买东西了。而且不押工资，月底把这个月的全给我了，我靠，加上他补贴我在别的厂的工资，三万多块钱，拿在手里，要疯了。我那个离婚的老婆，不知道怎么打听到我发财了，要和我复婚。那时候老武打电话问要不要人，我就把他也搞过来，他只开机，但是几个月下来也搞了应该有五六万块钱。搞了几个月没单了，老武想回去，打电话问辉帆公司，辉帆公司本来不想要，因为老武从湖北出来，证明都是辉帆公司开的。来了，老武却不吭不响跑去做口罩，后来考虑到老武做事可以，还是要了。”

老晁说到口罩厂的待遇，唾沫横飞。没想到，工厂打工，竟成为一个人人生的骄傲时刻。

提起老晁的前妻，眼前便浮现那个个子小小的人，喜欢欢笑，说话温柔，不过长相很是一般。她叫小魏，是个大学生。什么大学，无从考证。老晁不止一次说过，是小魏追的他，最开始发短信小魏都是发英文，老晁看不懂，还在手机上查字典。他们认识的时候，小魏已经在工厂上班多年。据说，他们多次闹离婚，有一回刚离婚，马上老晁大腿骨折。老晁是个孤儿，和哥嫂关系很不好，跟小魏打电话，小魏照顾他两个月，两人和好。这和我在书上读到的八卦很像，梁思成和林徽因恋爱时，梁思成骨折，林徽因照顾他很长时间，之后两人决定结婚。有一回离婚，小魏找老晁借钱，只说被骗了。老晁好奇，一打听，原来她是被一个小帅哥骗了。老晁觉得，她太自信了，自信的人看不清自己的长相。经过多次折腾，他们还是离婚了。那天的饭桌上，老晁喝安逸了，红着脸对大家说："她给我发的英文短信，现在我还留着呢，草，现在也看不懂。"

质检雪华也说过老武的事，她说虽然厂里还是要老武，但明显区别对待了，老武总是被安排今天开这台机，明天开那台机，而相对来说，给其他组长的安排会固定一些。

那天中午，老武突然离职的消息，在大家中间引起一阵骚动。大家纷纷向大家打听，为什么他不干了？堂嫂获得独家消息，打卡排队的时候讲了一遍，吃饭的时候又讲了一遍："我问老武，怎么了，老武回答，我和这个厂，缘分已尽。"

老武的金句一个中午传遍厂区。不管谁，只要离开，我总是莫名地感动。我也不知道为什么我要打工，我只知道年复一年我不停地打工。生活，除了重复，还是重复。但凡有人离开，我都视为勇士。不是他做出惊天动地的伟业，而是，面对缠身绕体的庸常，他拥有惊天动地的勇气。如《把自己作为方法》中所说，"真正的英雄不是改变世界，而是改变自己生活的每一天"。

白公子就是一个英雄。他说话未曾开口先带笑，干活十分积极，抢着做，可是老盐评价他急急呼呼，是个冒失鬼。有一天排队打卡，质检雪华排他后面，我排雪华后面。雪华大叫道："你没吹身上吗？"白公子回头说："吹了。"雪华说："你半边头都是白灰，快去吹吹。"白公子摇头，雪华又催他。白公子忽然走掉，说："就这样。"雪华说："你没打卡。"白公子甩头，不知嘟囔了一句什么，好像是说就这样。

夏天来了，白公子喜欢穿白衣服，且穿得特别潇洒。我黑，驾驭不了白色衣服，羡慕之余，给他起了个外号——白公子。

去年中秋，厂里举办博饼活动，掷骰子，博大奖，每人三次机会。我抽中一包泡面，却见抽过的人一直不走，我正准备走，有人拉住我说："还有机会，继续排队，不然这么多奖品给谁呢。"我不想抽了，回到宿舍，听见楼下传来的热闹。骰子不是那么好掷的，奈何大家非常坚持，一遍遍排队，一遍遍来来来，掷完这三次，还来三次。在这种坚持不懈、努力拼搏的精神照耀下，奖品终于被抽光。

今年无意间聊到这件事，白公子说："我根本没去，嫌吵。"

白公子，上班可没见你戴耳塞啊。

白公子请假，管理叫我顶替。装箱工见是我来，说：

“他每个月请两天假，又没个正经事儿，妻儿老小又不在，真是个鸟人。”

此言差矣，白公子不是鸟人。人为财死，鸟为食亡，一年到头不请假的我才是鸟人。

下班，见白公子骑车载一袋洗衣粉归来，腰板笔直。

“白公子，就这，没有好吃的好喝的？”

“就需要这个。”

“哦，溜了再去一趟？”

“对，兜兜风，不要只想着买东西。”

有些人对工人的偏见比工人还死板，比工人还木讷。偏见很便利，偏见是一种拿来试错的理论。他们觉得工人千人一面，觉得工人顺从、听话、吃苦、耐劳、没有理想，那是因为观察者缺乏真实的生活和深入的沟通。一个工人，未必会朝着社会发出呐喊，他只是无声反抗、无声生活。我们80后是“工二代”，十几二十岁的时候，“杀马特”就是渴望挣脱流水线的证据，是向往美好生活长在头上的旗帜。现在，不见了“杀马特”，但是，固定请假两天的人、每天唱歌哪怕只是对嘴型的人，未必就失去了“杀马特”。

老武离开后的第一个早会，管理宣布两件重要事情：一个是公司决定给你们涨工资，怎么涨，还在研究；另一个是散会后，那个谁，把灯关一下。

未经八卦的人生不值得去过。堂嫂终于打听到老武突然离开的前因后果。管理让老武去上6号机的夜班，老武不干，叫他上6号机的白班，也不干，问着问着，老武说，不干了。

我问："没有吵架吗？"

堂嫂说："没有，管理说话本来就像吵架。"

我倒是理解老武为什么不想上夜班。老武在泉州买的公寓，二十几个平方，首付二十三万元，月供一千多元。他把一个大间切割成两个小房间，这样两个上小学的女儿和他们夫妻便可以各住一间。他和我的情况相似，一个人上班养活全家。可以想象，一个上完夜班的老武满身疲惫地回到家时，老婆孩子要么出去玩了，要么在家蹑手蹑脚。

老武不爱讲话，只能推测，他把房子买在泉州，是为了杜绝我这种情况：家庭在北方，工作在南方。他两个女儿都在上小学，在可预见的将来，他们夫妻能见证着女儿们读完小学读初中，届时妻子不用全职带娃，可以出来上班，艰难日子熬完。而他，在工厂，数十年如一日。

老武走了，我也想走。

老武走后的第二周，老武，回来了。竟然找不到别的厂上班。管理默默安排老武上夜班，所以老武虽然回来了，但我们好长一段时间并没看见他。涨工资的事，管理不再提。但此后，一旦有人在厂区说出下面一句话，听者保证会笑：我要给你们涨工资了，怎么涨，还在研究。

怎么会找不到别的厂上班？柏拉图把人们陷入假象的地方称作洞穴，中文有中文的表达，可以叫神仙洞。我们厂真是神仙洞。

神仙洞里不需要思考便可以旱涝保收，但我忍不住思考。

人到中年，蓦然回首，才发现曾经不屑的全是从过去到如今自己拼尽全力也无力实现的。曾经嘲笑死守农村不打工的人，结果人家并没有饿死，且活得油光满面、风生水起。请看，文字是多余的，学历是多余的，城市是多余的。人家才混得开，反倒是自己，不漂泊就得坐以待毙，家乡，我回不去了。我曾经鄙视“老婆孩子热炕头”的生活。二十岁时，爸爸就想给我相亲，我极力反对，绝不低头。过完年，爸爸说，不用反对了，你做主吧。我士气高昂，文明人本该自由恋爱。爸爸说，男多女少，没有一个可以供你相亲，你就是想相亲也没有机会。从前厌恶阿堵物，视之如粪土，见大人，当藐之，见美人，当藐之，见财神，当藐之。去年有一段时间，老婆说快疯了，想上班。我说我回家带娃。老婆上班我带娃，以前我们这样干过，去年我们不敢了。老婆的工资总是比我少一千块钱，虽然我们都不认为老婆的工作比我的轻松。我们的家庭是汪洋中的一条船，不是每年都有风平浪静的时刻供我们自由安排行止。我常常想，为什么最笨的那个人总是我，明明有人月入过万，那个人为什么总不是我。一千块钱，就可以把我们治得服服帖帖，死死抱住木板。

现在，我的愿望不过是“老婆、孩子、工作、我”在一起。这是伟大的理想吗？我觉得不是。能在心头一震、令头皮发麻、让人渴望明天早上太阳升起的，是那些熠熠生辉的名词：自由、爱、公道。是那些“我在哪里，文明便在哪里”般的名字。可是，家人团聚真的不是吗？没有能力实现它，还要无所谓它吗？孩子们八岁了，我们还没完整地在一起过哪怕一个完整的夏天、一个完整的冬天、一个完整的秋天、一个完整的春天。这孩子是我的孩子吗？DNA也休想令我安心。老婆、孩子、工作、我，在一起，这是伟大的理想吗？我觉得是。

我想辞职了。

2023年6月

# 10 福尔摩斯工厂探案集

车间如蒸笼，每去一趟厕所都要洗脸。其实想洗澡。配个澡堂吧，否则，人也会把洗手池异化成澡堂。你看，有人洗脸，就有人洗脖子，就有人擦拭上身，人来人往，男男女女。正常人将这种现象归结为无素质，想太多的人将此归结为无尊严。

在厕所碰见一个装柜的正在抽烟，他不像其他装柜的上身赤裸，他们一向赤裸，冬天穿着衣服来上班，干起活便光膀子，夏天来上班的时候根本没有穿上衣，干起活也就没有衣服可脱了。他的脖项没有搭条毛巾，他紧穿衣衫，身体散发出巨大的汗味。我在旁边坐下来，好奇酷热的天气之下他们如何在不知深深深几许的货柜里工作。

饭桌上经常讨论到装柜的，是的，我们叫他们装柜的，他们叫我们开机的。他们工资很高，这是最常被提及的地方。

堂哥说："没有什么好羡慕的，辛苦钱。"

我跟着附和："对，一箱一箱往柜里扔，每天恨不得扔一万下。"

堂哥反驳："哪里，他们都是几箱几箱往下扔。"

上厕所的路上，我注意观察，装柜的总是站在二楼窗前，窗户和货柜之间系着长长的帆布，他们光膀子、肩很宽、腰等宽，肌肉看起来并不像电视里那样结实，但整个人很厚，哦不，我观察到他们确实如堂哥所说，是几箱几箱叠一起往下扔。

我和厕所里装柜的聊，这么热，好辛苦。

他说："唉。"

我问："中午最热，不休息吗？"

他说："哎呀。"

我又问："柜里有风扇吗？"

他说："没有。"

我说："那受得了？"

他说："唉。"

看来实在问不出什么。开机的时候，我不时往窗外望，终有一次，望见赤身的人龇着牙咧着嘴翻上柜顶，单手紧握水管，浇柜顶和柜身。我找到答案了！福尔摩斯也许正是这样炼成的。

有一天，堂哥打完菜，发现米饭已无。刘阿姨在旁谆谆解释道：“谁叫你来这么晚，来早点不就有了。”堂哥把菜端过来，忿忿地说：“都怪那些装柜的，饭量大，打饭毫不客气。”

我把目光从堂哥身上挪走，抛向远处，那里有一张无人坐的桌子，两瓶未开封的绿茶搁那里好多天。

我问：“谁的绿茶呀？”

堂嫂看过去，说：“关你屁事。”

我说：“这个厂是中老年的乐园，没人浪费东西，这两瓶水，有八卦。”

堂嫂笑说：“你调查呗。”

对待生活，我是认真的。绿茶放桌上好多天，刘阿姨大抵每天要嘀咕一遍这是谁的，必有一天把它们当垃圾收走。现场毁坏是迟早的事。我可以随时随地开始思考。谁会买饮料呢？这一问题已排除掉大多数中老年工友。为数不多的年轻人里，谁会买饮料？这又去除几个人，比如堂哥。买两瓶恐怕是请客，请了不喝，宁肯浪费，这可能和感情纠葛有关。至此，我已锁定厂里单身的人和处于单身状态的人，处于单身状态指伴侣不在身边。全厂近百人，符合条件的只剩五六人。还要额外加上一个人。

他叫小树，皇亲国戚，他开机，老婆包装，本不属于单身的人和处于单身状态的人这个范畴。我对工友萌宝笑说：“我很崇拜小树。”萌宝说：“你崇拜个鸭毛。”

小树喜欢喝酒，喝多了高兴，喝大了不上班。每隔一段时间，工资表罚款一栏总能发现小树旷工。厂有厂规，旷工两次，自动离职。小树总是不走。这表明，厂区至少有两套规则在同时运行。

“小树老婆喝不喝酒？”

“不喝。”

“要是也喝，更有意思喽。”

“他老婆上夜班，两个人在里面呼呼睡，管理去敲门，没人应。他老婆睡得比他这个喝了酒的人还沉。机修骂骂咧咧去顶小树的岗。”

别说工厂没有庸常生活的反抗者。

想在厂区当竹林七贤，得有个好爹，恰好生的是你，又恰好和老板有这样那样的关系。于是，机台便不再是机台，是“老板专门买来给你开的”。主人翁意识爆棚，于是，可以把白眼加给任何员工，可以请假不打招呼，可以回来不打招呼，那是王子猷往士大夫家看竹不看人的底气。可以旷工，管理敲门，“敲门都不应”，那是苏轼词里才具备的潇洒。可以应一下并不开门，那是称病不见客却在房间玩摇滚的孔子才做得出来的。

小树未必知道孔子、苏轼、王子猷，但他在我眼中和那三个人一样。今天打工，昨天打工，明天打工，后天还得打工，有的人决定用自己的方式抗争。

小李喜欢找小树借烟。一开始以为他俩那个，后来发现，小李烟瘾大，到处借烟。小李是中胖的女朋友，中胖原来叫大胖，后来瘦下去，大家私底下改称中胖，将原来的中胖升级为大胖，小胖则一直不变。小李和中胖喜欢吵架，不知道是不是把吵架当作一种沟通方式。有一回，隔着几个宿舍，又听见他俩吵架，忽然哐当一声，我赶紧打开门，又赶紧关上，他们的锅甩到我门口。小李有一个老公，还没离。一个女工告诉我，小李的老公在东南亚，过节会给她发红包，祝福的话一套一套的。女工说："她老公有一天肯定回来呀。"

有一天，又看见机修骂骂咧咧去顶小树的岗。一连骂几天。原来，喝醉的小树和小李骑车，半道摔沟里，现在人都躺在医院。中胖和小树老婆下班都往医院跑。小树发誓再也不喝酒。

这个瓜把我吃噎住，应该是整个厂都吃噎住。他俩真的搞那个呀。关于此事故的细节，我听过不同的版本。有人说，两个人去开房的路上过于激动，边开车边扭扯起来，没喝酒胜似喝酒，结果乐极生悲。有人说，两个人哪里是去开房，明明是去喝酒，喝完酒一个急着回来找老婆一个急着回来找男朋友，心太急、太急了，两个人摔倒后，本想爬一爬，保持保持距离，以免引起误会，奈何不得动弹。

中胖似乎陷入某种循环。他上一任女朋友也是在闹离婚。那女人颇缠他，模样倒还说得过去。他看见她却是很烦的样子。厂里的夫妻房不需要结婚证，没听过他们俩在夫妻房里吵架或打架，那女人脾气好。最终分手，据中胖说，那女人不会生。若干年后，一个女工忿忿不平地对我说，哪里不会生，人家和我的下家生下白胖小子，他以为只他有她的微信。

中胖对小李那么好，还送小李最新款苹果手机。同款手机静静躺在我的淘宝购物车，我和萌宝算过，不吃早餐不吃夜宵两年整，刚好拿下这款手机。萌宝在厕所碰见我，喜欢调侃我，问我今天又看我的苹果手机没，下定决心不吃没。

小李痊愈后，小树也痊愈。小树的亲戚老板娘给小李另安排岗位，小李不爽，不干了。至于小树，恢复常态，经常喝酒，偶尔旷工。

两瓶绿茶或许跟厂花有关系。厂花来之前厂区没有厂花。厂花来之后我发现厂区发生了某些改变。堂哥变得幽默，我极度怀疑他连夜看了一百个笑话。陈总，拿着组长的工资一直做默默无闻的副手，最近开始做威风的组长。大胖公然在车间拍抖音，用快到夸张的手速往包装机里放片料，工作间隙到窗前逆着光扭屁股。厂花排队打卡的时候，一惊一乍的人有点多，装傻充愣的人特别多。

等电梯，听见质检雪华同一女工说："过去质检只招十八到二十五岁的女生，要漂亮的，要有文凭的，后来年轻的走了，不来了，才轮到我们这一批。包装工一开始都是十八岁的小姑娘呢。"

我这个福尔摩斯很好奇，厂花这样优秀为什么来工厂上班？

厂花对我说："刚来时，吃食堂，受不了，厨师什么都放辣，冷不丁地辣，吃得得肠炎了。"我问："现在呢？"厂花说："现在能吃一点了。"我认真地问："肠炎算工伤吗？"厂花笑说："算自己的。"

轰隆隆的工厂，静悄悄的工伤。绝不是独我怜惜厂花，而是真的感到愤怒。肠炎难道不算工伤？谁会把它当回事。和萌宝聊天，他和我一样有七八年没开卫生巾机台，再开，身上起一团一团的疙瘩，过几天，自己消了。也只有借这样的私下谈话，才搜集到只言片语。厂里那么多人，大大小小的工伤，看得见的和看不见的工伤，认识的和不认识的工伤，哪里会统计出来。

因和厂花渐熟，有机会一起走，似乎体验了她的视角。下楼梯，前途一片黑，背后有人举手机照明，我回首，仰望，是温暖的陈总。早上，堂哥喊厂花。我留步，回头照见堂哥喜咪咪地递给厂花一个茶叶蛋，说："给你，补充一下营养。”我差点感动得鼻涕流。我和厂花在机台说话，抬头看见机修正静静看我、悄悄看我、直勾勾看我，我不似厂花淡然，我早已被撩拨得心花怒放。

有一回厂花对我说：“老盐，人可以啊，感受不到你说的暴脾气，他看见我总是笑眯眯啊。”

一案未破，一案又生。

茶水间有人用衣架晾毛巾，是谁呢？我拍照，那条又破又糙的毛巾和冰西瓜、冰啤酒以及刺眼的云一起被我发到朋友圈。我期待有人恰好认得它。

打袋子的人请假，我被安排和老李一起给包装袋打上生产日期。老李五六十岁了，关注的人和物肯定和年轻人有差异，正好问问他毛巾的事。

打袋子需要两个人配合，一个人站在小机器头部放袋子，袋子一个个经过传送皮带和喷码，再一个个落在小篮子里。一把落完，另一个人收拾齐整一把，箍好皮筋放到旁边大筐子里。

手一直不停，我们的嘴巴也一直不停。

聊了一天，我却忘记问毛巾，遂不再问。

白公子请假，我去顶岗，发现三楼也晾有一条毛巾，这又是谁的呀?！

热，再次幻想厂区有个配空调的休息间。

做了一个实验。向每个人说，今天有一点点热哦。不出意料，好几个人都反驳说，哪里叫一点点，热死了。我进一步说，厂里应该搞个空调房，供大家休息哦。收到诸多反馈，实录于下：

“你想得美。”

“不行，一样热。”

“呵呵。”

“对，你去说。”

“梦里什么都有。”

由这个实验，得出一个偏见：言论不是推动现实的动因，言论只是对现实的一种反映。

在车间，吹着热风，上午，一直想去厕所，下午，只想完成去厕所这个流程。热，热到绝望，因为知道到哪里都一样热。厕所一样，窗前一样，楼道口一样，茶水间一样，到爸爸那里一样，到儿子那里一样，到十年前一样没空调，到十年后一样没空调。

终于轮到我去厕所。洗完脸，温吞吞的水洒在脸上如戴面具，一阵风吹来，水才是水。刚转身，洗脸水顺着脖子流下来，流成了汗。洗了白洗，不洗也不行，只好去完成洗脸这个动作，无效而有序，一切按照既定程序进行。感受到脸上水珠转瞬流成汗珠，这般神奇，才深切明白他们为什么带毛巾进车间。

七月末，台风来了。

降温的喜悦并没持续多久，停水停电停外卖。我有跑外卖时期遗留下的两个充电宝，所以当夜幕降临，对面车间玻璃反射出宿舍楼漆黑一片时，我打开手机开始在阳台放歌，这是阳台音乐会。闪电、黑暗、风雨、高处，这种情况，嗓门大的人特别出风头，这是原始的技能。看外国节目，我就想，我们怎么没有阳台歌唱者？与其思考与叹息，不如我来小声唱。唱自己编的歌词：生活本身永远比生活的意义重要。坂本龙一和《骑上我心爱的小摩托》都能令我张牙舞爪。一大早被楼下吵醒，那些杂工、包装工积极得很，很不想放假，议论着什么时候来电，什么时候回到如蒸笼的车间。还是有水有电有外卖可以十二个小时从天亮猛干到天黑的正常日子好啊！两天后，音乐会停了，还没来电。去找白公子。这么黑的夜晚，这么无聊的人们，能不能真的搞个阳台音乐会呢？靠，说搞就搞。打开手机照明，打开心胸，打开喉咙，斗地主。

厂花也来了，气氛变得愉快。白公子和我让给他们打，我们充当气氛组。萌宝那个十八岁的老乡赤裸着上身加入，气氛热烈极了。白公子忽然哼了几句歌，才发现他一只耳朵戴着耳机。又来许多人围在门口观战，有大叔，有大娘，白公子裁剪纸箱，制作出许多简易的扇子，大家摇着扇，流着汗，不时呐喊。丢一张牌即能勾引出许多欢声笑语。不时有人“哇”，不时有人“吼”，不时有人“哇吼”。呜呼，音乐会之声欤？摇滚现场之声欤？有人抱怨自己老是输，风水不对啊。白公子徐徐说道：“方位不对，世界是有规律的，一切对应着五行，五行对应着颜色。金木水火土，不是这样的排列顺序，嗯，正确的应该是另一种顺序。我们日常也需要五行，穿衣呀，小孩八字呀，银行密码呀。我小孩的八字我早给他算过了。金对我最好，最有运，金对应的颜色是白色，所以我尽量只穿白色，白衣、白鞋、白袜。”

白公子说白公子的，大家早已沉浸在打牌的喜悦之中，如痴如醉。嘈杂声中，我对白公子说：“我一直以为你爱白色。”白公子说：“不是，有讲究的。”

不是有一颗福尔摩斯的心，你就铁定能成为福尔摩斯。只是有一颗福尔摩斯的心，你铁定能看见更具体的生活。作为工厂福尔摩斯，我是如此失败，我接受失败，失败地去活，有何不可。

2023年8月

# 11 老甘正传

一直想和老甘聊聊。他的厂离我不远，每个月听说我们厂放假那天，他都会来小店门口请我们喝水。聊天的人翻来覆去都是那几个，萌宝、老武、中胖和我。人多，嘴杂，老甘语速和脑袋皆跟不上，便乐呵呵地听我们聊，除非我们空出时间等他说。工友们聊天有两个特点，每个话题尽是概括性地聊，话题和话题之间转换特别快。这和我们工作时长远大于娱乐时长有莫大关系，没时间深入想问题。还和工作环境有关系，车间嘈杂，沟通务必简洁有力，话越多越容易出错。所以，每当我想问老甘一个问题，他嗯嗯啊啊尚在酝酿，别的工友已开启几轮新的话题。

我想和老甘聊，因为他和我们都不一样。他说自己小时候生过一场病，伤了脑子。究竟什么病，我始终难搞清楚。他笨，真的笨，手笨，脚笨，脑子转得慢。十多年来，他一直开卫生巾机台，一直是个副手，一直是个遭人嫌弃的副手。认识多年，他始终单身，始终未听说他谈恋爱。地球上，真的有人没谈过恋爱。

一天，老甘来找我和萌宝，萌宝不应，也正因为他不应，我和老甘聊了更多。老武也过来，到饭点回家，也正因为他回家，我得以和老甘聊更多。

因老甘聊天时常断断续续、停停顿顿与支支吾吾，为避免繁复，整理后不一一列出。

老甘说："我小学毕业后，在家干农活。"

我问："为什么不继续上学？"

老甘说："初中离我家要走两个小时，那里海拔一千多米，冬天很冷。我成绩又不好，浪费钱，不去了。"

我问："你哥呢？"

老甘说："我几个哥还有小妹都念完了初中。"

我问："都考上高中？"

老甘说："都没有。"

我说："不公平。"

老甘笑说："没有什么不公平啊。"

我问："那你什么时候出来打工？"

老甘说："二十三岁，哦不对，二十二岁。"

我有点意外，问他为什么这么晚出来。

老甘说："我十九岁到我们那附近修路，一天三十块钱，结果被车子刮倒，包工头把我送到我哥家。我哥家在镇上，他不把我送我家里，送我哥家里，因为我哥那里近，他只送到我哥小区门口就走了。什么都自己出，说我自己的责任。我走后没多久，那儿又有一个事故，搞残疾一个人，哈，这下逃不掉，老板要管。打工，我家里怕我干不好，一直到二十二岁才让我出门。”

我问：“第一个厂在哪儿呢？”

老甘说：“当时我哥在泉州，带我找厂，碰到一个卫生巾厂。第二个厂还是卫生巾厂，你也进去过嘛，有郑某某、袁某某、阿水、黄某某、袁某某的女婿金某。”

我很惊讶，说：“这些名字你都记得，我都不记得了。”

老甘笑起来，说：“然后去第三个卫生巾厂，辉帆公司，干了十年。”

老甘去辉帆公司的第二年，我也去了。那个厂的人几乎都有外号，老甘的外号不是阿甘，是老牛。我进厂没多久便听见别人取笑老甘接断了材料。一个材料将要用完，无缝换上另一个材料，这是最基本最简单的操作，没有技术含量，熟练就好。饶是最简单的操作，老甘也时常犯错。他思考迟钝、动作迟钝，有些组长嫌弃他，明说不要他。有一回管理当面指责老甘说：“老牛啊老牛，你真是一头老牛，拉着不走，打着倒退。”但是呢，也有几个组长脾气极坏，很多副手明说不合作。管理便常安排老甘还有像我这样脾气温驯的人和坏脾气组长一起。老甘在夹缝中开了十年机。

我问："你怎么从辉帆公司走了？"

老甘说："我小妹和妹夫也来这个厂，他们和老板娘吵架，走了，我也走了。"

老甘走后，老板娘交代保安，不准再放老甘进去。老板娘记仇，专门为老甘制定一条规则。老甘的排面真大。我说都过去那么多年，你跟着我进去，没事。老甘说不行，保安会骂人。老甘认真地说："等认识我的保安不干了就好了。"显然，论打持久战，那几位保安大爷打不过老甘。

我听到的版本不是老甘所说的那样。上回和老李一起打袋子，从上午聊到下午。老李说："老甘笨，但是这个厂的人都容他，大家都这么熟了，他却不干了，你说他这个样子到别的厂，谁不欺负，又要很长时间适应。"

我问老李："他为什么走？"

老李说："老甘有个老乡，经常带着他去玩，估计老甘请客请得多。老甘笨，没多久得上那个病。"

我说："这种私人的事你怎么知道。"

老李说："我本来不知道，他请假去住院，回来把医院发的袋子带回来，袋子上面印着哪个科室。还有，他说，'别人生病大家都去看望，我生病，没有人看'。他根本没告诉我们他怎么了。他还到办公室，好像要报销医药费还是怎么样，他呀，以为厂里给员工买的那个保险可以报销，他不知道那是意外工伤险，不是万能险。不知道怎么老甘和老板娘吵起来，他妹妹也跑去跟老板娘吵，他就走了。”

我不相信老李的版本，继续听老甘说：“疫情时到纸尿裤厂，当尿裤学徒。是个大厂，几十条生产线，有一些机台改做口罩。我看尿裤的第二段，四个材料，他们把自动接料关掉，这样少浪费一些材料。根本忙不过来，四个材料把我搞得上上下下，搞完这个搞那个，搞完那个又搞这个。管理来回安排我，今天开这台，明天那台，这个组长不要，那个副手也在那里说不要我。那个管理坏，缺人的时候不说我不行，口罩不做了不缺人才把我辞退。我又找现在这个厂做了三年。”

我问：“准备待多久？”

老甘茫然地说：“不知道做多久。”

我问：“听说你的房贷快还完了？”

老甘摆摆手说：“还有一年还完，买在贵阳靠近市中心的地方。”

我问：“房贷还完了有什么打算？”

老甘说：“没什么打算。”

我说：“听说贵阳也有工业区。”

老甘摇摇头说：“才三千多一个月，还是在这边打工好。”

老甘有一个成就，大成就——买房早，他买的房子如今升值一倍有余，且仅仅剩一年还完房贷。这一点，我们实在羡慕。

我问："你们厂有女孩子吗？"

老甘说："没有，都是老太婆。我们都在辉帆公司那一年，真的好多配对成功哇，你、丽丽、娜娜、亮亮、龙龙、佩佩，她们是最后一批，最后一批，后面你走了，没有女孩，没有机会。"

老甘说的那一年，是2014年。那时候一台机器配四个工人：一个组长、两个副手、一个质检。组长负责接换材料，副手负责换袋子——接卫生巾的袋子装满了，再换一个空袋子，质检负责看质量。一个厂十几个质检，十几个年轻女孩，非常热闹。也是在那一年，机械厂来的人对我们的老机器进行升级。一是加装纠偏器，材料开着开着因为自身或者机器的不稳定会偏离设定好的轨道，产品就会缺失一部分，成为废品。所以工人要不停巡视机台，一旦发现问题，马上手动调回。现在加装纠偏器，它可以自动纠正偏离的材料，我们这些开机的一下子轻松好多。可惜没轻松多久，机台改为三个人开，去掉一个副手，这样工作量恢复到和过去一样。二是加装剔废系统，感应器自动识别不合格的产品并加以剔除，从此工人不必从机头跑到机尾追赶有问题的产品。加装剔废系统之后，质检这个岗位还是保留了一段时间，那段时间质检变得颇无所事事。

后来，一台机器只要两个工人操作。质检改为巡检，一个巡检负责一层楼的产品质量，但是我们叫习惯了，还是叫她们质检。2014年，我在卫生巾厂看见“最后一批”女孩。从此，这个厂成为中老年的乐园。马尔库塞在《单向度的人》那本干瘪的书里有个观点：机器的进化节省劳动力，也节省人的欲望。我想，马尔库塞或许会乐意让我的经历成为那本干瘪书的论据。

2014年的工厂还发生了一件小事，车间安装摄像头。才安好的头几天，大家变得异常认真，完全遵守员工手册上的种种规定。几天之后，大家对摄像头视而不见，聊天，玩手机，打哈欠，一切照旧。只有老板娘来巡视的时候，大家才会严肃起来。堂哥说老板娘一定会看摄像头。这么多年，堂哥从不在机台上闲聊、玩手机、打哈欠，只有堂哥保持着异常的认真。

我和老甘继续聊，我问老甘：“这么多年，你从来没有谈过吗？”

老甘支吾起来，说：“谈过，一个，她是包装工，拉过手，没拿下。”

我问：“你怎么追的？”

老甘说：“聊天。”

我问：“没请吃饭轧马路什么的？”

老甘说：“那时候我二哥帮我存钱，他说，你花钱，再找我。所以，没什么钱。”

我问：“你的钱为什么让他存？”

我又说：“凭什么，自己的钱自己存。”

我忍不住又问：“现在还是存他那里吗？”

老甘说：“哎呀。”

我问：“你的亲戚没有帮忙介绍吗？”

老甘说：“表嫂给介绍过，有一个，她家里姐妹两个，小时候发高烧，脑子烧糊涂了。我请假回去，也见了，相亲，我花了几千块，我爸妈也去了，也花了几千块。见到那女生的姑姥，照看她的姑姥，但是没见她父母。不知道怎么搞的，相亲看不见父母，没人做主，没成。表嫂还给介绍一个，上学的时候从楼上落下来，坐了轮椅。打听打听，没见面，说脾气很坏，算了。还有一个，离过婚，这个人会出轨，她离婚就是因为出轨跟人跑了，又回来。想想，不行。”

我提建议，说：“你要找个女孩子多的厂。”

老甘说：“都没有。现在厂里没生意，我准备把港澳台通行证办了，去旅游。”

我不禁瞪大了眼睛，说：“可以啊老甘，以前不抽烟不喝酒，现在听说你买酒都是整箱整箱往宿舍搬，去啊，去旅游，去享受人生。”

老甘咧着嘴笑说：“有人包食宿。”

我问："谁？"

老甘说："不是买了几千块白酒吗，送的旅游券。"

我问："你买酒是为了旅游券？"

我又说："我从来不相信这种好事，你想旅游，自己去，自己花钱，别想着占便宜去旅游。"

老甘茫然地说："哦，这样哦。"

我忽然感到一阵悲哀，我有什么资格指导老甘的人生。纵使被骗，也是出发，也是在路上，方向也是港澳台。我从没有去过港澳台，从没有去过工作地之外的异乡。我连旅游这个想法都没有。

一直打工下去，好像也没什么问题。只是有一天，下了班，洗了澡，你刷刷不完的抖音，忽然感到一阵莫名的难过。你停下来，想了想。你想说话，不是为了发出声音。你想辞职，不是因为劳累。你想大笑，不是因为天大的喜悦。只是因为，你有了一些想法，于是，过去的生活再也重复不来，未来，那样的生活里也再不会有你。以后，不是你在打工，只是你的肉体在打工。

我问："你几个哥哥和妹妹都结婚了吗？"

老甘说："是啊。"

我问："他们没给你介绍过对象吗？"

老甘说："忙，都忙。我小妹没上班，生了三个女儿。第四个，儿子，不说话，急了才喊妈妈。三个女儿一个比一个话多，就儿子不说话，看了好多医生噢，中医、西医，还有算命的先生。”

我问：“她老公呢？”

老甘说：“她老公做机修，一个月一万多，有房贷。”

我说：“她家的条件跟我很像。”

吃罢饭，老甘载我回辉帆公司。到厂门口，我礼貌性地邀他进去坐坐。老甘说：“帅哥，进不去啊。”我才想起来，老甘不能进我们厂。

这时，大林子骑个电动车从厂里出来。看着大林子的背影，老甘说：“他四十多了，喝酒很厉害，别个喝个五六瓶，他五六瓶下去，没过瘾，是个无底洞。不想和他喝酒，我请客，老是喝那么多。有一回，路上碰到，打招呼，他看见我了，转头走了，招呼都不打。后来我发现，除非我请客，他根本不甩我。”

厂里人提到大林子，语多感慨。他曾是个老板呢。他喜欢买马，买马是“六合彩”的民间叫法。2014年，有一段时间，厂里人热衷下了班去小店买马，为了发财，很多人贡献出整月整月的工资。大林子手气好，经常赢，不满足，和人合伙卖马，要当老板。结果那合伙人卷走几十万跑路，别人把债算到大林子头上。不知道具体发生了什么，只知道从此大林子以厂为家，一日三餐在厂里，放假在厂里，过年在厂里，真正践行“工厂就是我的家”。他的折腾人生，他的淘金美梦，是全厂老老实实打工人的反面榜样。

在厂花眼里，每个人都是笑眯眯的；在爱说爱笑、胖胖的新员工东思眼里，身边有很多闷葫芦；在老甘眼里，这个世界是什么样呢？

和我一样，老甘在工厂从青年生活到中年，眼看着从中年滑向中老年。老胳膊老腿儿可还好么？工厂没有温柔的风。立秋以后，天气转凉。不吹风扇，会感受到浑浊的空气，吹，有点凉。工业风扇调最低挡还是很大的风，大过家用风扇的最大挡。做风扇的人都知道，工厂的工人是一支劲旅。工厂没有温柔的风。

没有人把老甘当作病人，他所面对的标准，是正常人的标准，所以他成为笨瓜、呆瓜、傻瓜。包括我，以前也不搭理他，理也多是调侃与不屑。现在发现，即便反应迟缓，老甘还能记住那么多人名，这比我强。想到他，我总会想到电影《阿甘正传》。多年不见，我期待他的身上发生奇迹，令周围人朝他叫“爷”（耶），他和他的房子，做到了。生活对于别人是设置好的一条轨道，对于他，这轨道竟是窄门，是骆驼眼中的针眼。他需要削足适履，绝不是因为王子和水晶鞋，只是因为要过一种正常人的生活。显然，他要面对更多、付出更多、承受更多，才能在正常人的轨道上踉踉跄跄做一场“变形记”。我从未听见他愤怒，他不愤怒、不伤感、不埋怨、不傻乐。记得在机台上，情形最坏的时刻，他也不生气、不摔东西、不骂人、不生坏心眼，顶多跺自己的脚。不过，和电影一样，阿甘遇到善待他的人，老甘有善待他的二哥。老甘买房时，二哥退还所有存款，并多给他两万，其他兄弟姊妹均未相助。这件事老甘最初并没有告诉我，以至于我误会二哥。后来一次相聚，再次聊到升值的房子，老甘才慢悠悠地道明原委。也许下次相聚，老甘会继续慢悠悠地告诉我，买房，小妹，其实也帮忙了。

虽然，老甘不像电影里那样，展现出超越常人的品质，见证并参与种种历史事件，但他仍努力活着，有烟有酒有朋友地活着，同诸多打工人一样，接受生活，拥抱生活，热爱生活，追求生活本身，而非生活的意义。

2023年8月

# 12 人的尊严

萌宝来这个厂第一天和老盐杠上了。

萌宝往胶箱里面加胶，老盐过去检查，说萌宝把包装纸加进去了。萌宝不认，老盐开始教他怎么撕胶块的包装纸。萌宝很不耐烦，并强调不是他搞的。老盐教育他，不管谁搞的，加胶都要好好加，你要好好加，我也要好好加。

我在旁瞅着他俩斗嘴，心里拂过一阵风凉。老盐扭头瞥到我，指着我，加重语气对萌宝说："张赛也要好好加。"

萌宝不再加胶，并对我说："三岁小孩都会撕包装纸，教教教，让他来，你别搞，我也不搞。"

我苦笑。

萌宝也是组长，所以后边开其他机台，不再和老盐同台。

车间除了轰隆隆的机器运转声音，还有提醒材料将尽的警报声。警报声起，我到机台后面推木浆，萌宝走过来嚣张地讲："叫叫叫，叫那个老盐过来推。"

我笑说："几百公斤，他推不动。"

萌宝质问："为什么推不动？吃的不是人饭？"

我说出原因："人家是组长。"

萌宝很不耐烦，像要跳起来，说："组长怎么了？"

我说："组长可是领导，管一个人也叫领导。"

萌宝叫道："狗——屁！组长，有的人还管组长叫老大，狗屁老大！组长不能干重活？这是谁规定的，我就很不服。倒次品、看小包、换木浆、拉边角料，这些事情组长怎么就不能做，全丢给副手做。这些事刻脸上非要这个人做吗？别个做掉面子吗？管理还问我怎么跑到副手的位置。我说我喜欢。包装的老太婆看见我去倒次品，很惊讶，说怎么不让副手去。我说我喜欢，倒完次品，在楼下把烟一点，不上来喽，下班再上来。倒完次品还剩十几分钟下班，你说嘛，还上来干吗。副手去倒次品，我就让他不要上来，把次品重量发给我就好。两个人一起开机，机台开好就行，非要搞个你是正的我是副的。"

我打断他："不说了，说太多了，等下老盐过来找我呢。"

萌宝说："来来来，让他来，让他来推木浆。"

我忍不住又说："别个是组长，别个就是要管你，在他心里，你时时刻刻在犯错，你需要被管教。看吧，管来管去你还是犯错，鸟人屡教不改，不管的话，那还得了。"

萌宝开始骂。我听完，开始教育他，我们要讲文明。

老甘不会认同我的观点。有一回聊到老板，老甘称赞已经去世的老余总，说老余总敢骂人，上百人正在食堂吃饭，老余总走到几个机修那一桌，劈头盖脸地骂，几个机修头都不敢抬一下。以前老板娘的头发很长，走路时在背后一甩一甩。老余总看到说太长了，剪掉。第二天，老板娘剪了个齐耳短发。老甘说现在的老板不敢骂人，厂子管不好，生意没有过去好。

在机器面前，我总感到我的弱小。

这个岗位需要一个叫副手的人，而不是一个叫张赛的人。此岗位并非非我莫属，并非没有我便失去生机与色彩，更并非有一天会有人因为我的离去伤心。

即便讨厌老盐，我也幻想能和他一起吃饭聊天。我好奇，他是怎么成为他的，他骂人的时候为什么总是面向机器，他有两个女儿一个儿子，他老婆做完切除肿瘤的手术不到一个月便重返流水线，他五十多岁，暮年拼搏，他会讲些什么。在他眼里，我是张赛，还是一个叫副手的人？如果是后者，我面前站着的到底是老盐还是机器？

我现实中受气，幻想里还要委屈自己和老盐亲近，而不是道德上蔑视他幻想中狂扁他，容易嘛我。

天气凉了，上班，又可以双臂交叉抱于胸前。不似热时，袖手旁观，妄图两袖清风。

警报声起，和萌宝又相逢在灰尘之中。他骂，我听，然后教育之。他又骂，我又听，又教育之。一天，去推木浆，看萌宝没过来，等一等，忍不住走过去，伸长了脖子。

“干吗。”

“听你骂人，哦不，听你说话。”

打不上卡，后面一堆人。她说，淡定。他笑，蛋定。我想，但丁。

有人打不上卡，全队发火；有人打不上卡，全队默默。

发现办公室文员打卡用指纹，生产车间的人用人脸识别。回想上班第一天，文员领我录人脸，没有提供指纹的选项。2003年我第一年上班的时候有上班铃声，和刚刚告别的学校上课铃声无缝对接。戴手表的车间主任巡视每个机台，记录迟到的情况。2013年上班，公司有打卡机，用一张硬纸卡片打卡——把纸卡插进打卡机，时间实时打印在纸卡上，蓝色时间代表正常，红色时间代表异常。一个月发一张卡片，有人打满一个月，卡片依旧崭新，有人打几天卡，卡片像进了理发店烫染了一遍。打不上卡，打不好卡，这时候需要人工干预。“签卡”“补卡”“打模糊卡”“打错别人的卡”，五花八门的情况，催生浓浓的人情世故。2014年，公司改用指纹打卡机。打卡机不再出状况，状况出在人身上。那时候的机器故障频繁，隔三岔五需要维修，工人两手污黑、沾水，或者指纹磨损，打不上卡。公司给出的解决方案是多录几根手指，尤其要录小拇指。现在，人脸打卡的成功率近乎百分之百。车间主任（即管理）的权力变得专业化，不像过去，管很多。

有一天晚上，和萌宝、白公子聚餐。他们说管理受伤了，手掌骨折，估计要住院一个星期。我不敢相信，一整天都没有人说这件事情。2013年的时候，厂里但凡有人受伤，下了班大家买水果排队去探望。那时候工伤不断，温情不断。萌宝没有发信息慰问，白公子发了。我说我也发一个吧，发什么好。白公子说："哈哈，照抄我的。"我说："有没有听说谁去医院看望？"白公子摇头。我说："没人去看不是我们的问题，是他的问题。"白公子表示很赞同。

我们管理做人确实有不当之处，而我看待问题则常常缺乏理性。好在生活中的可疑之处我会不断去想。没人去看管理，固然跟他做人有关，也和机器的进化有关。现在的管理越来越不像过去的大家长一样事事过手事事牢抓，每个岗位有明确的权限，权限下的管理越来越只像个管理，而不像时而严厉时而通融的父亲。

白公子又请假，这回的理由是肚子疼。我以为又将安排我去顶岗，没想到安排了陈总。10号机的灰尘全厂最大，去10号机无异于被发配边疆。管理没安排我开10号机，为什么？既然没有一个固定的制度可循，只能猜。管理受伤，我发了信息慰问，陈总没有？

可怜的陈总。

那天和陈总开机，对班把机台上的材料几乎用尽，陈总来了一句“四大皆空啊”。我的心里“哇”了一声，多么幸运，我捕捉到陈总的文学性。在那个瞬间，他是一个有光的人。

一楼有两个包装工打卡很急。她俩的台词是“让一让，让一让”“我们要连班去”，搭配她们那粗壮的胳膊和粗壮的小腿，想起小时候街机打斗游戏里有一种角色，不与你打，单是横冲与直撞，我们叫它金刚。

萌宝对那些急急忙忙上班的人很不耐烦。

他皱着眉头说：“吃完饭休都不休息，直接开干，急着投胎啊。”

我故意逗他，说：“别人上班才叫上班，有激情。”

萌宝把头一晃，要跳起来，说：“激情个屁，上个班那些人那个拼命的样子，看到就烦。烦，又不是打仗，却搞得跟打仗一样。一天到晚眼里就知道上班，就知道干干干。”

我笑说：“早下班不爽吗，别人都回家追剧去了，你还在那里干干干。”

萌宝的眉头皱得更紧了，说：“按规定8点上班，就8

点上班，早一分钟我都不去。这些人7点40就把机台开起来，提前20分钟上班，就是想提前20分钟下班。中午也是，这些人吃完饭就干，晚上更不用说，干脆不吃饭，这样一共提前上班110分钟，最早晚上6点下班。我不提前，晚上7点多下班，又有什么呢？急急急，胃都搞坏。”

我反驳他：“你的想法是错误的，别人上班不单赚钱，还赚时间，下班后的时间都是赚的时间。”

萌宝冷笑：“哼，提前来上班的时间呢？”

我笑说：“可能下班前的时间都不算宝贵的时间，只是垃圾时间。”

萌宝冷笑：“哼哼，机台坏了怎么办？白白多干110分钟。”

我说：“老板喜欢啊。老板可喜欢埋头苦干的人、一年到头不请假的人，加班不要加班费的人。”

萌宝直摇头：“哼，有点傻吧。”

我说：“嗯，你说你自己吗？”

调侃连班的人，一连调侃几天。然后开始调侃厕所。我们一致认为，厕所，二楼的马马虎虎，三楼最干净，一楼要捂鼻子。

这和三个车间的忙碌程度紧密相关。萌宝说：“到一楼我就不喜欢上厕所了，那些人尿不准你知道吗，老搞在小便池外边。”白公子说：“对，还经常忘记冲，当然，冲也没用哈，已经搞外面了。”

有一回厂花跟我说，萌宝去上厕所，这边阿臣把机台搞停，厂花给萌宝发信息说，机台停了。萌宝却说，你别跟我说这些，我尿不出来了。

不要觉得整天屎啊尿啊，档次低。富士康有一位档次高的领导发表过一个理论，他说好员工的尿都是黄的，其他员工的尿都是白的。当时我就想到我爱吃的火龙果，吃多了尿是红的，这种鞠躬尽瘁的颜色，领导，你怎么看。

老武半个小时去一趟厕所，我没去，他赶着我去。那一天，我的尿好白啊。

“凤凰网读书”采访女工范雨素，她有一段话大致如下：

> 我希望每个人都有尊严地活着，每个人付出之后都有收获。每个人不为每天做的工作而感到耻辱。一个建筑工人、一个快递工人、一个外卖工人，他们不快乐，为什么他们不快乐，并不仅仅是因为做工人太苦他们才不快乐，也因为这个社会没有充分赋予工人尊严。有人会说给尊严了呀。给了？那都是虚头巴脑的尊严，假如说工人有尊严，收入也好，我们的孩子教育也能得到很

好保障，我们就不会觉得做工人不好，而非要靠一个梦。

这段关于尊严的话，我感同身受，视为己出，真想抄袭。

聊完厕所聊香水。

到白公子宿舍玩，公子取出一瓶香水，问我要不要喷点，又往萌宝身上喷。萌宝直皱眉，说："上班闻香水还没闻够吗？"白公子说："上班闻的香水不能叫香水，下班闻的香水才叫香水。"萌宝说："一直闻，要吐。"我想到厂服，便说："上班穿的衣服不能叫衣服，下班穿的衣服才叫衣服。"萌宝闻了闻香水说："身上喷这么香，等下我老乡受不了，跑出去，干干干。"

离开他俩，我接着造句：上班的时间不能叫时间，下班的时间才叫时间。

我们厂开的产品，有的会加香水。开香水产品的机台，身上一天到晚香喷喷的，没有任何防护措施。香水本身没有问题，问题是身上被喷太多、被喷太久、被喷得太单一。我们没有拒绝被喷香水的权利，毕竟它不臭，且就像被上厕所的男工顺走的卫生巾，在工厂眼里，被喷香水是工人在揩工厂的油。

有一天中午，食堂让人有些意外，有大菜，清蒸龙虾。刘阿姨说，一个人三只。龙虾还挺大，一勺子打不下三只，我打第二只的时候，刘阿姨用清晰的普通话而非闽南口音说，一个人三只。第三遍听到“一个人三只”，简直以为此乃京腔京韵老北京无疑。饭菜好不好，刘阿姨一清二楚。烂白菜帮子，她躲得远远的，有好料，有她守护。我瞎猜啊，在她眼里，工人道德低下，好吃懒做，偷奸耍滑，得管，一定得严管。

三伏天，食堂提供饭后西瓜。堂哥抱着两扇西瓜回到桌前说：“我真佩服那些人，厨师高高的刀刚落下，他们的手也敢马上伸过去。”堂嫂说：“抢啊，慢了吃边角余料。”刘阿姨忽然咆哮起来，大家转头去看，有人抱半个西瓜去也。堂哥说：“叫个屁，敢抱半个西瓜的还怕你叫，哪个不是关系户，理你吗？”饭桌上便讨论起刘阿姨该不该管别人拿多拿少，因为像白公子、萌宝、老武，要么少拿要么不拿。还有刀口夺西瓜，大家的争辩也很激烈，聚焦于人的贪心、怕吃亏，以及上班时间紧迫等话题。生活中的种种问题，我发现，大家不是不讨论，不是不关心，不是不争辩，不是不愤怒，而是关注点往往在非常确切的事物表面，看重直接关系，看重个案，要即刻能得结论，即刻得到反馈，关心是否与己有很强的利益关联，辩论往往是结论和结论的对峙，愤怒不是点燃行动而是浇灭行动的开始。

我问萌宝："饭菜难吃，怎么办？"

萌宝一脸不耐烦地说："搞他。"

我问："搞得动吗？"

萌宝笑说："皇亲国戚，搞不动。"

我说："意见箱投诉啊。"

萌宝摇摇头说："不会看。"

我说："有办法，意见箱口那儿露半边出来，上面写几个大字：这是一封投诉书。哼哼哼。"

萌宝说："嗐，费劲，直接办公室告状。"

我假装要站起来，说："去啊。"

萌宝说："你把他告了，又开除不了他，明天做饭的还是他，他往饭菜里吐口水，你知道？"

我说："有这么糟？"

萌宝冷笑着问："哼，还告吗？"

我说："不敢了。"

萌宝和我相识于2014年，之后我离开辉帆公司，萌宝继续做了几年，还全款买了一台车。萌宝说那时候厂里的车不多，除了几个老板，只管理和机修有车，若不是买车，他的存款在员工里面全厂第一。员工里面全厂第一个考驾照，员工里面全厂第一个买车，员工里面全厂第一个全款买车。我听着萌宝的排比句，一度怀疑他喝大了。直到现在我也没有买车，问就是晕车，讨厌车。现在厂区停车场有接近二十辆车，大多数是员工的，机台工、装箱工、质检、杂工都有。萌宝买车后在老家湖南怀化相亲结婚，之后在老家做了一些散乱的事，装修、跑腿、看场子。后面有三年做工地。我很惊讶，他个子矮小，怎么吃得消。他说："你看我现在多黑，都是那几年晒的。"我问："具体做什么呀？"他不回答，说："做了你就知道。"我说："那么累。"他摇摇头说："看做点工还是包工。"我没听懂，便问："什么是点工，什么是包工？"他却说："点工上厕所要定闹钟，不然玩手机玩到忘记上班。"我又问一遍什么是点工，什么是包工。他回答说："工地有活儿的话，是真赚钱。"他还补充了一句："就是要结工资。"我不问了，另找话题说："怎么不继续做？"他说："没活儿。"我仍然不相信小小的他能干工地，又问："工地你是怎么扛住的？而且干那么久，如果有活儿你岂不是继续干下去？我初中毕业的时候我姨夫在工地，我说跟他去，他直摇头，说我干不动，找个轻松的厂吧。"萌宝皱紧了眉头说："厂里轻松？"我说："我姨夫觉得。"他说："都一样。"我说："你是怎么在工地扛住的？"他很是不耐烦，说："干，干干干，干就干下去了。"

湘西有萌宝，湘西有沈从文，但我不能和萌宝聊沈从文，他会困，他会恼，他会不耐烦，他会甩烟头而去。

我的宿舍堆满书，萌宝来许多回，从没发现过。还是聊聊卡夫卡吧。

我："你说起工地，我想起那个安全帽，卡夫卡……"

萌宝："卡不卡？不卡啊，直接戴。"

算了，不聊卡不卡。

聊聊健康证。在武汉办健康证，一年一度上二楼。进去一道门，一位白衣女士叫我关门，没落座，站着，等粪便检测。女士说："脱。"我问："在这儿？"女士说："脱。"我问："自己弄行不？"女士说："脱。"面对棉签，屁股能说什么。

工作群通知交身份证，去办健康证。我向管理私发信息说，我的身份证寄回家了。发之前，结尾又加了个"啊"字，以加强多愁善感之心理、柔荑小心之态度。管理回复说，没事，你的个人信息有存档。

到医院，工友们排队领表，检查有无传染病的是一位和蔼的大爷，他幽默地问工友有没有问题。工友们一律回答没有。检测粪便的话自行到卫生间收取样本。

萌宝说："敷衍。"

那天，因为次日放假，几个人喝大了。回到宿舍，意犹未尽，接着聊。几个大男人不再调侃白公子整天把厂花挂在嘴边，聊起育儿经。

白公子说："我都不管他的，只管买玩具。"

萌宝两手一张，说："我给他买的挖机可以组个工程队。"

白公子笑说："没给他洗过衣服。"

萌宝不屑地说："这算什么，从小到大他妈抱，我才不抱。"

白公子笑说："我们只聊怎么玩，以后我回家我们去哪儿玩。"

萌宝笑说："我也是，七八岁了，我什么都不管，好玩就行。"

我在旁，笑啊笑。

2023年9月

# 13 她才十八岁

夜班首日，人皆困乏，而睡觉的姿态各异。老盐在三排材料之间掏了一个洞，把自己藏进去。四川质检过来，占去他的好位置。老盐惶惶，如丧家之犬，沿着机台来来回回地寻找他的窝。四川质检有时趴桌上，手机在响，她闭眼不响；有时上桌，桌容不下她，于是侧睡、蜷睡，凸出好身材。有女工靠墙睡，小树老婆不知何处去，神秘，曾有包装工说小树老婆包装时忽然哭起来。我起初坐在高高的材料上，高处能让人警醒，下半夜材料用矮掉，来到适合瞌睡的高度。这个适合瞌睡的高度降临的时间，是夜里1点。在车间，钟表是多余的。大林子说："不用看手机，拉第一车我知道是几点，拉第二车我知道是几点。"我也可以啊，盛纸筒芯的大桶，扔半桶是几点，扔满是几点，夕阳打在无纺布上面是几点，打在我脚踝是几点。

我想有一个休息室，一个不需要很大的地方，里面有一张躺椅，工人轮替休息时可以躺一躺。3号机是一个老机台，老掉牙那种。它没有急停按钮。也就是说，有什么问题，你要跑到操作面板那里，把控制速度的按钮拧到零，真有紧急情况，人肯定吃亏。设计机台的人以为机台会永远安全地运行下去，人会永远安全地操作下去。萌宝说：“我管它，有问题我就往机台里面卡一把锤子，哼。”我相信一切朝着变好的方向，有一天，我们会拥有一间体面的休息室，就像后来的新机台安装不止一个急停按钮。醒醒，醒醒，好好上班，努力赚钱，搞不好这个月考核分又降了。

考核分，我称之为道德分。

发第一个月工资时，我问堂哥：“我的工资怎么少了几十块钱。”堂哥说：“正常，我每个月的工资也跟办公室算的对不上，不是多就是少，哎呀，无所谓了，只要不是差太多，懒得找他们，麻烦。”阿臣比我晚半年来厂里，他发了工资问我工资怎么和他自己算的对不上。他又去问别人，回头跟我说，考核分，一分扣七块钱。

问了几个工友，才搞清楚考核分的一些规则。每个人每个月的初始分是100分，每月评分超过100分，则每分奖励七块钱，每月评分低于100分，则每分扣除七块钱。评分为100分的，不扣也不奖励。

我和阿臣在厕所分析，为什么我是95分，阿臣是85分。

阿臣说："你上班没戴帽子。"

我说："你戴了？"

阿臣说："戴了，喂，为什么我这个规规矩矩的人还比你这个叼毛少10分。"

我说："你这个叼毛，上班手机不离手。"

阿臣说："也是哦，不过上班这么无聊，干吗呢。"

我说："这个月不玩手机试试。"

阿臣说："没用，分数可能固定死了，不玩亏了。"

阿臣又说："其实这个厂很不错啦，我进过一个厂，不准带手机进车间，手机锁在柜子里面，你出来上厕所的时候才可以查看手机。"

下班后，我对照几个月的工资表，继续分析。小树的考核分在70到80分之间，我猜测和他经常旷工有关。阿臣也是70到80分之间，估计和他玩手机有关。陈总玩手机也很疯，全厂公认，和阿臣并列第一。材料将尽，哪怕只剩十秒钟，陈总也要瞄一下手机，随即火速接换材料。那，为什么他的分数固定在80到90分之间？因为他爸爸是老板亲戚？因为他说话喜欢笑？因为他年轻？果冻的分数锁定在95到97分，为什么？因为他是员工中的元老？因为他个子最高？大多数人的考核分在90到96分之间徘徊。堂哥好几回101分和103分，偶尔有95分、97分的，超过100分，每一分奖励现金，这是号召全厂向堂哥学习吗？学习什么呢？堂哥公开说自己有尿结石，上厕所勤快。我的考核分在95到97分之间，算是一个不错的分数，也就是说，不自夸地讲，我是一名好员工。这值得高兴，可是，有点不对劲，高兴什么呢？高兴厂里每个月最多只扣我35块钱？

我很好奇，考核分打分的依据是什么。几个月打听下来，没有答案。我很好奇大家怎么都对考核分不好奇。谈到考核分，要么说扣几十块钱也不多，要么说管它呢，只要工资不少太多就好。

人们的思想如此之安静。

直到上个月，阿臣的考核分降到新低66分，我才揣测出一二。

某天，阿臣一只手高举，搭着机台的一根铁柱，头斜靠在臂弯，机台如早班车轻轻摇摆，阿臣也轻轻摇摆，眼睛紧紧盯住手机，完全没注意机台上的材料跑尽，更没注意老板娘正立于其脑后。不久管理跑过来，怒气冲冲地对阿臣说："上班玩手机，被老板娘看到，这个月我给你评个60分！"

管理的话提供了几个重要的信息：玩手机果然是考核分的考核内容，被老板娘看到会影响考核分，管理参与打分。

机台上的只言片语、厕所里的听墙角、饭桌上的嚼舌根、茶水间的一闪而过，日积月累，我还得知质检雪华和大象也参与打考核分。

每逢月末，老板娘牵头，车间管理、包装部管理、质检、机修、文员，风云际会，共襄盛举，对车间诸员工评头论足，总结其行为，描绘其态度，然后对每个人打出分数。

这是我的想象，实际情形恐怕不会这般费劲。打分是日常化的，每天进行，月末汇总即可。打分是精细化的，分出条条框框，衣冠、言语、行为、态度、机台产量、产品合格率、出勤率、沟通能力等，皆是考核分题中应有之义。打分是机械化的，像经过一道公式，每个具体的人被转化为抽象的分数，这正应了毕达哥拉斯学派的话：万物的本源是数。

知晓规则，之后每个月自己计算工资便不会有差错。今年2月，我的工资又对不上。多方打听，共同计算，得出结论，考核分涨价了，一分扣十块钱。

发明考核分的人绝对是个天才。想象一下，如果改为罚款通知，一条一条将贴满公告栏，不美观、不环保、不科学。把罚款设计成分数，和学校的打分体系相呼应，很有科幻感，领先其他厂一百年，且遥遥领先。厂里怎么可能出大科学家、大文学家，只有大聪明家、大顺从家。

萌宝说："我要是阿臣，扣我这么多，早不干了。"

阿臣喜欢在厕所炒股，他赚六百块钱那天还踩了我一脚。他告诉我怎样炒股就一定能赚钱，我问他用这套方法为什么不能一直赚钱，他保证方法一定是对的，怪自己没忍住，该抛的时候不抛，不该抛的时候抛了。问他每个月考核分扣几百块钱，是否心疼。阿臣说就当今天炒股亏了。

有一回，阿臣在纠结做到过年辞职还是怎么办。做到过年前辞职，四千块钱的年终奖，老板娘那个人一定不给。做到过完年，领完年终奖走掉，押的半个月工资就拿不到。每年年底厂里都会押半个月工资不结清，来年再发。做到过完年，领了年终奖，来年做一个月之后再辞职，这样该拿的钱都拿到手，年终奖就当是拿回被扣掉的考核分。可是，来年找工作就失去窗口期。而且，来年走，每个月又要被扣这么多钱。

阿臣说："如果我开机不行，开出次品，你罚款，我没话讲。这个考核分，黑箱操作，不说原因，就是扣钱。"每个月被罚款，阿臣玩手机非但没有收敛，反而更加无畏，他说反正每个月都要扣，不玩岂不是亏了。有次管理到机台上巡查，好家伙，发现阿臣的手机还连着充电器。

6月份我的考核分为94分，7月份跌为93分。8月份，前途未卜。为什么跌了一分，忍不住自我分析自我批评。站没站相，坐没坐相？那我走如风，坐如钟。哦，有坐相也不行啊，机台工不准坐。全厂不戴耳塞，我戴了？上厕所，久了、勤了？尿急尿频尿不尽，应该找前列腺专家解决一下考核分下降的问题。明白了。

这哪里是考核分，这分明是道德分，是前列腺分。我有一个狂想，只要工人把本职工作做好，他是怎么坐的又有什么关系，他爱站着便站着，他爱坐着便坐着，他爱把躺椅搬进休息室他便躺着，他想带狗上班，那就带吧。工厂提供的是一种名叫打工的服务，老板和员工是合作关系，大家是平等的，工厂气氛应该是友好的。没有人可以对另一个人指三道四，我们只可以对机器指指点点。岭南大学校长陈序经有一句名言，“我是为教授服务的”，大学是提供服务的大学，不是提供束缚的大学。工厂应该是服务型的工厂，不应该是管教型的工厂。我期待这样一种新的劳动关系。

阿臣说：“不干了，就干到过年。”

贵州装箱工有一句口头禅：好他妈累啊，不干了，说什么也不干了，再干一年。

每到下半年，很多工友便开始谋划离开。堂嫂已经问过我好几回过年还做不做，回不回家，坐什么车。另一个堂嫂独自开车回家刚好捎我们几个，也问我想坐哪个位置。9月已开始计划年底乘车的位置，这是对未来多么深沉的笃定。果冻每年都说要走，每年都没走。对了，小英子好久不见，也许已经走了，只认识她的杯子还没认识她的人，她已走掉。

辞职需要提前一个月递交辞职书。我对白公子说：“到时候我辞职管理又要叽叽歪歪问东问西。”白公子说：“肯定，请个假都要审问清楚，更不必说辞职。”我说：“上回朋友来，我给管理精心准备一个请假理由，我说我小妹来找工作，管理问我小妹多大，我说二十多岁，他说二十多岁自己不会找吗，有必要请吗。我真想说小妹就是三十多岁我也愿意陪，关你啥事。”白公子说：“这个厂请个假搞得就像你要带薪休假一样。”

我上夜班，几天不见，萌宝趁下早班忍不住来聊天。

萌宝说：“工地不用请假，想去就去。你去了领班给你一张卡，签了还给他。我有时几天后再给他，他也忘了，没加班他也给我记上。这一天，不想去，宿舍躺着，没人叫你。”

我问：“几个人都不去怎么办，也不叫吗？”

萌宝摇头说：“不叫。为什么我们那边年轻人不想进厂，愿意去工地，他傻吗？不傻。自由啊。一个月上二十天班在工地已经算很有事做了，做错事也没人说，我们还不是经常搞错，搞错返工就好了。”

我问：“领班一句都不说？”

萌宝说：“我们出去都是七八个人。辞职跟领班说一声，对一下工时，走人。”

我问：“第二天就可以走？不用等十天半个月？”

萌宝说：“下午都可以走。”

东思还没写过辞职书，因为这是她的第一个厂。东思，厂里唯一一个看到我忍不住会笑的人。

她刚来，大家议论她说，她才十八岁啊。插队，有人帮她说话，她才十八岁嘛。有人笑她体型肥硕，立马有人说，她才十八岁呢，怎么都好看。做质检，学东西慢，堂嫂说，她才十八岁呀，急什么急。

东思来排队，对我说："我插你前面。"

我说："你插我后面。"

东思说："插后面还算插（队）吗？"

旁边的人听到后疯狂地笑，包装部管理阿凤朝狂笑的人怒道："人家才十八哈，开什么玩笑。"

东思仗着小，没大没小，排队排到我身后，给我捏肩膀。阿凤看见了说："动手动脚，像话吗？"我心里说，她才十八岁咦，十八岁得要有十八岁的思想和样子，十八岁不该有五十八岁的思想和样子。有的人上了年纪，仁义道德像是刻在了脸上，对男女的要求，势必是规规矩矩、畏首畏尾，最好男人鸟飞绝，女人乳都灭，最好都是机器人，完全没有设计拥抱的必要。

男工不穿厂服难看，女工不穿厂服好看，是何道理？东思不用穿厂服，胖自有胖的好处。

看东思朋友圈，多是为自己的胖和丑而挣扎。

堂哥过生日那天，堂嫂非要我去，我从没回请过他俩，很不愿意去。就像老武从不请客，有一回老甘做东，喊他吃饭，老武说自己回家吃过再来。过些时候，老武果然吃罢饭来了，纯聊天。

那天席间，堂嫂说："胖妹气死我了。"

我问："谁是胖妹？"

堂嫂说："东思。"

我问："怎么，不叫'十八岁的小姑娘'了？"

堂嫂说："切，来两个月喽，啥都没学会，到现在什么是无纺布都分不清。来的时候以为她是本地的，学得快，结果，傻蛋。"

我笑说："别人才十八岁呀，急什么急。"

堂嫂说："十八，呵呵，我看才八岁。我跟你说，我们记录机台运行状况的报表，她没事在背面写呀画呀，这个报表会交给办公室，余总会看的，她这，乱七八糟，我们这些质检都是她的师傅，都要挨批评受连累。"

我好奇地问："写的什么？"

堂嫂深情地说："强哥，我想你，强哥，我真的不能没有你哇！"

我说："你十八岁的时候没有写过吗？"

堂嫂义正辞严地说："没有，那个时候对男人从来不感兴趣。"

我写过。十七八岁的我也在报表后面写过肉麻的话、动情的话、文学的话、多余的话。那时候周围许多同龄人，工作间隙，老有人坐过去写写涂涂，涂涂写写。有人写，我想你；有人写，我想唱歌；有人写，打工打工，两手空空；有人写，不空不空，一肚子草泥马；有人写，好累啊。

堂嫂说："招不到人，要不然早开除了。"

我说："啊，随时开除？"

堂嫂说："对对对，随时开除。"

次日早上碰到东思，我问晚饭吃了没有，东思说："张总安排。"

下班她载我一路逆行，到镇上吃烧烤，却要打包。等待的时候，她说她的周围有很多闷葫芦。这真有意思啊，厂花说每个人看到她笑眯眯。东思从她的角度观察世界，得出周围很多闷葫芦的结论。临别她说，你要对你老婆好一点。我又好笑又好气，年纪轻轻，怎么是老年人的口吻。

想和她多聊聊，便再约吃饭，谁知她拒了，且一连说了三遍不去。

某天晚上有人敲宿舍门，正是东思。叫她坐，她不坐，只站着聊。聊车间和车间里的人。东思一一评价组长们，她说萌宝总是很不耐烦的样子，只要跟他说话他就不耐烦；白公子整天乐呵呵，笑面虎。她对老盐的印象竟然很好，觉得老盐也整天乐呵呵，挺亲切的。我想起老武评价这个厂的组长分为四种人：有技术没有好脾气，有好脾气没有技术，有技术也有好脾气，以及老盐那种没技术还没好脾气的。但这个厂两个和我聊最多的女工却不约而同觉得老盐人不错，这叫我情何以堪。

东思问我觉得这个厂哪一对夫妻最甜蜜，我反问她。她说，你堂哥和堂嫂。我说你从哪一点看出来的。她说大胆啊，敢当着我们的面说爱对方。我说最甜蜜的是斌子和阿菊，那次看到他俩牵手逛超市，老夫老妻还牵手，不容易。东思说他俩是假夫妻。这实在是骇人的新闻。东思说斌子是本地的，在闹离婚，阿菊是贵州的，听说她男人喜欢打她，她也在闹离婚。东思说："我从小爱打人，打到初三不打了，觉得打人是不对的，想考个好高中。结果我不打她们，她们想打我，哼，打不过我打不过我。"我问东思厂里有没有人凶她。东思说没有啊。当东思说她威风凛凛时我却想到她被质检大象教训，两眼巴巴地望着对方，一声不响。东思说："我跟你说，我们闽南女人可强了。"说着，她比画一个扇大嘴巴的动作。

第二天，没见东思，她说她不干了。

东思走后，我们渐渐失去联系，她的朋友圈还是为自己的胖和丑而挣扎。每个人都是天才，她尚不知道。

2023年10月

# 14 青年流向何处

忽然发现好几天不见白公子。有过这样的先例，不管在厂里玩得多要好，有的人连人带桶说走就走，一走再也不联系。

问厂花，她说："啊，没注意，白公子干吗去了？"

我淡定地拿稳我的保温杯，走好我的上班路。

厂花说："你拿个空杯子干吗？哦，带水回宿舍喝。"

我说："不是，来回都是空杯子，保温杯是中年男人的标配。"

不想说带水回宿舍喝，太务实了，虽然别人还带开水瓶回宿舍。我常常忘记自己是中年人，常常不想承认自己是中年人。少年人有恋爱脑，中年人有少年脑。

今天和萌宝一起开3号机，一个老太婆对我说："开3号不开6号，亏了吧。"我说："对对对。"我懂她的意思，6号机下班早。她却不懂我的心思。和萌宝开机，他不让我干活，什么都是抢着做。机台哐哐，很顺，他忽然轻轻“哦吼”一声，满脸得意。这令我产生一些对不起萌宝的联想，想起了《世说新语》里的驴叫，想起了王维的“弹琴复长啸”，以及周杰伦的《可爱女人》开头那一声“喔”。过了一会儿，管理过来，围着机台前前后后走了一遭，折到萌宝跟前，边指指点点边说些什么，说了好大一会儿。萌宝很不耐烦地跟我讲：“现在我怎么越来越烦这个管理了。”我也一样疑惑。我们为什么会感到几百年前的苏轼温暖，因为无论是春风拂面的大人，还是蓬头垢面的粗人，他都陪，他都聊，他都玩得来。为什么眼前的管理，话多如麻，却一句话都让人感觉不到温暖。真的只是他做人不行吗？我实在不想苛求个人。刷到一位哲学家上访谈节目的视频，引发了我的思考：个人有伦理，制度亦有伦理，这给观察生活的我提供了一个新的视角。比如最近管理闲得发慌，抓上厕所久去不归的人。萌宝问我发现没有，抓副手，不抓组长。再比如白公子总结考核分，本地人的分普遍比外地人高，组长的分普遍比副手高。我们管理操作的制度带有强烈的封建社会气息——等级观念。制度的伦理影响着我们管理的伦理。我和萌宝一样烦这个管理，不过，每一个人，每一件事，我不想仅仅停留在情感方面。

中午吃饭，我问堂哥科目二过了没有。堂哥说：“没空练车。”我问：“不请假练车吗？”堂哥坚定地回答：“不请。”堂哥中午去练车，叫堂嫂洗碗，连同桌的仓管都看不下去。仓管说：“你去那十几分钟有什么用，刚摸到方向盘又要回来，第二天再去昨天的手感都忘了。”堂哥说：“有用，我记得住。”堂哥也是一年到底不请假的人，堂嫂曾评价他“可以一辈子在厂里”，而堂嫂每个月都请假。这让我想起上夜班时的一个场景：盐嫂来探望夜班，和包装工唠嗑，聊着聊着搬凳子坐下。偶尔老盐经过，盐嫂起身上前嘀咕几句。盐嫂这一坐，几个小时过去。盐嫂难道不喜欢待在自己的家吗？我安在十堰三室一厅的家，三间卧室，一间是孩子们的，一间是我和老婆的，一间是预备给客人的。我发现，我虽有了家，却没有自己的房间。房间的布置反映这个家庭整体的观念。为了自己的房间，我和老婆必有一战。我下班再也不想去车间，再也不想谈车间，可是，为了融入，和同事必须聊车间，必须调侃车间的人。而下了班的盐嫂，上班聊，下班还来聊，在我眼里，她爱车间。

在茶水间喝水，听见包装部管理阿凤和另一女工讲话。

“陈总请假了？”

“对，他好久没请假了吧？”

“现在很少请假，该长大了。”

最近不忙，管理拉着脸挨个问厂里那几个爱请假的人，最近要不要请假。

盐嫂走过来，分吃的给我，我不要，强制给我，她佯怒，并训了几句什么。我听着，非常理亏地吃掉。转身进厕所，在手机里记下一句："对别人好，所以我天然地占据正义。"

这是我的工作流程：在机台上走神，快速记下某个词语，等上厕所的时候把词语拓展为句子。下了班，把句子连成段。把日记本上的许多段落整理连缀，是为一篇文章。

在茶水间喝水，听见包装部管理和另一女工讲话。

"她一包这个产品，脸上就过敏。"

"是啊，换其他产品马上好了。她的皮肤不行。"

12号机很少开，这次轮到厂花去12号机。没包多久，她在朋友圈说手筋疼，包装部管理说这是因为去12号机去得少，没包习惯。过了几天，有两个老太婆陆续在12号机把手磨肿。包装部管理说她们没有掌握包装技巧。手磨肿的人，请假休息半天，接着干。想起一句话：铁磨铁，磨出刃。12号机像一个战场。

厂花在朋友圈说手腕受伤，人在骨科医院。我问她什么情况，她说需要休息一周再去复查。

她说："打电话去请假，老板娘还觉得我是小伤，哪里需要去正骨医院。我都无语了，估计是包装部管理说是小问题。"

我问："算工伤吗？"

她说："多半是工伤，可是哪里会觉得是工伤。"

我提出建议，说："让管理问老板娘，看老板娘怎么说。脸皮要厚，争取一下。"

她说："我跟管理发信息，没回。"

过了几个小时，她跟我说："回了，一个字，好。"

我说："好好好。"

男工有工伤，女工没有工伤。男工的工伤往往皮开肉绽，充斥着感官刺激，工伤认定起来毫无争议。女工的工伤往往隐秘，扭到手闪到腰，既然眼睛看不到，自然被忽视。小英子活跃，曾帮机台工拉小包膜，手指被刮了一道长长的口子。包装部管理说她事多。"女人事多"，哪里会算工伤。

"女人事多"，似乎是一个共识，男人这样认为，女人也这样认为。厂花去10号机包装，坐在末尾处。本来流水线上的片料你拿一把然后我拿一把，结果小黄和小银手快，留给下游的厂花的片料不多。厂花拍了桌子。据目击者白公子讲述，现场气氛十分紧张，差点打起来。我对小黄和小银的印象颇佳。厂花感受不到我对老盐的感受，我感受不到厂花对小黄小银的感受。厂花上一回和人差点打起来还是在刚来的时候，初来乍到的她包得不熟练，被一个老太婆多次嫌弃。厂花忍了，毕竟自己是新人。下班后，老太婆在工作群里公开嫌弃厂花什么都学不会，厂花火了，喊老太婆单挑。老太婆不应，厂花冲到她宿舍踹门，没把老太婆震出来，倒把隔壁白公子震出来，厂花吼白公子“给我进去”，白公子赶紧缩回脖子。

我说：“10号机没得包就要叫，可以加速，叫机台工加速。”

厂花说：“你堂哥没加速。”

我说：“机台工不加速，你找包装部管理，管理这个岗位就是要解决问题的。”

厂花说：“我们管理没理我，你们管理隔天跟我说，没什么好吵架的，可以叫机台工加速。”

我说：“关他什么事，他是机台工的管理。”

厂花说：“他就是来八卦的。”

晚上，短视频平台上有一分钱购物，挑挑拣拣半天，拯救一天的枯燥。用一种枯燥拯救另一种枯燥。

夜深了，萌宝仅穿内裤来我的宿舍借纸，我本来还想问问白公子去哪儿了，见此情景不由得破口大骂，骂他不知羞耻。萌宝叫着跳着跑了。

虽然和白公子说不上多熟，但是加上萌宝，我们仨在一起真的欢乐。我叫白公子“公子”，公子叫我“大帅”，萌宝叫公子“老白”，公子叫萌宝“宝”。白公子看见我新理的发，夸我有精神，有气势，不像是三十块钱的发型，三十块钱理出了四十五块钱的效果。

大概凌晨四五点，听见有人在走廊拖地。想起白天阿贵说："我老婆问我是不是神经病，四点多起床煮饭。"莫非，拖地声是阿贵的闹钟？阿贵说他昨晚被老婆孩子黑了一百块买玩具，原来阿贵家是双胞胎，对他的厌恶感顿时消散一多半。

从早到晚，工厂生活琐碎、枯燥、重复，像一片大海，淹没每一个工人。我像一个渔夫，每天打鱼，打捞工厂的每一个瞬间，很多时候，一无所获，被具体的生活淹没。

谁知半夜大雨，到早上才停。我蹲在阳台刷牙，透过栏杆看见井盖上新冒出的草、厂门口被雨水冲刷后发黑的树干、院墙上方吞山的云、菜园一夜拔高的菜，微小的变动，即令重复的生活焕发生机。

数天涯，依然工友，几家能够。流动的流水线，流动的青年，流向何方？我忍不住问萌宝："白公子去哪儿了？"萌宝说："白公子去广州了，说什么去学习，搞鬼，打工的去学习，搞不好是传销窝点。"我问："你联系他没有？"萌宝说："他有回复，一直在忙。"我说："打视频，稳妥一些。"萌宝说："对对对，搞不好要报警。"我问："白公子去学习什么？"萌宝说："不知道。"

过了几天，白公子回来了，沉默许多。我想和他聊聊，几次他都说最近很忙。那天和萌宝在3号机，厂花在机台后面包装。说到很忙的白公子，厂花让我就在3号机等，白公子下班早的话，会来看望萌宝。我说："你确定白公子是来看萌宝的吗？"厂花说："他俩关系好到穿一条裤子。"正说着，白公子来了。厂花问："公子，下班后你在忙什么？"白公子笑说："学习。"厂花说："张赛要和你一起学。"白公子勾住我的肩说："走走走。"

到白公子宿舍，经过我的一再好奇发问，白公子讲起他的广州之旅。

白公子通过一个群被一个女网友加了好友，他给我看那个群，叫"国学智慧学习群"。我看到他手机里有好几个群，学习群、营销群、说话技巧群，未读消息应该有几百条。白公子问我要不要也加一个群，我表示不加。白公子和那个女网友一直聊，上班间隙也聊，下班也聊，有时候打语音电话，有时候女网友通知他一起看讲课的直播。聊了几个月，白公子花了两千多块钱把课程买了。

我问："你为什么舍得买？都快半个月工资了。"

白公子说："一直聊，一直聊，把我说动了，她有耐心，学校老师专门教人还会责怪你呢，但她姿态一直很低。"

白公子给我看他买的课程，那是一个网站，诸多分类，口才、营销、广告、育儿，竟还有文学。有电子书，有录制好的课程，相当丰富。

白公子认真地说："这些课可以一直看一直听，我学的口才，想提升一下能力。"

我提起一些免费提供课程的网站，白公子表示不知道。我看他兴趣不大，便说："这些是免费的，所以没有你这个细致吧。"白公子一再强调，他买的课学一下还是有好处的。

我说："你去广州来回车费快一千块钱了吧。"

白公子说："差不多，接我的人也很正式，开跑车来接。"

我说："哇，直奔西餐厅？"

白公子说："不是，大排档，他们公司楼下有卖吃的，消费水平跟福建差不多，十块八块钱的菜都有。"

我问："女网友请客？"

白公子说："吃住自掏腰包。他们公司独占很大一栋楼，有办公区，有休闲区，还有一个图书馆，好多书啊。他们说，我们提供场地，你只管在这里学习，或者带人来学，你想在这里学一年也行，两年也行，没人管。我给你看一下视频。"

我看了看视频，发出感叹："哇，台上讲课的小姐姐不错。"

白公子说："就一个，剩下都是中老年讲师，都是名师。"

我提出疑问，说："视频里学员不多啊。"

白公子耐心地说：“我去这一趟，有七八个学员，有贵州的，有湖北的，有你们河南的，有请假来的我，有刚辞职准备大干一场的，有不敢告诉老婆偷偷来的。学员到齐以后，老师叫我们上去讲一段，内容包括自我介绍，学习课程有什么想法、感悟、收获。”

我问：“你演讲了多久？”

白公子笑说：“几句。”

我说：“这么好的机会，不说个几分钟？”

白公子说：“紧张，每个人只说几句。”

我接着问：“然后呢，什么流程？”

白公子说：“然后公司的老师轮流上去说，那个瞒着老婆来的人跟我投机，什么都聊，现在还有聊。他之前做生意，亏了十几万，现在来听课，但他感觉不靠谱。”

我说：“那还不连夜撤啊。”

白公子说：“再考察一下嘛，我们又聊了几天，耗在那里，感觉不行。假如二八年华，有资本努力奋斗还行，但我们都是中年人，上有老下有小，耗在那里，只出不进，哪里扛得住。公司叫我们去拉人买课，拉谁呢？只有像拉我入群的小姐姐那个模式才行，每天到处加群加好友，然后海聊。我们是打工的，哪里有这个时间投入。况且，买课，又没有实物，感觉还不如传销呢。那个瞒着老婆来的人现在说，想出海捕鱼。”

我问："他是在电线杆上看到的出海捕鱼吗？"

白公子说："不知道。"

我问："他叫你一起去？"

白公子说："没有，不过我有点想去。"

我又问："你买的课程，现在还有学吗？"

白公子认真地说："课程终身免费了，要学，有用。"

我不禁问："卖课的公司你都否定了，还学它干吗？"

白公子说："口才只是一个基础，其实我最想学财商。"

我说："哦，财商，有个讲财商的周老师……"

白公子马上说出周老师老婆的名字，又说周老师口才很好，知识好，见识更好，重点是他愿意分享，不是他一个人发财就够了，他会把如何发财的方法分享出来。白公子又给我看手机，展示一个财商群，财商课收费两千多块钱。

我说："学习是好事，可是老是出钱不行啊。"

白公子说："待在打工的圈子你永远是打工的，待在富人的圈子你才可能成为富人。跳出现在的圈子，只要遇到一个贵人就好了，你不付出怎么会有收获，你不付出怎么可能遇到贵人。要下定决心，关键是要下定决心，从你下定决心那一刻起，命运的齿轮便开始转动。就像周老师，一开始也是打工的，不跳出圈子，就还是打工的，永远都是打工的。"

这次聊天之后，我和白公子才真正熟起来。萌宝叫我俩去吃烧烤，从此形成一个不成文的规矩，三个人轮流请客。我们又聊了许多回，我发现白公子学的东西又多又杂，五行、周易、中医、口才、财商、投资，均有涉猎。我佩服白公子，工厂消耗了他大量体力和精力，他仍学习、探索、上进，不服从于命运。白公子离异，我想八卦一下，萌宝不让打听。（萌宝啊，你让我少写多少字。）但是有一次白公子还是提到他的前妻，说她什么都不信，五行不信，易经不信。白公子有过一次大的投资，当时他有一个好朋友发现一个好项目，拉他一起投资做电子名片。朋友投了十几万，公子投了两万。前期公子和朋友都赚了一点，后面项目的负责人说资金周转困难，延迟返利，承诺明后年兑现现在赚的，账面上每个月还是正常赚钱，但是一分钱也提不出来。我问白公子这是不是骗局，白公子说谁还没有困难的时候。他相信困难只是暂时的，钱还是能提出来。白公子还想做投资房子的咨询工作，他已经在网上考察了很多地方，综合考虑了多种因素，判断哪里的房子有升值空间。

当白公子讲起他看过的书，萌宝总嗤之以鼻，并做出一副马上要走的架势。我倒是一个好的倾听者，但我有自己的爱好。白公子父母健在，于赣州乡下帮忙带小孩，父亲偶尔做小工，赚些小钱。公子经常给我发一些直播的链接，或是财商，或是投资，可惜我总是辜负。他志不在工厂，不想一辈子活在工厂，他说明年一定不能这样活，至于要怎样活，先脱离这里再说。他渴望改变，他每天学习，他热衷于寻找机会。有一回我们仨在他宿舍，他接了个电话忽然兴奋起来，说："走，喝茶去。"萌宝冷笑，说："哼，又叫你花钱吧。"他使劲摇头，说："多认识个人，多个机会，有个很久没联系的微商，叫我看看她的新产品。"萌宝说："看看，多认识个人，多个人坑你。"他有时候坦白自己确实被坑了很多，但仍觉得这是前进路上必要的付出。一开始我觉得，他虽然离异，却有父母帮衬，自身年富力强，境况还不至于糟糕。直到他坦白投资电子名片项目的两万块钱实乃信用卡套现，至今尚未还清，我才窥见他亦是身担重负之人，生活于他无异于钝刀割肉。他精力充沛，白天机械劳作，晚上处理海量信息。他全身心投入，总以为即便不能完全战胜老天，也能从中得到点什么。他整天乐呵，屡败屡战，没生气过，没丧气过，他真是一个积极追寻生活的人。他是大海上的渔夫，每天打鱼，打捞生活的每一种可能，很多时候，一无所获。他不愿被生活淹没，尽力一直向上。

一个中年人受了生活的层层夹击，仍不应只追求吃饱穿暖思郑声，平凡的人，要敢于做日常的英雄。

有一回，我上五楼找白公子，萌宝和他正躺在高低床上。白公子坐起来，兴奋地说："世界已进入5.0，很多人还停留在2.0和1.0，我给你看个视频。"萌宝在旁冷笑道："哼，我在1.0，我视力1.0。"

毕竟是下半年，我们总聊到明年怎么办。萌宝要离开这个厂，白公子要离开这个厂，我要离开这个厂，阿臣要离开这个厂，果冻要离开这个厂，老武要离开这个厂。下一站，大概率还是工厂。我和萌宝调侃白公子，我们可以走，因为我们存不到钱，你不能走，猛干、狠干、拼命干十年，十年后你就是妥妥的有钱人，现在看不起你的到时候高攀不起你。白公子从高低床上跳起来，捂着头说："走走走，不走，早晚耗死在这里。"

有一个瞬间，忽然沉寂下来，三个人坐在高低床上，呆呆盯着白色的墙壁，仿佛这辈子所有的话都已诉尽，宿舍楼对面生产车间发出的噪音，透过紧闭的窗户隐隐传来。

2023年10月

# 15 工厂进化史

公元前246年，秦朝制造大量兵马俑，由此可能诞生了中国历史上最早的“流水线”。

有一个杂工不干了，管理命我去一楼拉车。机台每分钟生产五百片卫生巾，包装工一手抓八片卫生巾，卫生巾八片一包。装箱工往纸箱里放三十六包，三十六包是一箱。把箱子推进自动封口机封口，自动封口机三分钟封六箱。封好的箱子顺着一个光滑的斜坡流下来，我每攒六箱起身一次，往叉车上摆放。一层九箱，摆七层，第八层反着摆只放六箱，起稳定全车的作用。一车六十九箱。我看了看时间，一小时拉两车。

一开始，每搬一次箱子，弯腰一次，直腰一次。搬着搬着，觉察不如保持弯腰的姿势，保持效率。

装箱工过来教我怎么摆箱子，要我三个箱子一起拿，这样摆起来才会整齐划一。

拉车进电梯，杂工阿贵跑过来教我，把叉车的高度控制到刚刚好，保持最安全的高度，因为电梯口不平坦，可能有颠簸，不过这辆是新车，颠簸不大。

即便是做最简单的事，也有一些技巧。

2003年，我在花亿公司打工，一台机器有四个机台工，一字排开分别是组长、外切、排列、小包。组长负责解决故障，外切站在外切刀那里负责接换材料，排列站在排列那里看质量，小包站在机台尾部换袋子。工资按照职位高低发放。那时候我是个学徒，站在机台尾部，一天到晚守着大塑料袋子，满了就换一袋，别的啥也不干。组长说："你不要一天到晚一动不动，你要慢慢往上爬，一点一点升上去，到了排列工资每个月涨两百块钱，到了外切每个月再涨两百块钱，工资拿到你手软，换袋子是没用的。"我们机台的排列很活跃，总是往外切那里跑，总想帮外切换材料。外切呢，机台一坏他就开心，因为又可以跟着组长学技能。外切和排列比赛接材料，比谁不会出差错没什么了不起的，他们比的是谁接材料的姿势更酷。一个单手接材料，另一个双手插兜直到紧要关头才从容地腾出单手接材料。一个闭着眼接材料，另一个离机台几步开外，闭上眼去接材料。

1104年，英语世界出现"工厂"这个概念。

在车间，英语是多余的。有些按钮只标注英文，工人用大头笔注明中文。显示屏里也有英文，但是我们用不上，我们只负责一般操作。

在车间，数学是多余的。一开始拉车我会数一下有没有叠到七层，几车之后，有了感觉，凭感觉就知道有没有叠到七层，心里生出一丝小得意。

下午，箱子堆七八箱我才起身，这样积攒更多时间玩手机。我挺喜欢这种错位的工作，跨工种帮忙，带着打酱油的心态，因为不熟练，我被安排的工作量不会有多大。

16世纪90年代，荷兰眼镜制造商扎卡里亚斯·詹森发明显微镜。我不确定詹森当时是工人还是老板，不过很显然他参与一线工作，有时间，有兴趣，有心情，通过工作发明了显微镜。那是一种什么样的工作环境呢？我很好奇。我们幻想穿越古代，不应只是得意于自己的优越感，也应好奇人曾怎样优雅地活着。

每回打完卡，离开打卡机已经数十步又感觉没有打卡。中午签到要看看早上签到没有，晚上签到要看看早上和中午签到没有，晚上下班要看看一天有没有漏签。

世界很荒诞，世界很正常。

我们需要优雅的工厂生活。

2003年至2006年，我在花亿公司打工。那家公司没有机修，机台有问题组长搞定，搞不定的话再找车间主任。

机台工拿的计时工资，所以机台有问题要修很久。有人在机修房用电焊和磨轮机把一根根铁丝磨成飞镖，有人打造出一套迷你的古代兵器。我想试试电焊，老师傅问我结婚没有，我说没有。老师傅说电焊对生殖有影响，没结婚不要碰。这句话我记了大半辈子。

1608年，荷兰的一位眼镜工人或者是老板汉斯·利伯希偶然发明了望远镜。

每年夏天，是卫生巾厂的淡季，花亿公司经常放假，工人们每天早上跑到车间点名，然后下班。老甘的老乡在泉州河市镇的一个小厂，据他讲述往年淡季每天到车间看一眼即可，最近不知道怎么回事，换老板娘掌事，命令工人们每天擦机台拖地板，天天擦天天拖，还是脏，也不知道哪儿来的灰。老板娘还是觉得他们闲，规定没事干也要待在车间，他感叹这可要了老命，在车间干吗呢。虽说在车间和在宿舍一样玩手机，但感觉哪里还是不一样，不自在。

1934年，法国的一位哲学教师西蒙娜·薇依自愿进入工厂，分别做了切割工、包装工和铣床工。我没做过这些工种，我在鞋厂做过流水线。鞋厂也有淡季和旺季，旺季拼命加班，晚上12点下班叫正常下班，加班到凌晨一两点是常有的事，下了班直接睡觉，睡醒直接上班。干了半年，从鞋厂辞职的我发誓再也不进鞋厂，再进我是狗。之所以能坚持半年，是因为它的工资不是按月结算，不过每个月可以借一些生活费。西蒙娜·薇依身体并不好，工厂的高强度劳作需要一支劲旅。在工厂，人们手忙脚乱，疲于奔命，没有人因为思考而伤心，除了西蒙娜·薇依。她承受着身体和精神的双重煎熬。她说“工厂生活在我身上留下了奴役的永久性烙印，正像古罗马人在最卑贱的奴隶额头上用烧红的烙铁打上的烙印一样”。一天夜晚，下了班，她写道：“尽管很累，但我非常需要新鲜的空气，所以我一直走到了塞纳河边；我坐在河岸边的一块石头上，苦闷、疲惫，内心被无力的愤怒紧紧包裹，感到自己所有的生命养分都被掏空了；我想如果注定要过这种生活，我能否每天经过塞纳河，而一次都不跳进去。”又一个晚上，她独自一人来到海边，听着渔夫和家人手持烛火围绕着渔船唱古老的感恩歌曲，陈子昂的心情成为她的心情，“前不见古人，后不见来者，念天地之悠悠，独怆然而涕下”。

我保证，西蒙娜·薇依不会料到，几年后，我又进了鞋厂。那时候我已是大龄未婚青年，爸爸很着急，怕我被剩下。我的表叔在广东一家鞋厂打工多年，始终不换地方，做成精了。爸爸和表叔多年不联系，为了给我制造机会，爸爸拜托我表叔使把劲儿。表叔答应给我介绍对象，我就进了他的鞋厂。表叔希望我成为技术工，委托线长安排一个好岗位。拿着一把老虎钳和一把锤子，我就上班了。我工作的这一段流水线一共四个工人，我和一个工人站一边，另外两个站在我们对面。套好鞋楦的鞋面源源不断地从前面流下来，我们用老虎钳把鞋面松垮的地方拉紧凑，必要时用锤子敲打。我手笨，很遭其他三个工友嫌弃，他们说我什么都不会，为什么安排我做这个。我想着多拉几天肯定会熟练，没想到拉了几天更差了，我的双手特别是右手磨出好几个血泡。我不敢洗衣服，洗澡用塑料袋把右手套住。很快，手指和手掌结了茧子，但我仍然没有掌握工作方法。工友的态度已经从嫌弃转为鄙视，如果不是表叔和线长熟，恐怕他们早已把我赶走。我也羞愧，我为什么那么笨，周围三个人都做得那么好、那么轻松，我受了苦，却白白受苦。西蒙娜·薇依说："乘上W公交时，我奇怪的反应。作为一名奴隶，我怎么能乘上这辆公交，还像其他人一样付12生丁呢？这是多棒的恩惠！如果有人突然让我下车，告诉我这么便利的交通不是为我准备的，我必须走路，我认为这于我很正常。苦役已让我觉得自己已不再有任何权利。能够在有些时刻不用承受他人的粗暴言行，在我看来都是恩赐。"的确如此，这是每天超过十二小时的工作，一天到晚埋头苦干的工作，重复同一个动作的工作，最重要的是这是我拼尽全力也做得不够优秀的工作，我觉得我真是一个废物。每到一座城市打工我都会寻找图书馆，在鞋厂那次，却没有心情去。我没有认识任何朋友，始终不知道自己工作岗位的名称是什么。

表叔给我介绍一个离异的女性，她在附近一座城市做鞋厂的质检。我们约好网上聊聊。一开始挺开心的，她无意间提到三件套，我问什么是三件套。她说："你不会连三件套是什么都不知道吧，你是怎么长大的？"我说："不知道。"出了网吧，感到莫名的伤感，在这个星球上，我算什么。当时想，我这般差劲，根本不配结婚。我和她约好劳动节见面，可是劳动节前夕我辞职离开。只不过这一次，再不敢发誓说这辈子再不进鞋厂。

1766年，第一座工厂——英国苏豪制造厂建立。

1776年，瓦特改良出第一台工业用蒸汽机，机器取代人力和畜力，工业革命的序幕拉开。

瓦特啊，纵然有机器加持，使人类自卑的工作并没因此减少。

现在我对厕所很感兴趣，回想鞋厂的厕所，却没有任何印象，仿佛那段时间并不需要上厕所。

西蒙娜·薇依说："你必须以比思考更快的速度重复一个又一个动作，这不仅禁止思考，还禁止做白日梦。你必须每天8小时站在机器面前，封锁自己的灵魂，关闭思想、感觉及所有一切。如果你感到愤怒、悲伤或厌恶，你必须将这些感受咽进肚子里，压抑至内心深处：因为它们会减缓节奏。快乐也是一样。”

禁止思考，禁止难受，禁止快乐，禁止白日梦。可是我正在机台上看西蒙娜·薇依的《工厂日记》。

关于禁止快乐，西蒙娜·薇依另有一段叙述：“车间主任不喜欢女工们没活儿的时候聚在一起聊天。或许，他是害怕产生一种消极的情绪……女工们不为这样的事感到吃惊，也不会去问为什么。她们的评论：‘这些主管，就是来下命令的。’”

员工手册里有一条规定：禁止下班后非公事进入车间。另有一条，禁止串岗。在员工手册眼里，员工之间最好老死不相往来。

关于禁止思考，我想起这样一件事。我从厕所出来，恰好老板娘过来朝中胖说，你们抽烟到里面，不要在外面。刚才我看见了中胖，但是压根没注意到他在抽烟。我思考，为什么没看到中胖抽烟？大概低头走路惯了，且不习惯盯人看。老板娘不一样，她以一种审视的目光扫视别人。

厂规有很多禁止，比如禁止穿拖鞋，禁止不穿厂服，但向来严法宽行。执行起来也与被执行对象的性格、体力、外表、关系等密切相关。

今年8月初，有外国客户来厂里参观。管理加开会议，通知在老外来的前一天全厂打扫卫生，所有员工不准请假。

老外来的那一天，全体员工着深蓝色厂服，之所以强调深蓝色厂服，是因为之前发过浅绿色厂服和橘红色厂服，员工穿厂服一向各行其是。另外禁止穿拖鞋，禁止不佩戴帽子，禁止上厕所一去不回，禁止坐在机台上，三令五申，纵使这些早已被清楚地写在厂规里。厂规在老外来的那一天开足马力。平时打扫卫生耗时两个小时，这次耗时三小时。我也搞不清楚到底多打扫了些什么。总之，在厂里一切服从领导，禁止一切不必要的情绪。

改良出第一台工业用蒸汽机的瓦特没有学历，因为身体孱弱，幼年仰赖母亲辅助读书。他十七岁至一家仪表修理厂做了一年学徒，之后回家，想开自己的修理店，没成。直到二十一岁，在朋友的帮衬下，开了一家小修理店。尔后对蒸汽机产生兴趣，三十多岁改良了蒸汽机。

西蒙娜·薇依在她的《工厂日记》里提到数学和力学，这让人心头一震。可惜提到的地方不多，更多是记录工厂的枯燥与乏味。到了许立志的年代，“流水线旁我站立如铁，双手如飞/多少白天，多少黑夜，我就那样，站着入睡”。“入睡”的成果离数学和力学更远了，其成果是歌曲《我爱杀马特》里的歌词“入梦是我唯一的思想”。入睡的成果是入睡。打工诗人不少，打工小说家不多，打工哲学家几乎没有。为什么？因为工人没有自己的时间。劳动可以产生创造，劳累只能产生劳累。京剧《锁麟囊》里，大小姐薛湘灵被命运捉弄，成为家政工薛妈，工作间隙，她尚可以“一霎时把前情俱已昧尽，参透了酸辛处，泪湿衣襟”。周有光在一篇文章里追忆和林汉达奉命看守高粱地，领导命令要不断走着看守，禁止站立不动，禁止坐下，更禁止躺下；要一人在南，一人在北，分头巡视，禁止串岗。头三天他俩不敢违命，第四天他俩躺下了，开始大谈语言问题和哲学问题。

全世界的工人阶级摸鱼起来！

1901年，一个美国人将流水线生产的方法登记专利。

看见外厂来送纸箱的工人自带叉车，叉车自带电机，可以站上面或坐上面或趴上面开车。这个发明好，省力，省时，但真引进给他们杂工，恐怕有人要失业，剩下的杂工要增加工作量。如果发明创造是为了使工人更忙、更累、更没有自己的时间，这种情况下我不愿我的大脑有发明创造。

杂工没有到点上班、到点下班的说法。去买早餐，我看见送木浆的货车已至，杂工已就位，拿来轮胎垫在货车下货口，每落下数百公斤的木浆一个，地面和墙壁就轰隆一声，杂工长啸一声。满地散落的木浆，像巨大而笨重的战车车轮。人生何处不战场。

有的机台是长白班，有的机台有白班和夜班。有夜班的机台，轮值的杂工大概早上6点即去车间，打开紧闭的窗户和排风扇，清理废棉，收拾夜班留下的边角料、废纸箱、纸筒芯，扶起不知为什么被踢翻的塑料桶。

杂工的年龄普遍在六十岁以上。萌宝曾说，干什么都不会去当杂工。

何其丰富，压榨将压榨对象分为三六九等。

管理手掌骨折那一回，休息了一周，老板娘来车间来得特别勤，对员工有戒备心，即便有产量制度和惩罚制度，仍不放心。

几个人讨论怎么对付考核分。

“不带手机进车间。”

“多请几天假，分数高。少上班，怎么扣嘛。”

多少次，我想要回被扣的考核分，我想在食堂慷慨陈词，阐述考核分有多荒谬。我会做吗？对于我来说，也是一个谜。

我进过小厂也进过大厂，小厂制度松散，工友们经常去老板的办公室喝茶，临别再顺走一包茶叶。小厂上夜班，两个机台工开到后半夜轮流去睡觉。老甘在河市的老乡讲，机台工要做很多事，厂里来货，你没当班的话，要来当三十分钟杂工，淡季你要天天来当清洁工。老板的老妈六十岁了也来开机，如果有多的人手，她就指挥其他人做，缺人她来顶，上材料、换材料、调机台样样行。

大厂不一样，开早会的时候，手要背后面，要喊口号。我在晋江一家大型染布厂干过两年。当时在定型车间，负责把布匹的弹力缩小或拉大。有一个晚上下班，车间主任开会说，“明天集团总经理来视察，所有人夜生活不要太丰富，打起精神，撸起袖子加油干，谁在关键时刻掉链子，我打得他满地找链子”。第二天一切顺利，车间里充满了拼命赚钱的干劲儿，精神面貌大好。地上看不见边角余料，黄毛戴了鸭舌帽，文身男穿了长袖，长头发工友借来皮筋把头发扎了。车间主任一上午来了三趟，急呼呼地，到处找毛病。工友说，主任今天有点尿频尿急。一切准备好，岂料总经理临时决定下午再来我们车间。爱显摆的小组长对车间主任说：“这下完了，总经理不能夸我们车间弹力布做得最好了，上午弹力布做完了，下午改做汗布，不能把最美好的产品呈现给领导，这可怎么办。”车间主任说：“对对对，我来想一想，把做好的弹力布拉到漂染车间，全部回炉，漂染后重新拉到烘干车间，烘干后，重新拉到定型车间。”小组长闻命照办。终于，没有早一步，也没有晚一步，刚巧在总经理步入我们车间的时候，看到我们如何给弹力布定型。这事好像跟我也没什么关系，我是按产量拿工资，一批布做两回固然是同一批布，小组长记的却是两批布。既然工钱没少，自然没有怨气，不然岂不是吃饱了撑的。我们按部就班拿到工资，小组长贡献了聪明才智，车间主任顺利完成了任务，总经理看到他乐意看到的。

一转眼来辉帆公司快两年了，我成了老员工。有一回安排两个组长老盐与中胖来和我开机。接离型纸，老盐让减速接，中胖不让减速，怎么办呢？首先，尽量卡在离型纸快完的时候上厕所，让他们俩互相充分了解。其次，准备接离型纸时，观察两个组长的位置，谁关注机台的情况，我便按谁的来。领导的指令是必须听的。最后，来到送命题的时刻，如果他俩都在关注，那么不急，放松，我假装一开始漫不经心，后面仓促接料，哪里来得及减速，或就象征性要按减速按钮。如此，在保证听从命令的情况下，顺利完成作业。

有时候刷短视频，我会搜索卫生巾厂和纸尿裤厂。有一次刷到附近一家大厂的招聘广告，在广告里“机台工”已经改称“箱式芯体操作工”，那是一种更加先进的机台，更稳定、更高速、更安全。生产车间叫无尘车间，机台被透明塑料板分隔为好几段，装有减弱噪音的设备，灰尘被吸风吸走，车间里有空调。对机台工的要求里提到“自动化操作，需要人力的地方很少”。那家大厂引进了机械臂，刷短视频总看到一个小姐姐在机械臂前面摆剪刀手。老甘爆料说那家大厂就一个机械臂。老甘在那家大厂做过很短的时间，自动化的设备不需要人工接料，不过还是要人工上料。老甘负责四个材料，太忙了，搞不赢。我们厂现在的机台相较于2014年之前的老机台更稳定、更高速、更安全，所以我才能在保证做好工作的前提下做白日梦。在那家大厂，面对更为先进的机台，还能做白日梦吗？我很好奇。我幻想它是怎样的稳定、怎样的舒适，进而催生出怎样的厂规。招聘广告上说，十二小时工作制，两班倒，学历要求初中。招聘广告上又说，操作工要求三十八岁以下。

留给我幻想的时间不多了。

2023年12月

# 16 工厂的娱乐

堂哥喜欢看网络小说，上下班路上总见他在手机上翻页。我问他有没有哪部特别精彩的，推荐一下，堂哥说很多写得一般，特别好看的他都没看完。我很不解。堂哥说："看到一半要收费，不看了。"前有"半部博士"胡适写书只写一半，后有"半部工人"堂哥看书只看一半。

大胖在厕所抽烟的时候只看网络小说，他的手机音量奇大，几次被人数落，搞得大胖不刷视频了。有人在机台上也刷视频，机台那么吵，无论看什么视频，背景音乐一律是机台的轰隆声。

厂区没有娱乐设施。我刚出来打工那几年，厂里有活动室，有电视房，电视房里摆着一条条长凳，正中间的好位置永远属于那几位漂亮的女生，即便她们来晚，也有人礼让。厂外面的饭店标配一台大电视，播放当下最热门的武侠剧和言情剧。没多久形势骤变，中国出了一个姚明，满大街的电视不约而同播放NBA。厂区有人鼓捣出篮球架，男生下班后发疯一般冲向篮球场。现在还有人看NBA吗？反正篮球架已是罕见。晚上，我总见老盐的小儿子对着墙壁练投篮；总见阿泉夫妻的三个女儿穿一样衣服，在路灯下吵吵闹闹，声音又尖又大，我并不觉烦；总碰见老潘老婆带小孩，小孩绕厂门口的花坛转圈，她在后徐步，裙角几乎拖地，裙角狭窄的影子常常给我冲击，也是厂中一景。

有人把卫生巾贴在别人的背后，这本身就是一件搞笑的事，何况还在卫生巾上面搞创作，写上“扁我”“我是傻逼”“提醒我该尿尿了”等话语，或者画一只乌龟、一个笑脸。有的人会接力创作，拿着大头笔悄悄来到被捉弄者背后继续写写画画。

泉州图书馆从东湖搬去东海，我坐公交来回需要三个小时。去一趟市中心，来回需要两个多小时。一个月放一到两天假，放假就没工钱。即便只放一天假，很多人也选择躺在宿舍。白公子经常在放假的前一天晚上熬夜玩手机，次日睡到中午，下午玩一下手机，又该睡觉了。部分人有小车，嘴上说着没地方玩，周围都玩腻了，放假的时候停车位保证空空如也。大林子似乎不需要出去玩，放假就在保安室义务当保安。

放假的时候音响可以开到最大声。我注意到，好几个宿舍有音响。他们听的歌我都听。打工群体听的歌当然因人而异，却暗含某种线索。2008年，刚子见我听信乐团，便说这个乐队牛，我姨夫在大街上听了一首就说太牛了，他此前没买过磁带，专门买了信乐团的磁带，又买录音机。刚子最爱听游戏《劲舞团》里的歌单，最爱哼的是“I Miss You”，前者动感有力量，后者虽是伤心歌，却也火力全开，有一种大声吼的感觉。之后，周围工友喜欢的歌无非都是这两种。

强哥曾问我最爱听谁的，当时我听万芳。“没劲”，强哥这样评价万芳。强哥甩给我一首歌，开头即蓦的一声狼嚎，后面的歌词又是风又是雪又是月夜。我也觉得这歌好听，但是万芳也好听啊。强哥说音量大的手机怎么越来越少，只好买耳机来听。厨师则有一套低音炮，年会上登台唱《你莫走》，和仓库一个女统计合唱，两人你一吼我一吼。平时低音炮放的多是DJ版流行歌，全是有劲儿的歌。

有人八卦厨师说，音响一开，房门紧闭，在干好事。对了，厂里的宿舍极少有隔音的房子，不知何故。四邻是货真价实的立体声，佛经上讲戒听钗钏声，如何戒呢，把音量开到最大。

小表妹喜欢张杰和谢娜。张杰阳光啊，那时还不是高端明星，穿着像打工小青年，歌曲励志。谢娜是让人无门槛地笑，看见就开心，疲惫不堪的劳动人民就是想在休息时无脑哈哈大笑。十七岁到二十四岁，我天天听歌，要么嘴里哼哼，冲凉的时候还把手机藏在水桶里放歌。过年回老家也听，爸爸有次说我听的都是压抑的歌，要听点阳光的。“可是，人没有选择的权利吗？”我不能问，父，始终是权力。同学老徐拿哀乐当铃声，我做不到，只心里一浪又一浪地反叛。

早年间，工厂都是大宿舍，每间住四个人，但是门没锁，等于一层楼可以随意串门，物理意义上杜绝孤独感。人多，很难哀伤，即便唱着伤心情歌，也斗志昂扬。《等一分钟》《一万个理由》《爱情买卖》《K歌之王》《死心塌地》《丁香花》，无不如此。那些真正激情澎湃的摇滚乐反而没人听，嫌吵。一听，便令人联想到嘈杂的车间、震颤的机器、暴躁的领导、斗鸡的同事，不符合下班的审美和追求。学生和白领，平日在安静、安分的环境里，才需要摇滚。

和初恋闹别扭，多次因为大宿舍。我打电话给初恋时会找个安静无人的地方。初恋会随时打来电话，那时我真的好傻，觉得下班晚来不及找个清净处，就在宿舍聊。文艺腔不好示众，初恋觉得我找借口，只听不讲，时热时冷，如果真的在乎对方，怎么会拉不下脸皮文艺起来、甜蜜起来。大宿舍见不得腻歪事，要么直接开荤。看三级片是大宿舍最安静的时刻。有时开了音乐打掩护，有时不开音乐只把DVD开到最小音量，所有人屏住呼吸，努力听。但见诸君子绝对控制好表情，或正襟危坐，或大义凛然，或呆若木鸡，或坦然赴死，或苦大仇深。

2003年，那时候出去玩，到哪里都是走路，飞机场在郊区，走过去看飞机，没看到。到现在也没坐过飞机，每当头顶有飞机经过，我都会下意识抬头，就像小时候一样。

2003年晋江阳光广场和帝豪广场的草坪，时时坐着年轻男女，有背着音箱的吉他歌手请人点歌，逢此情景我总是一闪而过。人流攘攘背后是制度的保障。1984年，深圳市成为第一个推行暂住证的城市，随后此制度在中国各地推广。暂住证制度具体执行常常如此：工人外出逛街需随身携带暂住证，工作人员会随机截查，发现无暂住证者轻则罚款，重则收容。在某些场景，暂住证的重要性甚至超过身份证。2003年，也就是我出门打工的那一年，因为孙志刚事件，暂住证制度开始松动。2015年，也就是我暂别工厂、回归北方那一年，暂住证制度被废除。没有制度的保障，工人绝不可能自由自在地行走于城市的大街小巷。在大街小巷自由行走的工人感受不到制度的保障，好的制度是鱼的水、鸟的天、人的呼吸，不需要被感受、被强调、被赞扬。

2003年，晋江的敏月公园正门对面是一排音像店，当中有一家是小姑娘看店，乌黑长发、齐眉刘海，柔柔弱弱地说话，像绵羊咩咩叫，我真是不舍，老是向她打听一些待出的新专，问完便是弦上箭，不得不走。我还写过一封信，当然没有给她。这样的信写过不少，从来没有勇气给对方，见了美的便喜欢，只是藏起少年心事，暗待时光流转。

转眼已是中年人，中年工人的娱乐是什么？中年工人的精力除了上班，大多花在孩子身上。四川质检的小孩六岁，有时放学被接到车间，坐在二楼茶水间一个小板凳上，兢兢业业地看动画片。有工人过来逗他，他也一声不响。有时坐在一楼的电子秤上，我称次品时叫他让一下，他不动，我便抱起他。我称完，说好了，他不动，我便抱起他，放回电子秤上。

刘阿姨并不快乐，和员工抢洗碗池，往洗碗池里扔抹布，看都不看，随手一甩，收拾菜盘总是“砸锅卖铁”。看到刘阿姨脸上乐开花，还是老板娘带来一个四五岁小孩的时候。大家纷纷上前挑逗，那小孩煞是灵光，从脑袋瓜到脚底板都透着灵光，叫人难辨是大人逗小孩，还是小孩逗大人。那一刻便想起李斯所说，厕中鼠与仓中鼠，李斯是自喻，我这样想别人，实在是罪过。但唯有拿那个残酷的比喻，才能清晰地以此为鉴，照出人的境况。老板的孩子，专人做伴；工人的孩子，手机做伴。要想扭转局面，或许得待到有一天手机里的人工智能超越人。或许吧。

说到电子秤，另有一事。有次我到一楼称次品，看见装柜的杯子放在电子秤旁边。次品重重地压在秤上，尘埃四起。我走了，我回头，我停下。为没有茶水间的水杯拍摄照片。

总要有人看见尘埃里的杯子吧。

总要有人记住尘埃里的杯子吧。

尼尔·波兹曼在《娱乐至死》里说，现代社会除了娱乐业没有其他行业。我观察到机台操作越来越娱乐化。面层接料处，一排五个按钮，用了四种鲜艳的颜色，真是糖果按钮。报警铃声、开机音、停机音各不相同，若干年前只是一种刺耳的喇叭。据说铃声可以自定义，只是没人设置。机台上的按钮，除了急停按钮硕大且凸出，别的按钮一律像圆润的棋子。接料，无异于射击游戏，只需要按下发射键。机台的控制屏如同手机屏幕，操作逻辑有很多相似之处，有人把读卡器插上去，竟然可以播放电影。过去，要想增加片料的重量，得跑到机台后面拧差速器，现在只需要在控制屏上面指指点点。机器数好卫生巾的片数，包装工抓起片料往传送凹槽里面放，机器不停，人不停，像停不下来的跑酷游戏。

有的工人把聊天当作娱乐。下班早的工人跑到晚下班的机台等，边聊边等。有天机台出故障，四川质检叫老盐停下来，老盐没停。过一会儿，质检管理过来宣布开的都是次品，有四十几箱。机台开出次品，大家心里应该是惭愧的。谁知盐嫂把这件事给包装工说、给杂工说，她太爱聊天了，连自家的瓜也不放过。老盐和四川质检互相指责，管理过来问我怎么回事，我便答了，传到盐嫂耳朵，不得了，夫妻俩冲过来质问我，问我说什么了，为什么这样说。次日，四川质检听说盐嫂在茶水间骂她，怒吼吼地找老盐夫妇，三个人机台也不开了，有劲儿，找个角落对质。管理又跑过来问我怎么回事，这回我什么都不说，管理说："我给你们四个人安排一场对质。"又过了一天，那三个人忽然有说有笑。

堂嫂听说这件事，吃饭时告诉我一个去年的八卦。堂嫂有回上夜班，没发现卫生巾背面的胶一边大一边小，开了一晚上次品。次日白班发现，厂里商定处罚堂嫂九百块。转白班的一个中午，堂嫂到实验室找午休的老姐雪华聊天，雪华教育她，要她多做事，6号机中午在连班，来都来了，去看一下质量。堂嫂去看，结果发现问题，机台停下来，一看，已经开了几十箱次品。盐嫂戳堂嫂痛处，说堂嫂刚刚被罚那么多，质量看不好，现在又是几十箱，叫堂嫂赶紧和小胖一起把次品藏到机台后面，叫杂工赶紧当垃圾丢掉。堂嫂和小胖照办，过了一会儿越想越不对劲，便跟雪华说了。雪华叫堂嫂跟老板娘说，老板娘说堂嫂，她让你干吗你就干吗啊。堂嫂都快哭了，说当时吓蒙了，完全听盐嫂夫妇的摆布。盐嫂不承认，说堂嫂和小胖自己主动倒次品。老板娘组织一场对质，在办公室，窗明几净，鸦雀无声，泉州每家工厂都会供奉的神灵肃穆庄严，小胖堂嫂列一班，老盐盐嫂列一班，最后还是老盐扛不住，吐出实话。老板娘把自己的亲妹妹盐嫂大骂一顿。我问堂嫂最后都罚了多少钱，堂嫂说没有罚款只是警告。

茶水间也是重要的娱乐场所。

“花坛的桔子我尝了一个，真难吃。”

“从办公室拿下来的，我也尝过，应该是观赏桔，看着好吃，实际不好吃。”

“估计办公室的人守着桔子，忍不住就吃，又难吃又忍不住去吃，只好搬下去了。”

这真是剧本研讨会，有事实，有想象。

打工二十年，我从不想念车间。但活动室、电视房、大杯啤酒、只留背影的暗恋对象、喊我“小孩子”的同龄人，我很怀念。

## 将行

整理好行囊，在今夜十二点
八成书籍，一成衣物
一成这里的空气
空气里饱含室友续了又续的烟
总觉得眉目生离离
总觉得头发舞翩翩
夜深再续一本书
沉默着喜欢
电视房大家爱看张卫健
我爱看你看张卫健
篮球场没有球篮的球架
行囊里没有牛肉的牛肉面
像我假装拥有的你
电话簿撕了又撕
旧皮鞋穿了又穿
披着黑床单
以为上海滩
月亮照在工厂上面
也照在大海上面
我，一百零五斤

书，五十斤
你，称不出你的重量
你在我心里面
我放你走吧，今晚
今晚，我要和轰鸣的车间说再见
月亮照着今天
也照着明天
你往月亮走
我去人世间

2023年12月

# 17 “我影响了张爱玲”

上夜班，大家自己带吃的。开水器就是微波炉，饭菜放在一次性塑料盒里，一次性塑料盒放在纸皮上，纸皮放在开水器上。

我买的炒饼丝，老板炒得极慢。半夜去吃，上面一层是凉的，饼丝之间，像穷富亲戚之间，不好加热。

买南昌拌粉，女老板那张脸已是苍老，但外形娇小，头发茂盛，一转身便能年轻十岁。我说拌粉，她给我汤粉，我说八块，她说肉块压在粉下面。半夜去吃，汤粉变拌粉。

据说罗素说过，须知参差多姿，才是幸福本源。要我说，每天要吃不一样的盒饭，即是打工人的参差多姿。

厂花赶在上班前夕吃，半夜不吃，只喝奶茶。

男人婆自己做饭，带保温盒，盒里有米饭，盒里有小盒，小盒里有小菜；带保温杯，杯里有热汤。我知道男人婆是一个勤快人，这么多碗要洗。

女工一周换一次班，男工半个月换一次班。为何频率不一样？因为男工上夜班有补贴，女工没有，所以女工不想上啊。厂里的对策就是让女工比男工早一点转白班，让女工觉得少上了几天夜班。

工厂又珍惜女工，又不珍惜女工。

从前食品厂招人，招聘两个女工后才要一个男工。食品厂下班，常见女工抢着给男工洗衣服。

辉帆公司有三个戴手表的人。厂花，偶尔戴，有时还戴黑框眼镜；壮实的贵州装箱工；扫地大叔也戴，被萌宝嘲讽，一个扫地的还戴手表。萌宝只嘲笑三分之一的人。老板娘或许也戴，但是我没有凝视过她。

上夜班的第一天，我不能在机台上走神，只剩困倦。下了班，明明很累，却只睡了五六个小时，之后再也无法入睡。直到五六天后，渐渐适应，白天开始睡七八个小时，这时和我一样刚刚适应夜班的女工又要转成白班了。

那个光头装箱工实在搞不赢，包装工去厕所的时候顺便帮他搬了几个箱子。老盐上厕所经过，也帮忙。这令我很是不舒服。老盐脾气坏，开机技术差，又是皇亲国戚，我和他搭档开机已近两年，我恨不能他的名字出现在厕纸上。

也许，光头装箱工年龄大了，夜班更吃不消，可是白班他装得也吃力。流水线不能拥堵。想想，他来这个厂也快一年。

没几天，贵州装箱工顶替他上夜班。在厕所，贵州装箱工问我放假准备去哪儿玩。我说，早着呢，月底才放假。

贵州装箱工说，要不要去汽车城?

我说，你要换车?

贵州装箱工说："不是，要多出去转转，老窝在厂里有什么意思。我上次出去，碰到我们厂一个包装的，我说送她，她上车了。油门一踩，一口气跑到市区。她说，这是市区啊，你走错路了。我说，没有，整天窝厂里，来透透气。"

厂区离市中心有十几公里，打车太贵，坐公交太慢。即便是放假，厂里很多人仍然选择留在厂里或者绕着厂区打转。

贵州装箱工说："从市区回来路上，我跟她说，完蛋了，车子坏了。她说她打车回去。我说天都黑了，荒郊野岭，我一个人怎么办。哈哈，我让她陪我等修车的来。"

我问："她是谁啊?"

贵州装箱工笑着描绘她的样子，我还是不知道。又聊起别的。"那人到底是谁哦"，我忍不住又问一遍。

太困了，恨不能地板上生出悬崖，跳进去。站着入睡，忽然惊醒，腿瘸了一下马上复原，太神奇。

娅娅被逆行电动车撞，起初肇事者都不想赔，还很凶。娅娅只好打电话叫堂嫂，请本地人治本地人。最终赔了1700块。看娅娅胳膊肿一大片，仍是上班。吃饭的时候，我说赔少了。堂哥叫道，你想怎么样，人家是本地人。

小银洗碗时对另一个女工说："我跟你说，10号机就适合我和小黄这种个子小小的开，个子高弯腰，受不了。"

想起带朋友进车间玩，走到10号机，开玩笑要给小银介绍徒弟。小银也不管是不是玩笑立马正色说，这台机人满了。

吃什么样的菜，成为什么样的人。

工厂枯燥，工厂辛劳，工厂单调，可是有人准备以此为家直到终老。

每家工厂我都不能待长久，辞职竟成为解决困境的唯一方法。

每到一个厂，安定以后我会去附近的图书馆借书。每次来借书都要从第一排书架浏览到最后一排，然后才挑拣要借的书，虽然我的时间并不宽裕。因为检视图书馆便是检视我的财宝，也是走出压抑的生活，来到能够自由呼吸新鲜空气的森林。每离开一个厂，先把图书证退掉拿回押金，因为我并不知道还能不能在这里待下去。有一回，去泉州图书馆办证，管理员不给我办，她说，你知道你办过几次证吗？我说，不知道。她说，五回，五回啊，你在办着玩吗？最终，她还是给我办了证。

结婚后，我和老婆商量着离开工厂，转战武汉。两个人，干点什么不好，非要困在工厂，工厂哪有什么前途，一眼望到头。做个小生意也好啊。有一年，租住的城中村大洲村拆迁，不得不搬家。租房成本一下子上涨。老婆问我，你知道我们在武汉搬过几回家吗？我说，不记得。老婆说，四五回了，四五回了，什么时候我们才有自己的家？结婚前，我撒谎说家里有现房。知道真相的老婆并没有苛责我。那之后，我给自己定了一个小目标，每天一定要赚够三百块钱。

早上，我在小区门口卖早餐。四点半起床，每天打心底喊一遍干不了。卖到九点收摊，去快递公司上班。下午收班早的话，就到另一家快递公司送件或者送几单外卖。我的枕边有一本张爱玲的《小团圆》，这一天赚了多少钱，我就翻到相应的页码，看上几行。很多时候，我不会打开它，因为这本书只有两百八十多页。

有一天，老婆惊叫起来，你的头发呢？我摸摸头说，在呢。老婆说，你秃顶了！我意识到不能这样下去了。一天打三份工这个神话，终于破灭。

生活虽然艰难，一家人抱团总能取暖。我把回出租房叫回家。有一回下班特别早，回到出租房，我把音箱开到最大声听歌。老婆回来后说，音响开这么大，你小心点，楼下的女人可凶嘞。我说，在自己家，想干吗干吗。老婆说，这是你的家吗?

也就在那个时候，快递老板经营不善，带着我们四个员工的工资跑路了。

一天也没休息，我转行送外卖。我听说，站里有人月入过万。

送外卖很简单，一辆电动车，一部手机，够了。跑起来才知道世上哪有简单的事。你要面对更多的人，处理更多的事。

有一天，下班路过一道白墙，积攒一肚子客户的感谢与刁难的我，情郁于中，心里涌出几句诗：

一天，傍晚
骑过粉白的围墙
它好白，它太白
路灯打在脸上
我打在围墙上
我是墙上惟一的泥渍

中胖突然走掉。一大早，管理到处找人。第二天才知道，中胖的外婆去世，中胖有小轿车，连夜回家。在次月公司贴出的罚款明细表里，中胖因为旷工，罚款900元。

阿霞的奶奶老了，请完假马上回家。2023年春天我奶奶走，是爸爸替我当罪人。他说费钱，你现在困难，别回来了。当时手机里就几十块钱，现在也只有一百多。引用白公子的话来说，下个月的工资还没发已经没有，明年的工资还没发已经没有。一眼望到头的生活。白公子愤懑地说："所以明年无论如何都要走，不管到哪里，都要离开这个厂。"

奶奶，我们在一起生活过许多年，现在回想，几乎难有回忆。我们怎么没有说过话，我指的不是嗯嗯啊啊，是交流。你走那天，爸爸打来电话，叫我别回了，费钱。我说，说什么也要送最后一程。过一会儿爸爸又打过来劝我安心在工厂上班。我知道，爸爸不过是替我做罪人。两个孩子还小，需要老婆照顾，我一个人上班，四五千的工资，两千五的房贷，几万块的亲戚债，每个月剩不下钱，要奔丧，要做任何生存必需之外的事情，稍微发生一点计划之外的事情，就得借钱。"穷"成了我的盾。张爱玲说穷人吃水果有罪恶感。让我有罪恶感的不是没有回家见你最后一面，而是我们从来没有交流过。

萌宝讨厌食堂的晚餐，有好几回，他用辣椒拌白饭吃。我却是忍着。

打工二十年，我早就不想进厂。打工第四年的一天，忽然接到哥哥的电话，他和嫂子筹备在武汉开饺子馆，需要帮手。当天我就收拾行李，走的时候礼貌性地跟老板娘打招呼。小厂，办公室也是保安室，老板娘把烟灰缸往地上一摔，朝我吼闽南语，我听不懂，但知道她在凶我。多年以后，偶然翻看当时的日记，发现当时是大年初八。如果我能穿越回去，就不会走得那么义无反顾，至少等过了十五再走吧。

我对未谋面的嫂子充满期待。跟着自家人干活，再也不用受工厂里的气。我用车间里的纸筒做了一个礼盒，礼盒里盛着两行自己写的得意诗句。嫂子收下礼物，也没说什么。我开始跟着哥嫂学习做饺子。洗韭菜，我也搞不懂为什么韭菜里面总有那么多枯黄的叶子，得一条条择出来。哥哥发明一种迅速办法，把韭菜直接泡水盆里，来回涤荡，之后换清水，重新洗。切韭菜要切成短短的一小段，我切的总有一部分像用来炒蒜薹的，哥哥则切成珍珠大米模样。擦包菜也是，哥哥擦的又小又碎，我擦的又大又肥，还需要再用刀剁一剁。擀面皮，嫂子擀的是一个圆，就像我的中学老师不用圆规用手能画一个圆。我擀的是椭圆、菱形、被咬一口的菱形。包饺子，我包的每一个都不一样。煮饺子守着一口热气腾腾的大锅，冬天这样，夏天这样。我学会对询问的顾客说，白菜猪肉饺子是大白菜和前夹肉做的，我们的饺子这么香，放的是食用油，不是猪油。白菜猪肉饺子里的白菜是包菜，因为白菜水分大，容易出水，很难包。包菜为什么低白菜一等，我到现在也想不明白。

生意不好，他俩整天吵架，生意好，他俩也整天吵架。起初我帮助嫂子一起吵哥哥，时间一长，我开始保持沉默，在一旁吃着饺子，像吃着包了玫瑰刺的饺子，囫囵吞下。哥哥常说，“都是没钱闹的”“等有钱就好了”，这是哥哥的信仰。做餐饮每天碰到形形色色的人、奇奇怪怪的事。我们像中了魔咒，无论怎么谨慎，隔三岔五收到假钱，谁收到假钱，谁气得不吃饭，其他人也跟着生气。

做餐饮，我感到窒息，终于，又逃向工厂。

现在上夜班，不能给孩子们打视频。我想他们，一年只能过年回家一次，就那么十来天，呲溜哗啦就过去。老婆说，我也想进厂，天天在家带娃，非要得忧郁症不可。站在机台前，我快速在手机上记下几句话：“还要吸入多少粉尘，还要扛住多少夜班，才能走完回家的路，奥德修斯，请回答。”

如果时间可以倒着走，我们这一代人成为张爱玲那一代人的祖辈，那么张爱玲深刻影响我将变为我深刻影响张爱玲。我写的文字可使爱玲惊叹呢。

大胖说，不要走，在这个厂做下去，老了可以做保安，一条龙服务，那个没牙的保安走了我申请。

盐嫂听说我递交辞职，问我为什么回家。

我说，就是回家啊。

盐嫂说，离过年还有一个多月呢，有什么重要的事吗？

我说，有啊，就是回家。

盐嫂说，除了结婚、生病，还能有什么重要的事？

在这家轰轰隆隆的工厂两年，起初，只有我一个坚持戴耳塞。如今，贵州装箱工、质检小庄、机台工老墨都被我逮到佩戴了耳塞。这是我的功劳吗？

也许有一天，工人都拥有回家自由。

2023年12月

# II

# 一个工人决定去做更多

# 18 一个工人决定去做更多

长久以来，我很少和人说话。

工友来我宿舍玩，彼此也不搭话，他坐在凳子上抽烟，我坐在高低床上抽二手烟。抽完烟，他起身离去。

在外打工，一年到头只跟爸爸打两个电话。到工厂，给爸爸报平安，年尾告诉爸爸今年不回去了。

做了快递员，一天要接打上百个电话。送快递的第一堂课是码货，老师傅告诉我货物要冒出快递筐，冒出多少呢，冒出的快递要比筐内的快递多。刚入行没有经验，老师傅骑的电动车外号载重王，我却买了一辆小小的电动车。载着比我还高的货物上路，摇摇晃晃，全靠自身的体重压住车头，偏偏每天都有人在我骑车时催件。客户总是这样说："你好呀师傅，我看见你正在派件，什么时候送过来呀？"我总是停下车子回答："快了快了。"事实是"歪了歪了"，车子正在失去重心。每天说许多话，为了工作，为了解决问题。

后来，我们那个快递老板跑了。我们费尽心力，到处投诉，也没结果。我最勤快，损失最大，我的工资是8200多元。损失很大，但是，有一个意外的收获，我们四个快递员虽然平时天天见面，可是谁也不了解谁，天天说话但都是工作上的交流。因为特殊的机缘，我们熟络起来，一起吃饭，一起商量对策。饭桌上彼此有了进一步的了解，我的视野才从他们的工作拓展到他们的家庭、他们的经历、他们的感慨。

不过，我们四个人最终放弃追讨工资，彼此也就不再联系。我改行去送外卖，入职的这家公司主要送生鲜百货，熟食很少，顾客基本在家，不需要个个打电话。我再次变得话少起来。

离开外卖行业，再次进厂。工人每天面对机器，被同化成机器。工作安定下来后，我决定做一个采访计划。首先，虽然每天和工友说话，但都是工作上的话，就像从前送快递的时候。需要一个理由、一个仪式，我才能和同事深度沟通。采访就是一个理由、一个仪式。其次，我打工十八年，到头来还是一个普工。那么，和我同时上路的人呢？他们后来都怎么样了？他们过得开心吗？我不想只做一个旁观者，我想采访他们，进入他们的视角，听他们讲自己的打工故事。

说做就做，我在日记本上写下十五个名字。他们是工友和亲戚，他们有一个共同点，都拥有在工厂打工的经历。十五个人，十五篇采访，十五个视角，十五种人生，每个人写一万字，刚好一本书。题目也想好了，叫“一个工人决定去做更多：打工人采访打工人”。

说干就干，第一个要联系的是石头。他是我在工厂认识的第一个朋友，我们年龄相仿、家庭相似，整天泡在一起，当时包装工看见我们中的一个就会问另一个怎么不在。可惜我们认识才三个月他就走了。那时候联系方式有限，靠着留在日记本上的他老家的地址，几年后我们通书信又联系上。2015年，我结婚前夕给他发消息，因为之前我们约定好谁结婚都要告诉对方一声。结果他回消息说：“哥，恭喜你，我想我这辈子要孤独终老了。”我问他怎么了，他说身体不好。我也没有详细问，只是安慰几句。一转眼又是好多年过去，始终没有收到石头结婚的消息。

我给石头发信息说：“老弟，我最近在做一个采访打工人的计划，你要不要参加，接受我的采访。”

我还想着怎么跟石头具体解释这个想法，因为我自己都没有想多明白呢。石头已经回复：“好啊，哥，现在吗？”我说：“晚上8点40分聊，因为我8点半下班。”

我没有任何采访经验，便想到刘同学。2020年，因为向单读投稿，认识了编辑刘同学。刘同学做过记者，应该向她取经，但来不及了，我的计划来势迅猛。

上班的时候我不断在想问什么问题，上厕所的时候把刚才所想的问题记在手机上。石头的爸爸也是残疾人，他和他爸爸一定和我跟我爸爸一样受过不少委屈。我爸爸在供销社上班的时候，村里的同龄人无论什么辈分，都喊他哥。等到爸爸残疾，村里不知道谁起头喊他老狗。我出门打工，家里剩爸爸一人，过年回来，家里的垃圾能淹到脚踝，卧室的墙壁不知道谁用黑刷子画了一团人形，后来才慢慢意识到，那是爸爸从床上坐起来、背靠墙壁的痕迹，那是爸爸的“黑色光环”。石头的爸爸有哪些崎岖事呢？因为石头，我才喜欢上周杰伦，石头走了，周杰伦的歌曲陪伴了我整个青春。记得在漂染厂上十二个小时夜班时，随身听循环播放他的专辑。从没有看过原歌词，都是我在脑海里做听力题，每回默写的歌词都不一样。石头现在还听周杰伦吗？我和石头在一起打工的时候，都没谈过恋爱，后来我谈过大学生和福建本地的女生，石头会有怎样多姿多彩的感情经历呢？那年结婚听到他生病的消息时并没有多问，现在我想问问他生病的经历、治病的经历、心里承受的打击、现在是否已经坚强、如今对未来是什么态度，这些应该是整个采访的重点，因为这是石头生活中的一个坎，正是因为这一点我才想采访石头。

我在厕所写了一封公开信，马上发在QQ空间，虽然很多年不怎么用QQ，很多同龄人好像也不怎么用了，但毕竟和大多数工友的联系在上面。

## 一封公开信

十八年前，初中毕业的我第一次到晋江打工。那时的我不曾想到十八年后，还会来到同样的地方，做着差不多的工作，拿着并不多的薪水。想起进的第一个工厂花亿公司，那么多伙伴，那么多故事，我却拿沉默面对他们。我把青春献给了图书馆。我几乎没变，还是那个傻×。现在，我想利用至少半年的下班时间写一本书，写写我们这些打工人。

我还是那个极度自卑、极度内向的人。主动和我聊聊吧，我不好意思打扰你们，假如你想让我用文字替你记录下你的前半生或者你的感悟，或者仅仅想聊聊，都没问题。假如你对我的文笔不放心，我可以分享一些已完成或已发表的作品。假如你对隐私有顾虑，我保证把你当小说写。不过，我没办法保证，这本书一定会发表或者出版，但是它一定会在2022年写完，并分享给你。假如你有话想说，或者身边有这样的人，请和我聊聊吧。

请和一个沉默的人聊聊自己吧！

过了一会儿，有二十九次浏览，三个工友点赞。点赞的工友，你跑不掉了，不过现在来不及联系。

不到8点就下班了，我把要问的问题整理到日记本上，一共二十七个问题，我并不准备逐条去问，那样太生分，就聊天吧，聊到哪里算哪里。

一口气聊了两个半小时，聊到最后石头说，哥，有点儿困了。

挂掉电话，我仰躺床上，腾地又坐起，在房间里来来回回走。心里有话，要讲出来。这是第一次采访啊！这是这个豪情万丈的采访计划的开始，我上午预计的是，两个月内完成所有采访，四个月把稿子整理出来，最多半年内完成整个计划。

太晚了，找谁也不合适，我给老婆发了一条消息："失败。"

又发："采访完了，两个小时，感觉我很失败，虽然聊了很多，但是很碎，没有故事。"

又发："就是讲了一堆细节。一个完整的故事也没有讲。那年他告诉我，他生病了。现在不聊那个了。个人隐私，不能挖掘。"

老婆回复说："才开始嘛，慢慢来。"

我知道这是安慰和鼓励，可是，一股巨大的汹涌的失败感把我淹没。

几天后，联系刘同学，我跟她详细说明了困惑："最近计划采访工人，已经开始采访。第一个采访完，觉得失败。一方面我最想问的他避开了，另一方面我们聊了非常多细节，但是感觉没有故事。这也不能怪受访者，大多数人的生活本身就是平凡。所以想请教你，因为查阅到一些你过去写的采访。想问问你有没有保存类似问问题的东西可以让我借鉴，如果采访对象是老同事或者亲戚朋友，你有没有经验想跟我分享？"

刘同学发给我一份她当年采访皮村工人的提纲，我看了，感觉帮助不大，她的思路和我一样，事先想好一些问题，重点挖掘一些问题。但是有几个提问点醒了我，"是否准备留在城市""你对皮村是一种怎样的感情""用几个词概括自己的身份""你觉得自己在生产线上是不是重要的一环"，这些都是我不曾考虑的角度，挖掘别人之前，应该先挖掘自己。我的采访思路是围绕童年、家境、工作历程、恋爱、婚姻、疾病展开，都是一些工友之间很自然聊起的内容。我绝不会问工友对工厂是一种怎样的感情，因为很假、很作，开不了口，所以本能地躲开这样的视角去发问。为什么我不能换一种语句去问呢？比如你觉得这里有什么好玩的，比如你放假最喜欢去哪儿，你对本地人有什么感受。能问出一个好问题也很重要。

没想到，过了大概一个月，刘同学给我发来几段话，开始“打击”我。

> 首先，我想说你要做的这个选题，对你来说很有难度，因为就像你说的，他们是你“最熟悉的陌生人”。不像我来做的话，我天然带着身份上的差异，用一个外在的视角，对他们提及的、适合成为故事的素材，会很敏感。所以我不确定的是，你能否有这个敏感，毕竟对你来说，他们的很多经历，只是你的日常生活而已。
>
> 所以，你要先弄明白，你做这个选题的优势是什么。我觉得有两个：一是你亲身经历过，一些很细节的情绪和想法，只有你可以体验；二是你比较容易接触到他们，所以可以通过大量的侧面观察，进行很细节的人物白描，这一点是一般的记者采访一天两天做不到的。
>
> 那么就要回到你的创作目的和写作方法的问题上了，我个人觉得，你采用和其他记者一样的、冷静旁观、客观中立、没有自我代入的视角和写法，是行不通的，你反而应该利用自己的优

势，去创造一个新的写作方式。

没和刘同学联系的一个月，发生了一些事情。

第二个联系的是阿宝。联系阿宝之前，我到工业区繁华的街市买东西。发现年轻人很少，现在的年轻人都去哪儿了，这个问题，可以问问阿宝。

给阿宝发邀请，酝酿了很久。一方面难以启齿，大家一向看不起写东西的人，另一方面，怎么解释做采访这件事呢？我在手机上写写改改了好几遍。最终，我留言："阿宝姐姐，我在写一本关于工人的书，大概会采访十几个朋友和亲戚。我一直很佩服您，觉得您的经历，从打工到管理，很励志，有代表性。冒昧地问一下，不知道您方不方便接受我的采访，访问以工作经历为主，会匿名去写，其实就是大家坐下来聊天。"

首先，表明目的，接着夸夸阿宝，最后，打消她潜在的顾虑。一开始打招呼，阿宝秒回，我把这一长段话发过去之后，阿宝没有回复。永远没有回复。我消沉了好几天，必须承认我是欣赏阿宝的，可现在我在做什么呀，真是造孽，还不如搭讪呢。

第三个联系的是阿邦。他勾起我采访念头的一个点是感情经历非常丰富，谈的朋友一个比一个令人羡慕。在花亿公司，他和老婆上对班，和情人一个班，精力之旺盛，情感之丰沛，令全厂惊叹。

阿邦说："哎呀，我的故事你可写不完，三天三夜讲不完。可以采访啊，你现在是作家喽，成名了可不要忘记我。"我问："阿邦，你什么时候有空？"阿邦说："随时有空，我这个工作，就是随时有空的状态。"

我准备好问题，打给阿邦，阿邦正在乡政府大院里面，他接了电话后，嘴里喊着："大作家，来了。"我们开始聊，但不久来了他的同事，他忙着张罗，我见状说了再见。再一次打过去又是没聊几句他和同事就聊了起来，我看不行，得晚上打，结果晚上他也有应酬。说好的随时有空，原来是随时没空。我不死心，跟阿邦说："你有空打过来也行啊。"阿邦说："好。"

第四个联系的是阿飞。他收到邀请马上答应，但是年底了，厂里事多，现在聊不成。

那么，开始"抓捕"给公开信点赞的三个人。第一个是小马，他一开始挺热络，那一长段邀请发过去，他把我删了。第二个是军哥，河南老乡，认识的时候他是机修，留给我最深的印象是他喜欢给我东西吃，尤其是他辞职的时候，给了我一大堆食物。调查他的QQ空间，发现他在漯河，还是做机修。我表明来意，军哥说第三个娃刚出生，没时间。确实，他的QQ空间里有一大堆小孩的照片。第三个是我的大表妹。小时候我带着一堆表弟表妹玩，组织大家写文章，发现大表妹写得最佳，虽然只有半篇。她家里姊妹多，作为老大，初中没上完就出来打工，并非因为她不喜欢上学，并非因为她成绩不好。她来晋江，和我不在一个厂，我把我的宝贝录音机和宝贝磁带抱给她，希望周杰伦、王力宏、孙燕姿、黄磊、羽泉、周迅的歌声陪伴她左右。再去看她时，磁带所剩无几。她说这个拿去听，那个拿去听，也不还，算了，一个厂的。她不珍惜磁带，她珍惜人。她不到二十岁，发现长了肿瘤，刀锋难过，她走过刀锋。仍是不到二十岁，她恋爱、怀孕，不顾家人的反对，毅然嫁给那个对她好的男人。她的经历足够令人感慨，我想听她说说。和大表妹约好的时间到了，她一边带娃，一边和我聊。我们为什么主张女性要有自己的房间，因为大表妹面对小表哥的采访连三十分钟自己的时间都没有。我问："小时候，你恨自己的父母吗？"她一阵沉默，后来说："小哥，要不你在微信上发语音，一个问题一条语音，我有时间就回你。"我觉得这是一个好办法，我发的第一个问题还是，小时候，你恨自己的父母吗？我没有收到回复，我后悔自己真是没把大表妹当外人，说话太直接太随意太尴尬，我不能再问了，总不能为了一个采访把亲戚关系都破坏。

刘同学的三条建议我不喜欢，我怎么就不行啦。但是抽离出"我"，客观地讲，常规的采访我确实不行，我身边并没有陈年喜、陈直、邬霞、范雨素，只有一心扑在生存上的人。他们的表达能力在厂里出类拔萃，但放眼万人之中、百万人之中很难脱颖而出。我写采访稿也不到位，笔尖很难不带着情绪去写。没有受过训练，很容易走到方方框框之外。不能把采访作为目的，应该把采访作为方法，把采访的前前后后全都写进去。

采访完第一个，我又联系了四位朋友。结果等到放假，种种原因吧，一个也没有采访成功。很丧气，接着转变了想法。之前不想再写自己，还是写吧，把自己要做采访作为一个线索，把整个过程记录下来，这样就好受多了。重新制订计划，最后哪怕只采访两三个人，觉得也有东西写。

即便打定主意怎么写，还是没有开始写一个字。一个月两个月三个月六个月眼睁睁过去了。我在想，要不想办法联系一下《出梁庄记》的作者吧，她写下那么多身边人，她一定很有采访的经验。然而并没有联系。我在想，短视频上有很多爆火的打工主播，比如有一位提桶哥，他提着桶到处进厂，干几天就指责这家工厂这里不好那里不好又是黑心又是糟心，然后提桶跑路。好像很少有记者采访这样的主播。然而提桶哥并没有看到我的私信。我跟同学杜艳打电话，她说你就写你自己。我跟老徐打电话，我说，老徐，要不我们两个对聊，把打工故事聊出来。我是在向老徐求救。我请老婆帮忙联系韩珮，听说她在新加坡的工厂干过两年。几个月过去，我才惊觉老婆并没有帮忙联系。老婆说根本不知道怎么开口，太难开口，借钱都没这么难。阿飞终于抽空接受采访，而且是自己开车过来找我。并不意外的是他的叙述和石头一样，很真实，清汤寡水，没有戏剧性，整个叙述找不到爆发点。讲了很多，但概括性的讲述居多，一件事几句话就说完，不能详细展开，随即转入另一件事。采访结束，我没有写一个字。

一个工人决定去做更多，他失败了。

2022年6月

# 19 石头，没有故事

2004年，我在花亿公司结识了工友石头。我们年龄相仿，家境相仿，爱好的音乐相仿。二十年来，联系一度中断，却始终关心对方。以下是石头的自述。

2004年夏天，我十六岁还不到，爸爸送我到福建打工。火车坐了三夜两天。当时我很疑惑，火车好慢，怎么还叫特快火车。

福建晋江有一家叫花亿公司的卫生巾厂，我叔叔在厂里做仓管，爸爸和我此行正是投靠他。

那天晚上我们到了晋江一个叫陈埭镇的镇子。吃的面条，我现在都记得。那碗面条好好吃，那个味道我现在都记得。

第二天我留在叔叔的厂里，爸爸去我姑姑所在的泉州市安溪县。我的姑姑从我们四川的大山里嫁到安溪县的大山里。爸爸在姑姑家住了一段时间，临走，又来我们厂。爸爸再来时我已经拿到了180块钱的工资，便把一百块钱给爸爸。爸爸是残疾人。把我安排好，爸爸才返回四川达州。

我很想在我的仓管叔叔手下做事，但是他手底下都是四十岁以上的搬运工。叔叔带我去找车间主任小张，又去办公室填入职表格。快二十年了，我至今记得自己应聘的那个职位叫“小包”，当时觉得“小包”这个名称好奇怪，后来才知道，我工作的位置有个材料叫小包膜。

当时花亿公司并不缺人，还好我有叔叔这层关系，把我硬塞到卫生巾机台上。我开始成为“小包”，原来的“小包”叫阿翔，他妈的好凶哦，搞不懂为什么对老子那么凶。

我在阿翔底下学习，一开始学领料。生产卫生巾需要流延膜、打孔膜、无纺布、离型纸、木浆等一大堆原材料。生产车间在二楼，原材料仓库在四楼和五楼。木浆在五楼，一筒木浆三百多斤。木浆像一个大车轮，几乎和我一般高，我推着它走，不时还要用力扭动着变换方向。从五楼到二楼得推很远的路，地面上的灰土和沙子附到木浆上面，我的手又脏又痛。离型纸不像木浆那么重，但是数量多，而且一箱也有三四十斤，把它们搬到推车上，再卸到车间，手好痛。无纺布不重，但是卷径大，我抱不住，尝试很多次才拖到推车上。阿翔好凶，和我一起领料，他不干活，只命令我搬这个搬那个。他一副自己很了不起的样子，“小包”他熟嘛。我后面才知道“小包”根本没有任何技术含量。

我感觉干不动，但是没搬几天，厂里说以后领料由搬运工来做。我一下轻松了很多，厂里其他工友说，你还是蛮幸运的，我们都搬好几年了。

干活倒是轻松了，可是那个阿翔真的好凶，他是福建人，有点小胡子，光是说话已经很凶。在他手底下学东西，好像白白偷走了他好多了不起的本领。即便这样我也没有想过辞职，更没有想过回家，2004年刚出来的我，三四百块钱的月工资已经好满足。

没多久，我认识了一个同事叫张赛，他大我两岁，我叫他赛哥。

我们天天下班后出去逛街。我们去买磁带，他买羽泉的磁带，我买周杰伦的磁带，互相推荐。我们一起去吃早餐。下了夜班，我们一起去打篮球，篮球筐非常简陋。有一次我们还去看脱衣舞呢，看完我们吐了，觉得好脏。到哪里我们都是步行，走来走去。我一直挺幸运的。来花亿公司没多久，阿翔辞职了，我被调去做赛哥那个机台的“小包”。最开始我住在叔叔的宿舍里，后来搬到赛哥的宿舍。但赛哥说不记得有这回事。他当时天天写日记，可以查查日记。我不写日记，但都记得。那时候机台开不同规格的产品，机台的齿轮就换大号中号或小号，我们弯着腰干活，有的地方还要躺地板上拧螺丝。一开始不知道，不停地拧螺丝，后面就慢点，知道怎么干工资都是一样的。

包装工都是女孩子，都比我大，她们管我叫小孩子。每次见了就喊“小孩子”“小孩子”。

有一个质检是安徽人，我很喜欢和她聊天。有次我上夜班，半夜休息，安徽质检趴着睡着了，我把衣服脱下来给她盖。她一下子醒了，妈呀，那个眼神。

赛哥喜欢来自福建三明的一个包装工，一直不表白，我想帮他，他不肯，结果被一个长得像刘德华的组长抢走了。

我刚去花亿公司时叔叔给我买了一套新衣服、一双新皮鞋。叔叔还说他有些衣服小了，全部拿给我穿。后来才知道花亿公司里面其实有我很多老乡和亲戚，全在楼上做包装工，好多女孩子，不过知道这些的时候我已经走了。

那时候开机的好多人受伤。组长“刘德华”不小心，几根手指伸到机器里面，他妈的一下子出了好多血，我把厂服脱下来给他包住，和工友们一起把他送到医院的路上，那个血从车间到医院走廊一直滴呀滴。幸好医院不远，真的，出了厂就是医院。还有个工友，他的中指和无名指都被切掉，还有根手指扎的钢针，他把手指给我看，我看到都有点怕。

上夜班，我在机台后面搞，一下子把无名指弄到机器里面去了。赛哥扶我去医院缝针，现在这个伤疤都还在。缝完针我立马辞职，不干了，彻底怕了。我在花亿公司一共做了三个月。

花亿公司那些做包装的女孩子，一个都没联系方式，也不知道她们去哪里了。工厂就是这样，大家在一起的时候好像很热闹，然后，说散就散，再也找不到。

那个时候没有微信，也没用上QQ，连电话都买不起。我走的时候在赛哥的日记本上留了我老家的地址。

多年后，赛哥跟我说花亿公司没了，公司旧址已被新建的楼房占满。

我有一个亲戚在深圳，叫我从晋江过去学厨师。厨师是我的第二份工作。

刚开始学杀鸡杀鱼。学徒早上要比老员工提前一个小时上班，天天杀鸡杀鱼，接触血腥味，我很反感。厨房的下水道天天堵，搞不懂为什么天天堵，天天通下水道，又脏又累，现在想起来还能感受到。

杀鱼手经常受伤，因为天天要碰刀。不只是刀，鱼骨头也会把手搞伤。

我为什么不辞职？因为吃得好。我的身体因为吃得好，长好了，长高了。

如果没有人走，我肯定一直杀鸡杀鱼。我挺幸运的，做学徒没多久，就有老员工走掉，就像周杰伦唱的一句歌词，我开始“要一步一步往上爬”。爬到炒菜师傅那里打杂，师傅菜炒出来了，我来摆碟端菜，这个工作就比较轻松了。而且可以看师傅怎么炒菜摆菜。接着轮到我炒员工餐了，那会儿客人的菜我还不能炒，员工餐可以。又有老员工走掉，轮到我开始学炒菜，慢慢学会了。

也是那个时候我第一次谈恋爱了，最多牵了一下手，你说这他妈算不算谈恋爱。当时她做服务员，我做厨房，离得近，天天见。

有一次我跟她说，晚上有事，去吃个夜宵啊。然后又有一次说，出去逛个街啊。没给她买什么贵重的东西，那时我没钱。我们说是聊天，根本没有聊什么，我也不知道聊什么，然后就确定男女朋友关系了。

我们做厨房的会被调来调去，没几个月我去别的酒店了。她也没有说跟我一起过去或者怎样，我也没说让她一起过去或者怎样，很自然，分手了。

分得潦草了。

那个时候对感情这东西没那么认真，根本都没仔细想过。现在回想，以前谈恋爱把钱看得太紧了，舍不得花钱给她。

2007年开始炒菜，2008年我就生了病，又没干了。那个时候好不容易工资刚涨到1800块钱。没办法，生病了，要回家。

我回老家治病治了七八个月，诊断结果是厨房油烟把我的肺熏坏了，油烟都在肺这里。这个病后面好了，我到现在还有个伤疤在肺里面，拍片子还能看得到，就像手上这个伤口一样，好了还是有印子。酒店没有赔钱，什么都没有，生了病自己管自己嘛，就这样子。

2008年地震后我回归了家。在家七八个月什么事都没干，天天在家里就躺着，天天吃药。有时候做点农活，一分钱没赚。

2008年后我买了医保，想着生病可以报销。买了医保后，有一回身体不舒服，跑到小医院去看，那些医生他妈的好黑，他们说我这个病要做手术。其实根本用不着做手术，又花了老子好多钱，在外面辛辛苦苦打工的钱，妈的花完了。

我前后做了四年厨房，又做了两年电子厂，然后又去做仓管员。那是我做过的工作里面最轻松的，别人来领料，我记账，想坐就坐。那时候在广东还搞了半年建筑，工地没有轻松的活儿，虽然是我亲戚包的工地，可还是好辛苦啊，夏天太热了。虽然我在工地负责买菜做饭，比其他工人轻松，可还是好辛苦啊。

因为做饭，我一直有咽喉炎，它跟着我十几年了，只要一点感冒便会咳嗽，我没治过，反正治不好。离开工地之后我再没有做过厨师。

不做厨师，我到重庆进大理石厂，灰尘很大，做了两年。

2013年，我重新回到深圳，在一家水疗会所做服务员。工作内容很简单，客人来了，我把拖鞋、毛巾拿给客人。客人进来会换衣服，我可能还要帮忙拿衣服。

做服务员的第一个月没事做，我就坐在那里看电视，一个月时间把老板的电视看坏了三台，经理没罚我，但是把电视收了。

打工多年，我在深圳做服务员这四年才挣到一点钱。

我们那个水疗会所在深圳蛮有名，数一数二的那种。我们那里每天来消费的全是一些上市公司的大老板、大集团的创始人、明星、当官的。这些人妈的一消费都上万，随便充个会员就是50万。

我们这个工作不包吃不包住。为了省钱，四个同事去租一个单间，1800块钱一个月。一个单间什么都没有，还要自己去买床买空调。

那个时候一天工资都有好几百块钱，我们拿的全是日薪，一天最低都两百多块钱。我在那里挣了20万块钱，回家就付了房子的首付。

上夜班有时候一天只吃一餐，又喝了好多啤酒，胃感觉就这样喝坏了。我最近都还在调理。

我上了四年的夜班，感觉撑不住了，把身体熬垮了，只有辞职回来，之后再没有上过夜班。

回来以后，因为我哥哥在乐山，我到他那里耍，碰到卖房子的招人，就去看了看，结果一下在那里做了四年。也是因为我不想在外省漂泊了。

因为也没有什么文化和手艺，只能做这些。我们好多同事都是大学生，出来还是和我们干一样的工作。绕了一大圈大家凑到一桌了，挺叫人感动。

卖房子并不是靠口才好就行。我们这行有很多口才好的，但业绩反倒不行。因为销售这个行业靠的是服务。嘴巴很会说很能吹的那些人，客户不容易信任他们。我们这份工作要靠脑力，好多人卖房子卖得头发都白了。我们要考虑很多东西，要记住很多东西。我们研究了四年多的房子，每一套房子都有它的优点和缺点，这些得研究出来，全告诉客户。虽然我们嘴巴不会说，但是我们心里会想，能让客户感受到我们是在为他着想。

做销售没有社保，我现在三十几岁了都没买社保，我想找一份有社保的工作。

我去算命，人家都说我这辈子没有后代。今年3月份，耍了一个女朋友，她怀孕了，我一直以为我精子有问题，结果她怀孕了。我和她第一次发生关系，她就怀孕了。我一直挺倒霉的。我们商量好结婚，把孩子生下来。她把我的钱全部弄到她手里，因为我刚装修完房子，卡里只剩两万块钱。后面她说不想生，把胎打了。我说这个钱你多多少少还是要还给我，因为我就剩这一点钱了，她本来一分钱都不给我，一分钱不给。我发火了，彻底火了，随后她转了一万块钱给我。我根本没有谈过一场正儿八经的恋爱，都比较短暂，谈个一两个月就没了。从来没有谈一年两年的。但是后来我舍得花钱了啊，今年谈恋爱我给对象转了两万块钱。

晚上我妈又打电话来了。她说这怎么办嘛，你找不到老婆了。

在老家，我每一年至少要相亲几十次。平时上班，同事也会给我介绍。大家去见个面，吃个饭，又花一两百块钱。反正真的不好找，找个二婚都不容易，看运气了。

我的生活明天会更好，我对此肯定充满信心，即使现在过了三十岁，这跟我们卖房子一个道理，要有信仰。小时候，爸爸出了意外以后，家里没有收入，靠我妈出去捡破烂。我们就是这个样子生活过来的，每个人都有烦恼，那些有钱人还不是有自己的烦恼。

我一直想，以后我绝对要很有钱，以后我绝对要买车，以后我绝对要买一辆奔驰或宝马。虽然我感觉很累，但我充满信心。

## 采访石头后记

采访石头的时间是2022年1月19日，采访稿完成于2023年10月10日。为什么用了将近两年的时间？因为我没写。

我采访十五位工友这件事是失败的，还有更多失败需要接受。

起初我以为只要克服自己的内向性格就可以做成采访，但即便如此，事实上还是很多人拒绝了我。每一次拒绝都使我深感挫败，要好多好多天才能走出来。这使我重新衡量这份名单，没有把握的人不能去问。十五人里没有辉帆公司的工友，不能让身边人知道我在写作，遑论采访，这太令人难为情。这份工作对于目前的我非常重要，这里是我的工作室，我不想为了写作而勇敢，这份压力无法承受。

不能告诉身边人，但我也想采访身边人。我把采访分为直接采访和间接采访。直接采访就是直接告诉对方我想做什么、我将做什么，间接采访就是不告诉对方我是在采访，舍去一切令人尴尬的名头，直接开始聊，不断去聊，反复去聊，在不侵害隐私的情况下记录对方的见闻。我并不能把每一次聊天都当成素材，那样的话我的付出不但巨大，而且可笑，聊十次也不一定写下一句话。我本来就是工人，我们本来就是工友，做不做这个采访我们都会聊车间、聊男女、聊生活、聊明年去哪里，一切自然而然。倘若哪一次聊天碰到一句名言或者一个小故事都是捡到宝。就这样，我间接采访了几位身边的工友，他们是老李、老甘、老晁、东思、萌宝、白公子。老李不是我主动去聊的，而是工作原因刚好分到一起干活，我们竟聊了整整一天，但真正到最后写下来的，只有一千字。有一回放假，我和白公子出去吃盒饭，一位在超市工作的阿姨主动和我们攀谈，讲了许多工作上的事情。真是喜从天降。堂嫂喊我吃饭我极少去，因为我不打算回请。有一回扭捏着去了，老晁也在场，老晁喝大了，自己讲起小魏用英语追他的故事，我将此视为莫大的恩惠。

直接采访却停滞不前，我不知道该采访谁，好害怕面对受访者滔滔不绝讲述的全是真实却又全是琐碎的生活，虽然我知道这正是生活的真相。我并不是轻易放弃的人，我不断给自己打气，不断做心理建设，像海浪一轮又一轮。最终我把目标锁定为小魏和雪华。小魏是工人里难得一遇的大学生，这点很吸引我，这个身份与她的处境一定充满了矛盾感与戏剧感。雪华是辉帆公司元老级的员工，且她是本地人，我很想看看本地打工人的视角，还有她是女工，女工的视角我很陌生。这两个采访的邀约要等到我将要离职的时候发出，我只能趁着要走的劲头赌一把。她俩和这个厂有着千丝万缕的联系，万一因此向全厂暴露我这个写作者的身份，对我将是一场心灵的惩罚。她们愿意讲吗？我敢开口吗？对于我来说这也是一个谜。

石头之所以那么爽快答应我的采访，是因为我们是哥们儿。当初我被胜利冲昏头脑，现在我要把失败进行到底。

石头的讲述最触动我的是他说那些包装女工管他叫小孩子，每次见了就喊“小孩子”“小孩子”。那些女工年龄并不大。我到花亿公司第一年也被她们追着喊“小孩子”，之后不叫了。花亿公司的伙食好，我的个子长得飞快，于是轮到后来矮矮的石头被叫小孩子。

那时候少男少女有一句似嗔似怒的口头禅：真是的。“真——是——的——”，这句口头禅，大家每个字说得既慢吞吞又温吞吞，以示温柔，就像每一种方言说慢点都非常好听，就像“之”“兮”这些字使《诗经》《楚辞》尽是柔美，尽皆动听。那时我们年轻，可以矫揉，可以造作。

安徽质检，我现在都记得她银盆满月一样的脸，看见我总是面带微笑。她当然也叫过我小孩子。上夜班的时候半夜有一个休息时间，我还拿周杰伦、孙燕姿、刘德华等歌手的磁带给安徽质检和我暗恋的女生，当然还有其他女工听。有诗为证：

**少年心事**

扔到床底的臭袜子并不孤单
那里室友留下四本小黄书
室友还留下刘德华和张学友
两盒磁带调到最好听的地方，不听
我站在流水线这头
你站在流水线那头
左手抬了一千遍
右手抬了一千遍
轰鸣的机器从来没有副歌
上班无聊，下班也无聊
我把《关雎》背了一千遍
我把《河广》背了一千遍
我想请你听副歌

当时的我实在没料到，刘德华的歌声为“刘德华”做了嫁衣。

我很羡慕石头叔叔的工作，但见他指挥搬运工搬卸材料，手里雪白的物料单简直可以当鹅毛扇，最重要的是他有很多时间坐在电脑前打字。那时候电脑很贵，打工仔极少有人拥有，想玩只能去网吧。我不羡慕文员和老板，因为那离我很远，而仓管还是劳动者，对文凭要求也不高，适合幻想。

石头学厨师本应该是他的高光时刻，这是一份技术工，他也有做菜的天赋。体面的工作、丰厚的薪资、喂养身体的工作条件，一切似乎唾手而得。可惜他的身体被现实冲垮。说到水疗会所的工作，石头明显语速加快，尤其是说到工资日结，时至今日依然兴奋。上了整整四年夜班，太了不起了。可惜他的身体再次被现实冲垮。这真是越努力越倒霉般的黑色幽默。

我想重点写写他的恋爱经历，他比我帅气多了，而且他不看书不写作，比我开朗，理应过得多姿多彩、有滋有味。谁知他讲述的恋爱经历三言两语就没了。我忍不住问他，你就没有一次正儿八经的恋爱吗？他有点疑惑。我说，就像电视里演的那样，爱得死去活来，起码有个你追我我追你的流程。他说，哥，还真没有。我知道我这样问问题实在失礼，可是当时我真有点生气了，帅气的石头配不上一场轰轰烈烈的爱情吗？

石头多次外出务工，多次回家。2008年地震后那一次回家，我注意到他的用词，他不是说“回家”，而是说“回归了家”，那一瞬间，他何尝不是诗人，我何尝不是倾心于他的读者，隐隐约约感受到他的心灵。

采访石头一年之后，我仍是一个字没写。我开始写我所在的这家工厂——辉帆公司，写这里的点点滴滴，从食堂的刘阿姨到包装工小黄，从杂工老李到堂哥堂嫂，从厕所的长板凳到茶水间的水杯，从宿舍的噪音到车间的噪音，我什么都写。去茶水间喝水，听到不一样的话我就记下来；在机台上想到什么，随手记下来；和工友喝酒回来不是倒头便睡，而是努力回想大家说了什么有意思的话，赶紧记下来。厂里人的一举一动我都看在眼里，记在心里。我真的也把自己当成这个厂的领导，不过不是管制人的领导，而是目击平凡时刻诞生的领导。这样写了几篇，找到写工人的信心，这才铁下心写这篇采访稿。

之前我认为认识的人过于平凡，身边缺乏陈年喜、陈直、邬霞、范雨素那样的人。现在觉得受访者没有问题，问题都是我的问题，是我没有发现受访者的珍贵之处。心理学家荣格开始写自传时已经八十三岁高龄，可谓遇人无数，其中不乏社会名流，可是荣格在自传里说：“对我而言，遇见形形色色的各类具有不同心理状况的人，往往比与名人们进行只言片语的交谈更富有价值，其重要性实在无法比拟。我一生中最美妙和最具意义的交谈，都是与那些默默无闻的人进行的。”

早上去买早餐，有什么好写的呢？总是看见那几棵树、那几个摊主、我们厂的那一对情侣，有什么好写的呢？写不出来，写不好，正是我的问题，难道是几棵树、几个摊主的问题吗？我要仔细观察那一对情侣，然后会发现他们买早餐喜欢一前一后，因为他们都在闹离婚，身份尴尬。好了，我知道怎么写了：

“买早餐，总迎面见大脸老太婆走来，总见另一老太婆骑自行车上班，总见那一对情侣斌子和阿梅买早餐回来，或一前一后，或一后一前，总要打双份的招呼或双份的冷漠。”

采访于2022年1月

采访稿完成于2023年10月

# 20 阿飞，飞啊

我和工友阿飞在卫生巾厂做学徒时认识，二十年来，他的职位一路攀升，我始终是个普工。我很好奇，他是怎么做到的？以下是阿飞的自述。

那天早上我正在睡觉，正儿八经地睡觉。堂弟忽然跑过来问我敢不敢去福建打工。我问他什么时候去，他说现在。不过说了几句话，我的打工生活开启了。

那是2003年，我考上高中，又不想上了，觉得自己读书没有希望，继续读也是浪费时间。我辍学在家，整日无所事事，没有任何规划。那天上午，我和堂弟在一个高速路口搭上一辆南下的大货车。货车司机是我们朋友，他把我们送到福建晋江的一个高速路口，晋江来接我们的老乡已在此等候多时，我尚且带着睡意，离家已经千里。

晋江的老乡介绍我和堂弟进了一家卫生巾厂。一开始我和堂弟做装箱工，没多久我和一个伙计玩熟了。刚好机台上有人要走，我觉得开机台更有前途，想去学。那个伙计有关系，不过帮我在领导面前说了一句话，我便被调到机台上。那时候开机台属于技术活儿，一般还不要人哩。干了不到五个月，我发现那个厂的效益实在不咋的，老是休息，混日子不行啊，辞职。

我开始绕着晋江的大街小巷找卫生巾厂，看了好几家，都不太行。直到看见花亿公司，我感觉规模不小，而且厂区的工人忙忙碌碌，生意红火。因为我说我是熟练工，应聘很顺利，花亿公司的经理叫我第二天上班，去看排列。排列在组长、外切之下，小包之上。

在花亿公司做了几个月，我去找车间主任小张。我说排列这个位置我看得可熟练了，还有没有晋升空间？他说有上进心的人很多，这样吧，试用期一个月，去看外切这个位置，看看表现再确定是否升职。于是我爬到外切的位置，爬上去，我还能叫它掉下来吗？

我们组长姓廖，廖师傅，他人不错，爱玩。上班时间他也想出去玩，白班不好摸鱼，一到夜班，廖师傅手就痒了，他要出去打牌。打牌当然是几个组长一起出去，有的组长出不去，大家笑话他教出的徒弟是菜鸟，不能独当一面。

那时学东西真快，整个机台由我掌控，我做着组长该做的工作。不能打牌的组长急了，火急火燎地教，教不会还骂人。廖师傅出去打牌前总是嘱咐我，没啥事千万别叫他。

机台毛病多，往往从头到尾地坏，正是正儿八经锻炼人的时候。短短一个多月的时间，整座机台的构造，没有我不熟的地方。组长们有时候一个晚上不回来，有时候午夜吃饭那会儿过来看一眼又走了。四个人的机台实际三个人开，我一个人干两个人的活儿。我愿意，因为我学东西了。对于新手来讲，你想往上爬，必须经历这个，假如组长不教，组长不让位置，不让你施展拳脚，累死你也爬不上去。

下了班我不喜欢窝在宿舍，在晋江老乡多，到处找老乡玩。我喜欢打台球，技术还行。我不打游戏，觉得伤身体，喜欢看武侠小说，比较传统的那个类型。

我从排列爬到外切，从外切爬到组长，每到一个位置，我想的都是把这个位置看好，然后去下一个。当上组长的时候，我已经在花亿公司干了整整两年。我还不满足。

2005年，花亿公司买了一台做纸尿裤的机台，随着机台来了一班人。我靠，所有的组长沸腾了。卫生巾的组长累死累活一个月就拿1800块钱，开尿裤的一个月动不动就是3000块钱。尿裤机台刚买来的时候没什么单，看着别人不怎么做事就啪啪啪3000块钱，我再也坐不住了。

我想去学做尿裤，所有的组长都渴望去学。

小张说："你们几个组长，想去学，可以，一人先把一个徒弟带出来再去。"

我把阿邦教出师了，其他几个组长也同时教出来。等我们去学做尿裤，卫生巾组长的工资已经涨到两千多块钱，因为我们学做尿裤，工资降到1800块钱，我们愿意。尿裤的机台分为四段，上班前我们四个组长石头剪刀布，赢的人自己先挑选看第几段。尿裤也分大号中号小号，一说换号几个组长撒腿就跑，工具不拿也要先把干活的位置霸占。

学做尿裤的时候，小张走了，换了一个管理，叫老刘。老刘上任后，有一个卫生巾组长走了，老刘叫我回去开卫生巾机台。我好不容易从卫生巾机台跳出来开尿裤，现在叫我走回头路，我不干。我不服从，他开始刁难我，我就辞职了。

跳厂，跳到石狮市的一家纸尿裤厂。我应聘的副机，没敢直接应聘组长，副机的工资是2500块钱一个月。

和我一个组的组长叫胖哥，他是开厂元老，是个老油条，和我说话总是拉着脸。那时候机台上装的伺服电机可牛逼了，机台全靠这个电机运转，天热，厂里怕伺服电机发热，在机台后面装上空调，工人都没这个待遇。上夜班，我一连几个晚上观察到，一到后半夜就找不到胖哥，他冷不丁从机台后面冒出来，像没睡醒一样。一天半夜，夜宵吃罢，我跟胖哥说："你去休息吧，有事再叫你。"他说："好好，要注意啊，把机台看好。"他高兴，我也高兴。他不再怕我看见，换到车间的办公室里睡。从此，他开机高兴得不得了，我开机也高兴得不得了。自己动手，自己摸索，几个月的时间，我把机台独立弄起来了。后来我成为组长，和胖哥开对班，产量比他开得还要高。

当时我刚学会没多久，厂里新上一条流水线，胖哥被调去新机台，我立马申请当组长。车间主任说："可以，但是你要带新手，老手要调去新机台。"我说没问题。

我是新组长，又带新手，饶是如此，一段时间后，我开的机台无论产量还是质量均超过老师傅，从这时起，我在这个厂开始牛起来。

有一回，我问车间主任为什么，老是排难开的单给我。他给出的理由是你开得好。

一转眼，我在尿裤机台开了两年，烦了。不是烦打工，而是感觉没有东西可以再提升自己。于是我申请做机修。

我也是下了狠心，从每月七千多块钱的工资降到四千多块钱去学机修。做了两年机修，不同型号、不同脾气的机台都上手了，我混成了机修组长。组长工资就高了，六千多块钱一个月。

我的岗位两年三年换一次，一直保持这样的频率。如果一个人老是开机，老是在一个地方，开个十几年，人都开傻掉。机修干了三年，时间到了，又去做车间主任。打工只有做管理才是年龄越大越吃香。

当上车间主任是一个机遇。从开机到机修，从机修到机修组长，我都可以去申请，但是有些岗位，不是申请就能得到。

厂里每个月总有几次聚餐，我有时候半开玩笑，有时候特意提起，请厂长、经理留意照顾一下我，有空缺想着我。

怎么说呢，只要你想往管理方面发展，只要你和他们开了口，会有人留心。距离我第一次开口，过了一年多，某天我正在机修房忙着呢，车间主任过来急呼呼地跟我讲："把你手头的工作交接一下，下午带你去个好地方。"我就在机修房把现有的配件做好记录，文件也全部整理了一遍。下午我才知道，车间主任升任经理，推荐我做车间主任。

跟车间主任熟悉工作流程刚刚一天，物料部缺人，叫我去顶一下，这一去就是四天，四天后回来，车间主任已没有时间带我，升任经理去了。

当上车间主任，我的压力陡然变大，一下子管七条流水线，没多久体重从一百多斤直接掉到九十斤。

我昨天还是机修，今天却是车间主任，组长们多多少少都有抵触心理。厂里赶货，我叫他们加班，都不加，都不来。

怎么办？首先给领导报备，接着给副机们一一打招呼，问他们能不能独立地开起来，多少人能开起来。第二天，我继续叫组长们加班，还是不来，我开始罚款，组长罚一千块钱，副机罚五百块钱。罚了之后，有的组长还是不来，副机们都来了，能独立开机的副机我立马提拔为组长。最后只剩一个组长仍不加班，次日早上他来了，早会点名，我不点他的名，上班不给他安排机台。他问我怎么回事，我说你去找上面的领导。他不去找，他觉得我拿他没办法，他在车间游荡，躲在机台后面吹着空调睡觉。我正愁逮不住理由呢，用手机一拍，发给领导，领导一脚把他睡觉的凳子踢飞，要他明天走人。那时候厂里引进了第一台拉拉裤机台，他第一个会开，他觉得这个厂没他不行，我偏偏从最牛的人下手。

把最牛的人开除，罚款的公告贴出来，开除的公告贴出来，全厂皆知，之后再没人敢捣乱。我本不是强横的人，被那个人一下子激出来。

车间主任这个岗位并不难，难的是心理。我是从开机到机修到物料一步步爬上来的，知道整个流程，这没什么难的。难的是和人打交道。作为机修的时候，我反而更能了解员工内心所想，因为自己和他们的利益不冲突。干活的时候，他们发牢骚，什么话都讲，现在我是管理，谁会和我发牢骚呢？做管理，我在心态上肯定比较生疏，要慢慢把心态调整过来，要适应一个人面对许多人的情况。

之前的工作对象主要是机器，现在要面对的更多，要和人事、品保等部门打交道。之前是闷头干，现在要沟通。现在和过去最大的不同在于要有自己的表达、自己的判断力。比如一个新的产品任务下来，我们的机台能不能做，工艺能不能达到，能达到什么程度，要有自己的判断，做不好就要拒绝，而不是只要是领导的安排，二话不说，立刻安排员工做。

车间主任我做了五六年，这是做得最久的一个岗位。我还想往上走，跟老板提过多次，但是他喜欢空降。老板觉得我一直在他的厂里，玩不出新的东西，外来的和尚会念经，倒不是外来的念得更好，而是念得不一样，让人觉得有改变。

没有上升空间，我就走了。那五六年我也做了一些事情。一开始厂里实行的是计时制度。淡季的时候，出现磨洋工现象，有的员工为了上够时长，十万片尿裤本来只需要开半天，故意磨磨蹭蹭开一整天。我直接把计时改为计件，员工只要开到产量，直接提前下班。

计件之外我们还实行了超产奖。只要超产，就有奖励。每超一万片尿裤，从组长开始分钱，组长50块钱，副机30块钱，助机20块钱，包装工15块钱。于是大家开机有动力了，使劲冲，拼命冲，我都不用鞭策，员工上班跑得比管理还快。早上8点上班，他7点就进车间了，自己组织，把材料拉好备好。中午没有机台停下来吃饭的，开机台就是开印钞机，舍不得停，大家轮流去吃饭。轮流吃饭是员工自创的制度。晚上开到8点，没办法，要下班了，因为两班倒，没办法再加班了，只能依依不舍地离开车间。

厂里生意越来越好，为了鼓励员工，超产奖每天早上以现金方式发放。每天早上财务人员在车间门口摆张桌子，桌上摆着一摞一摞的钞票，组长作为一个班组的代表过去领钱，每个人高兴坏了。

那时候每个人都不想下班，对班来接班，有时候都要求对方等一会儿，因为超产奖必须开到整数，多开七千片不行，九千片也不行，非要开到一万整才有奖励。

我走之后，这些制度都改了，每来一个新的管理，都想做一些自己的东西，原有的制度就改了。

一个厂能否有好的管理、好的制度，还是取决于老板，看老板舍不舍得。虽说给钱多了，但是创造的价值不一样。可有些老板不这样认为啊，他会说为什么给出去这么多钱。

那时候石狮市的KTV，甭管哪一家，只要你说名字，我们马上知道在哪里，每个月的月底和15号都去KTV，要么一组人、要么几组人乌泱乌泱地过去。

后边有个台湾的厂长过来做管理，她带来的福利多呀，规定一个部门一个人一个月一次多少钱的费用可以直接报销。她每个星期不定时去食堂一次，自己拿碗去打，不好吃就去凶做饭的。每个星期六的晚上6点，她在自己的办公室等着，任何人都可以约她，和她说话，哪怕你是扫地的。但是平时私事不能找她，工作上的事不能越级找她。她来之后，厂里有了台球室和乒乓球室，还组织一些员工比赛。她要求严，且细致，要求大家穿厂服、戴帽子、戴口罩、戴耳塞，机修戴机修颜色的帽子，品保戴品保颜色的帽子，对口罩的要求格外严厉，只要在鼻梁以下便罚10块钱，不管是什么原因。刚开始大家都不适应，说话总觉得憋气，但口罩拉一拉便扣10块钱，实在刺激。她还实行一个规定，人流通道就是人流通道，物流通道就是物流通道，哪怕物流通道空闲着，人也不能走。这一点老板都不习惯，被抓到照样罚，名字被贴公告里。一个月下来，厂风整漂亮了。无论去哪里，看不到杂乱的物，看不到杂乱的人。

那是2010年，她年薪60万元，每天只工作八小时，周末双休，配一部专车、一个公寓，老板的亲戚纷纷说这工资开得心疼，但是公司形象提升，在整个行业把品牌打响。

她还有一点特别厉害，执行力强。比如某个地方需要打扫卫生，她说一个小时之后过来检查，真的就一个小时后过来，你要是没弄，那你完蛋了。她让行政部经理三天之内整理大家的宿舍。以前男女混住，现在要变成一层男的，一层女的，一层办公室的。经理头都大了，这么多人，需要多少沟通。三天之后没完成，行政经理直接走人。就这样连续“杀了”几个部门老大，之后厂里上上下下效率奇高。

但是老板觉得她的年薪太高，两年合同期满便不再续签。她走了之后，她创建的这些规定都作废了。

从那家纸尿裤厂出来后我都应聘厂长。从事这个行业快二十年了，我从来没有想过改行，或者不打工了，一心想着一步一个台阶往上爬。

整天和机器打交道，我很少受伤。工伤只有两个原因，要么违规操作，要么麻痹大意。我有过一次比较严重的工伤，就是因为喝酒了，上班规定不能喝酒，但是我喝酒了，迷迷糊糊地，手被夹皮带里了。

2007年，我认识了丫头，她是福建龙岩人，几年后我们结婚，在福建石狮买下房子。现在我打台球的技术不行了，因为结婚后没时间打。武侠小说很少看了，短视频也没时间刷。

我做厂长已满三年，我还是想往上爬。工厂没什么不好，将来我的孩子如果考不上大学，也进工厂，也可以啊。

**采访阿飞后记**

公元前3世纪，燕昭王为招聘到好员工，在易水边上筑台，台上堆着黄金，所以称之为黄金台。这一土豪行径很有传播效应，很快，乐毅、剧辛等知名人士前来应聘，之后为燕国做出一些大贡献。

阿飞负责那家纸尿裤厂的时候，颇有燕昭王的豪气。工厂极少有日结，日结工的形象往往跟“三和大神”绑定，意味着邋遢、懒惰、目光短浅。2015年我从工厂离开，此后去送外卖，第一次接触到日结时简直不敢相信，一个月发三十次工资简直不要太幸福。这是一道神奇的数学题，每天发工资的喜悦感远远大于月结。那时的我每天会把收入记录和提现记录反复查看。

工厂制度下的日结奖励，激发出人的干劲，十二小时工作制带来的不再是疲惫与麻木，反而是斗志与激昂，工人不想下班。

我们80后、90后这代打工人，相当一部分人已经很难自带鞭子，很多年轻人直接不再选择工厂，而是跑去送外卖。送外卖看起来非常自由，上下班时间自由、请假自由、休假自由、吃饭自由、辞职自由，多劳多得，少劳少得。如果选择自由接单而非入驻站点，则除了面对系统，没有任何领导的管制。然而，外卖的制度自带鞭子，一旦入行便是入局，齿轮开始转动，西西弗斯开始奋斗，再也停不下来。

革新下的工厂制度也是如此，鞭子不再拿在管理手中，而是包含在制度之中。卫生巾厂的制度经历三次变迁：计时、计件、超产奖。计时的时候，机台故障动辄修理几个小时。计件的时候，机台很少出故障。超产奖的时候，机台不大敢出故障呢。无论是计时、计件、超产奖，还是计时与计件混合制，无不鞭策着随时希望偷闲的工人，让工人之间以及我与我之间彼此鞭打。

今天，一个人走完一生要面对的规矩无数，在家庭、在学校、在工厂、在职场、在坟场。规矩总是制约着人，规矩总是夹击着人，规矩总是单向的规矩，规矩总是管教人的规矩，规矩总不是服务于人的规矩。

管理者阿飞总结工伤的两个原因，恰恰表明规矩是怎样的规矩。

纪录片《美国工厂》里有一个工人说，他从事玻璃制造十几年从来没有受过工伤。我很好奇，他是怎么做到的。玻璃制造比卫生巾制造危险多了。

我在六家卫生巾厂工作过，它们的生产车间连个医药箱都没有，就好像面对铜墙铁壁、铁辊刀锋的人永远不会受伤，此时此刻手上两道口子的我这样想。

工人麻木有几种表现：打过卡觉得没打，只得回头再打；吃了觉得没吃；刷一个短视频不知不觉循环播放多次；上班想下班，下班却不知道去哪里玩。

这般麻木的工人，当然容易出错甚至出事。但是我们还要思考造成工人麻木的原因：过长的劳动时间、逼仄的工作环境、重复的工作内容、过大的工作量等等。另外，机器的制造与运作是否充分考虑过操作工人的安全，以及工厂在安全生产这个环节做得是否到位。

每年总有几次名目繁多的培训，哦不，名目繁多的签名。文员到机台上找每一个人，指哪儿签哪儿，不用看内容，不能耽误文员的时间。我作为“好事之徒”每次总要假模假式花两三秒扫一下内容，签过消防培训，签过职业病培训，签过安全知识培训。

辉帆公司曾经有一个管理叫老项，他在一次早会上说，以后我们要请机械厂的老师过来，定期给大家讲解机械知识。我很感动，虽然天天面对机台，但对机器的原理一无所知。机械厂的老师始终没来，老项倒是离职了。

每两三年就要在生活中突围一次，这是阿飞的方法论。了不起的阿飞，两次自降工资，只为追求上升空间。这是我想都没有想过的，每次跳厂我都想要更高的工资。阿飞在第一个厂遇到淡季，没事做但是工资照拿，他果断离开。要是我碰到这种好事，还不高兴坏了，可有时间看书了。

阿飞对于我来说是真正意义上的励志榜样，他离我这样近、这样真。我们有一样的学历、一样的家庭背景、一样的工作起点。

当我第一次面对卫生巾机台这堵铜墙铁壁时，想到面壁修行者达摩，每一个开机的人都是达摩。我怀疑面壁的故事在叙述上有误导。达摩必定到处游走、交际，但保留独处的时间与空间用以思考，他未尝不是把采访作为方法。

阿飞面壁，把这铜墙铁壁研究、钻研得透透彻彻。他和我住过同一个宿舍，下班几乎不在宿舍，他把自己作为方法，去交际、去游荡、去采访，而不是独处冥想，也不是去书本里找方法。

阿飞上初中的时候，武侠剧风行。我问阿飞，你的网名阿飞是否来自武侠剧《小李飞刀》里的阿飞。阿飞说，不是，你没发现吗，福建这边喜欢在名字前面加个“阿”，我网名就是这么来的。

我又问阿飞，如果他的孩子也成为工人，他能接受吗？我以为他会说无论如何不会让孩子做工人，没想到他说当然能够接受。我的爸爸见我总是看书，要我注意身体，还说你的一辈子已经“就义”（河南老家的方言，对官方语言的一种调侃，伟大的词义却用在渺小的普通人身上，村里老人特别喜欢用这个词，真实的意思类似于“完蛋”），应该把希望寄在后代身上，努力供养他们，使他们考个好大学。我不听，所以我的颈椎越来越差，尤其在秋冬季节。后来，我把这件事告诉朋友，朋友反问我能否接受。我说，我也接受。说完，我和朋友哈哈大笑。

采访于2022年2月

采访稿完成于2023年10月

# 21 韩珮，去比异乡更异乡的地方

那天，老婆说：“韩珮的微信要到了，你们聊吧。”拖了几个月，老婆还是帮忙联系到了韩珮。

在过年的一场聚会上，老婆碰到刚从新加坡回来的韩珮。老婆说自己常年在外，家乡话早已不标准，韩珮大概比老婆大七岁，操着一口浓重的十堰口音。因为打洋工，韩珮成为聚会的焦点。但是韩珮最先打开的话匣却是她的腰出现问题，因为在国外上班要一直站着，站成了腰肌劳损，现在影响走路。新加坡华人多，但是韩珮进的工厂，华人少，劳动强度大，很多吃苦耐劳的华人都受不了，有的人走中介花了数万，做了没多久就走掉，亏死。韩珮不走，死扛，坚持了四年多。原以为说到充满猎奇色彩的国外经历韩珮会光芒万丈，没想到老婆发现韩珮讲述时非常自卑。这次韩珮回来，很不划算，从前的汇率是五点几，现在是四点几，间接损失了很多。

那边的人没有人情味，这句话韩珮说了很多遍。

国外不讲人情世故，大家出来吃饭都是AA制，不存在你请我吃饭，我再回请你。韩珮的小姨在新加坡工作多年，最终嫁给当地人。小姨生病，她老公不管，既不送她去医院，更不会请假陪她，小姨自己坐地铁去。韩珮觉得小姨过得一点儿也不好，小姨做下力气的工作，老公在办公室吹空调。小姨省吃俭用，老公在外面吃香喝辣，也不管她吃不吃，就像对待陌生人一样。韩珮觉得小姨好可怜，一次，买了几斤猪肉给小姨送去。而韩珮自己吃东西，即便在优惠的工厂食堂，也只拣最便宜的。

人哪有不生病的，轮到韩珮不舒服，身边没有亲戚朋友，只能自己坐地铁去医院。她在出租房里窝了好几天。房东看见，问她为什么不上班呀，为什么不加班呀。韩珮刚为房东的善意感动，但是房东紧接着又问了，不上班下个月怎么交房租，还说房租不能拖欠。每个月发工资的日子，房东就在那儿等着韩珮，等她交房租，一天都不容拖欠。

他们组长是个印度的，坏得很，韩珮刚开始听不懂英语，都快气哭了，还好有个华人还愿意教她点东西。后来她立志要学英语，下载了一个软件，逼着自己学。终于交到了朋友，外国朋友身上的味道她不习惯。有一次外国朋友邀请她去家里做客，她去了别人家里感觉好乱好脏，做的饭根本吃不下，但是想着关系可以，不吃不好意思，硬着头皮吃。她从外国朋友那里知道，外国人好自私，孩子养到十八岁就不管了，还在上学都不管。他们不懂存钱，每个月的工资全部花掉，想方设法花掉。他们那边跟我们很不一样，对外人好，对外人很礼貌很关心，但对自己人不好。越在外面，越觉得中国好，中国菜好，中国人有人情味。

韩珮的老公也去了新加坡，比韩珮早一年回国，回来送快递。十堰是山城，快递员需要开着三轮摩托在高高低低的路面起起伏伏。老婆告诉我："韩珮没有多大文化，要说的就这些，你再问也是这些。韩珮的老公脾气很坏，你采访，不知道他会不会介意。还有，韩珮的方言不知道你能不能听懂。"我说："我录音，到时候你给我翻译。"

电话接通。韩珮的普通话其实非常标准。我想，她一定是一个非常重情义的人，爱乡音，爱亲戚，爱温暖，才让老婆误以为她只会说十堰话。

明明是我采访韩珮，韩珮却详细问起我的情况，而我们的通话一共才三十九分钟。

我告诉韩珮，我们厂十二小时制，韩珮说跟那边的厂一样。我很诧异，国外不是八小时制吗？韩珮说："不是，是十二小时，不过上十五天休十五天。"我说："那可以啊，休息时间可以。”谁知韩珮说：“我都是去加班的，不加班哪里行，一个月大概加十天。”我不能相信。在我的想象里，国外的工厂会强制休息就像我们厂强制加班；还有工会，我以为国外会强制工人加入。直到经朋友推荐看了纪录片《美国工厂》，我才发现工会的加入竟然不是强制。我的思维有问题。

韩珮说：“我和你一样也开机器呢，不过做的是药瓶，我们要不停地做，不停地做，和国内一样。我听你老婆说你也想去新加坡是吧？”

我愣了一下，说：“是啊。”

韩珮说：“我是通过中介去的，那个中介还可以，那时候中介费大概一万人民币。我是在家面试的，面试之后等了大概半个月，那个批文才下来。笔试在上海，那个英语特别难，都是关于工厂的，第一次我没考过，所以又专门去考了一次。

“到厂里，最开始都是华人带，培训三个月，接着开始考试，考完上岗。我们有两个组长，一个是印度的，不会中文，还有一个是新加坡人，会中文和英语。因为我是高中毕业，英语会是会一点，但不敢说。但是在国外，大家很瞧不起这种什么都不会的中国人。我就自己慢慢学英语。

“最欺负人的反倒是自己人。有一个女孩是大陆来的，英语特别特别流利，专门欺负我们这些才去的。就因为她英语好，对我们各种各样地欺负。

“我下载了一个学习软件，逼着自己学英语，哪怕一天记一个单词也要去学。机器上面写的全是英语，我想用手机翻译，但是不行。我们是无尘车间，全身被工作服包裹，只看得见一双眼睛，不能用手机。但是那些单词就在那里跑不掉，我每天看，每天记，回宿舍我就学那个记住的单词。记住单词，跟人沟通，几次下来一个单词就熟练了。我发现新加坡啊印度啊马来西亚这些国家的人说的英语也不是多标准，最标准是美国人跟英国人，反正大概能听懂。大家都不标准，我就自信了。

“我的英语慢慢长进，他们的态度也发生变化。

“有一次组长跟我说，你跟人说话不要老是低着头。我怕嘛，不敢看老外。语言不通，不光别人歧视，自己也歧视自己。组长就夸我，说我做事速度真的很快。休息的时候，那些同事喊我一起去马来西亚玩，叫我不要老是躲在宿舍。马来西亚治安没有新加坡好，我们十几个人一起去，白天去的，还是有点吓人，大白天有的人走着走着包不见了。

“做了两年多的时候，两个组长找我，给我三个月时间准备考英语，考过升为组长。还好，我考过了。我们擅长考试。他们给我加薪，给我升职，我正式加入我们公司。”

我说："不会吧，两年多你都不是正式工。"

韩珮说："是这样，正式工和新加坡人的待遇就一样了。"

这让我想起送外卖的时候，整个站点都是外包，连站长都不是外卖公司的正式工。我们总天真地以为工人的对立面是老板，殊不知，在机器和制度的夹击下，老板正在消失。

韩珮告诉我，中国人在国外打工，不管怎么样都会受到一些歧视。这和我听说的另一个故事相左，那次和老武、中胖聊天，他们提到从前的同事光头，现在在非洲加纳开机，一个人带三四个黑人徒弟，机台调好，不用干活，指挥他们干，哇，爽死了。大家非常羡慕，加纳每年还有两个月的带薪休假，上次光头回来，给老婆买了一辆车。在加纳有国内过去的厨师，衣服有专人来洗，工资是国内的两倍多。大家觉得虽说两班倒，但是干几年，回国就可以退休了。老武先是表示想去国外大干一场，后面却说，我都四十多岁了，年龄越来越大，夜班越来越扛不住，明年找个长白班的厂。到了老武这个年龄，人都不想漂泊了，老武的办法是携家带口、带房子一起漂泊。老武虽然在工厂附近买了房子，但始终不觉得自己融入本地，还是漂泊者的心态，所以这房子充其量只是陪他漂泊的。

韩珮说："我们上面还有两个主管，一个是印度的，一个是马来西亚的，两个都不会说中文。如果我英语不行，组长肯定当不上。我辞职的时候，厂里还不舍得我走呢，留了两个月才让走。出国的人一般都做不长久，两三年就回去。我们厂之前干得最长的是三年半，就我一个人做了四年多。现在主管还会跟我打电话，问我在家干吗，有没有考虑再过来。”

我忍不住问韩珮：“是啊，你还去吗？”韩珮叹了口气说：“不去了不去了，太累了，我的腰不行了。”我不甘心，又问：“当时没有办法申请工伤吗？”韩珮说：“看病工厂都给你报销。”

韩珮继续讲：“厂里食堂没有猪肉，每天鸡啊鱼啊，厂里面几个印度人不吃猪肉，厂里要照顾到印度人，猪肉买都不买，他们对外人是真好。

“那边一年四季都是夏天，那边的衣服质量特别好，并且特别便宜。人民币十块钱就能买到质量很好的衣服。吃饭的话，比国内要贵，如果是新币的话就不贵，如果换算成人民币就贵。他们那边的生活相当于我们上个世纪80年代，新币还有五毛、五分的，都可以用。休息的时候我想自己做饭，但是我的房东不让炒菜啊，只能下面条。因为那边人没那么勤快，哪怕本地人，都很少很少自己在家做饭，大多在外面买来吃。租房是统一的一个厨房，大家共用。炒菜的话，房东那个油烟机就会脏，不好洗，我们也不愿意洗，所以房东不让大家用。”

我问韩珮："在那里打工那么久，有没有什么特别的事情或者印象深刻的事情发生？"

韩珮说："没有啊。反正每天就是想着回家。他们那边走几步就一个红绿灯，红绿灯特别多，所以那边车祸特别特别少，一年也很少，摩托车挺多的，摩托车的车祸也少。"

我又问："看书上说他们法律很严嘛，比如说乱扔垃圾，处罚很厉害，是那样子吗？"

韩珮说："我们厂里有一个江苏的，在厂里开厂车。他抽从中国带过去的烟。本来他家门口就有垃圾桶，他把烟头扔到楼底。人家一看这就是中国的烟，那边中国的烟很少。带烟过去的话，必须一包里面拿一根出来才可以带。他拿得太多了，整条整条地拿，属于私运了。结果被抓住，关了一个礼拜，把他打的呀，他们那边打人打你的屁股，打到见血。我们厂里本来说不要他了。他老婆在那边英语非常好，工资也高，一个月大概三万人民币。他老婆不知道怎么跟政府说的，本来要把他头发给弄掉的，后来也没有，最后厂里又把他收了下来。我们去过马来西亚，马来西亚更严，对于你们抽烟的男的。"

整个采访过程，韩珮多次说到新加坡和国内的城市没有太多区别，包括收入，算来算去实在没有高出太多。我不相信，我对比远方更远方的地方充满渴望，我听说到国外刷盘子都能发财。韩珮说：“哪来那么多盘子，除非你去日本、美国刷盘子还有可能，况且还要看学历。我们厂有在日本打过工的，工资很高，签三年合同，中间不能回来，而且只能签这一次合同。新加坡做司机的话差不多一个月两万人民币，如果你是我们厂的主管，一个月有三四万人民币，都是有技术有学历。”

工人的出路是什么？我做了二十年普工。工厂里的晋升空间单一，男工只有厂长阿飞这一条路。我们称文员为“坐办公室的”“吹空调的”“打电脑的”“楼上的”“不干活的”，文员称我们“员工”“开机的”“做事的”“卖力的”“楼下的”。我们的劳动属性泾渭分明。“办公室的”也是员工，却以员工称呼一线工人。想起上学时，好学生集中坐在教室中间三四五排，差生在后三排。现在，“好学生”在楼上，“差生”在楼下。我们总是畅想美好的四维空间，我想的却是四维空间会如何区别好学生和差生呢？为什么称呼我们“员工”？因为我们是“楼下的”，因为工作与工作之间，福利与福利之间，形象与形象之间，希望与希望之间，天差地别。好学生与差生，高中与中专，一本与二本，车间与办公室，这种差别像一条线，分开不同的世界。如果车间有空调，和办公室的差别将缩小，我们便不会叫他们“吹空调的”；如果上班可以坐下来，我们便不会叫他们“坐办公室的”；如果我们的工作环境改善，有合理的休息制度，我们便不会叫他们“不干活的”。这样，我们和他们也没有什么差别，“楼下的”和“楼上的”也没有什么差别。这样，当工人还是文员，都挺好；当员工还是当老板，都挺好；赚少一点和赚多一点，都挺好；因为有了尊严。

女工更难。当女工老去，她能做什么？继续打工？早些年，阿宝还能通过上夜校跻身管理层，阿宝之后，大学文凭已是“过江名士多于鲫”，再难听闻这样激动人心的故事。听说有个封口工一天只打一次卡，“证明她来了”。我知道她是“皇亲国戚”，还是忍不住直呼牛逼。在食堂和堂嫂提及，进一步得知，那个封口工没多少事做，现在需要手工封口的产品太少了，她是本地人，没事就回家，把这份工作当兼职。另外还有一个封口工，不封口便去包装。封口工曾经是女工中工资最高的岗位。封口机的操作类似缝纫机，需要手脚并用，很考验一个女人的肢体协调能力，我曾经见过一个封口工封口时如同舞蹈。封口工属于技术工，多少人艳羡，想学也未必轮得到，现在大家都是包装工。包装机尚需要人工上材料，这个岗位大家称之为“开包装机的”，没什么技术，仅补贴两百块钱。基本上，女工收入差别不大，这意味着她们对工作岗位没有什么盼头，缺乏上升空间。机台工这样的趋势也很明显，全伺服机器被大家称为“傻瓜机”，机台稳定。很难，越来越难以学到技术。机台工—机修—主任—厂长，这样的上升空间变得更加稀少。

工人的学历不高，能力有限、兴趣有限、时间有限、精力有限、经历有限、想象有限，工人被工厂钉住，即使脱离，手上也有钉痕。

倒是有次和白公子去吃自助餐，有个四五十岁的阿姨靠过来主动攀谈。她原来在市区一家超市理货，管理见她手脚麻利，安排她到生鲜区学杀鱼。她在乡下向来干粗活，杀鱼自然不在话下，如今超市的鱼皆是她的“打靶对象”。杀得多了，越发熟练，渐渐接近庖丁解牛的境界。言谈之中她对自己的手艺颇感自豪，若是杀鱼有80万杀鱼教头之位，那非她莫属。她说只要是她杀的鱼，她都认得。我能想象她的自信，当年发明贝壳货币的人估计也对每一个贝壳的模样都熟记于心。可惜杀鱼的天花板还是杀鱼，且有下坠的空间。超市倒闭，老板遣散诸位员工，单是问她，要不要到另一家门店继续杀鱼。她果断答应，且比从前更自豪。她告诉我和白公子，她老公也在这里打工，不过在市区，所以房子租在市区，现在她在郊区工作又租一间房子。租两套房子，是她另一项自豪之事。

我的出路是什么？老婆大人在网上看到女工邬霞的故事，她说邬霞写了三本书也未摆脱困厄，难道你比邬霞多一颗脑袋吗？

最后，我问韩珮："那你现在英语学得差不多，回来以后有没有想过找一份这方面有关的工作啊？"

韩珮说："哎呀妈呀，我英语哪里有那么好，我没那么好，我记忆力很差，现在都忘了。"

采访于2022年4月

采访稿完成于2023年11月

# III

# 工厂之外

# 22 没有爸爸的童年（上）

小时候，爸爸在南方打工。

我关于爸爸的记忆稀少。妈妈喜欢静，家里不宴请。

然而凡事有例外。

酒桌上总是有一个人话最多，嗓门最大。

父嗓音洪亮，憋红的面庞和桌上的红烧肉属同一色系。

我想吃油亮的花生米。

我还想下手抓着吃。

父一巴掌掴过来，掴得我哭不出来。

就这样，我的脸和花生米成为同一色系。

这是我小时候关于父的记忆，却是小姨告诉我的。

女儿恋父，男孩眷母。

有缇萦救父。

有二郎救母。

有四郎探母。

亦有男儿弑父，女儿憎母。

前者有俄狄浦斯。

后者有张爱玲。

我没有想过弑父。父，逃掉了。

以下是留守儿童的童年记忆。哦，我小时候并没有“留守儿童”这个词。

## 秋

每年立秋，想起霍秋。

供销社的排排房子，深藏着一对姐妹。大的叫霍秋，小的是霍秋妹妹，她家大人分别是，霍秋爸，霍秋妈。

我上小学一年级，霍秋小学毕业。

“呸！呸！呸！给你说个媒。说谁？说霍秋。”

伙伴们捉弄人的一个办法：说媒。我们已分得出霍秋和霍秋妹妹不一样：霍秋妹妹和我们一样可以光屁股疯，霍秋走路像大人，一步一个脚印。她笑，你不见牙，风乱她头发，撩得很轻。她走过来，伙伴们缄默，走远，大爆炸，彼此做媒。

到霍秋家玩，她家人是基督徒或天主教信徒。墙上有圣母喂婴，有天使洗澡。以后路上见她，更羞。

我回老家，在山岗上拾松子、松针。伙伴觉得新鲜，带诸般玩意纷纷前来交易。霍秋也来，我忽然大方，白送大家。

小学一年级，同桌雨叶。老是打架，原因多，多到已忘却。

说异性相吸，但那时候同性才相吸。岂曰无衣？与子同袍。都是扎扎实实的小哥儿们。

我和雨叶桌子上划“三八线”（不是画，没那么温柔），防碰胳膊，碰了丢大脸面，要被同袍笑尿。“三八线”在大家心中非常神圣。我和雨叶胳膊碰了就打架，可是不碰也打架。

我奔跑在放学路上，被石头绊倒，脚趾出血，吓得蹲地上哭。

胖胖的雨叶背起小小的我，硬背回家。

到家，想，有了雨叶，霍秋怎么办？

## 乡

已经好久好久没回乡下。

星期天，我和哥被锁在大房间里，电视被锁在高书柜里。

天凉，不想吃牛肉，不想喝酒。人闷，不想下棋，不想看书，不想摆石子儿，不想打架。

我拖着大木刀，他抱着大木剑，翻过后院的矮墙，还乡。

土路。

大人嫌灰大。

小人嫌大木刀砍起的狼烟小。

十几里路。起初，走着走着人变小，变成一只蝴蝶，扇啊扇。走累，变成一只蚂蚁，爬。杨树越望越高，山越追越远。

就像所有神话故事，一个白胡子爷爷，驾着马车，降临人间。他认出是同庄的孩子，把我俩抱上车。

“万恶”的爷奶在家，“万恶”的小姑也在家。

先是吃惊，接着欢喜。

爸妈和爷奶关系欠佳。妈妈总是一遍遍告诉我和哥哥，爷奶如何恶，如何欺负她。

“万恶”的小姑抱我进被窝，暖冻凉的小手。

“万恶”的小姑用鸡笼罩罩我，让我只露出头。

乡下的鸡笼罩，藤条编的，好像一个倒扣的瓷碗摘去碗底。

白天小鸡在院子里跑，晚上在鸡笼罩里睡觉，黄鼠狼拿它没办法。

学步的孩子罩在里面，露出上半身，怎么也不会跌跤。

在村里找孩儿们玩。

两列孩子膀架膀对站，一方喊：热蒸馍，蘸秦椒，您那边哩尽俺挑。

另一方回应：挑谁？

一方挑衅：挑玉梅。

另一方回答：玉梅没在家。

一方继续挑衅：挑您弟兄仨。

弟兄仨商定一个人选，派这个人选猛冲对方膀架膀的人链，冲散的人收归己有。

我俩不会玩，镇上不玩这个。

镇上，乡下，明明在一个平面，却说一上一下。

一个灰灰的孩子过来搭话："啥时候回来的？"我说："刚才。"灰灰的孩子问："打架不？和俺一伙，俺厉害。"

我和哥哥走了。

到打麦场找妮们玩。

打麦场上，收好的一捆捆芝麻秆堆成一个个金字塔。

她们藏在塔里。

一个捂紧双眼的女孩喊："你们藏好木有？"

没人回答，就是回答。

我藏在塔里，轻轻颤抖。白芝麻，哗啦啦，浇在我的头发上、我的睫毛上、我的鼻孔里。我用嘴巴接，接了一茬又一茬。

饭是刚出锅的好吃。

馍蓬松，菜喷香。

芝麻酥香。

花生甘甜。

苞谷流汁。

下午妈妈寻来。

抄起院里的笤帚狠抽我俩。

鸡飞，狗跳。

“万恶”的小姑遮拦：“莫打了，小孩知道什么。”

小孩什么都不知道。

“不知道”，是潘多拉盒子的笨铜锁，锁住一个巨大的大人世界。

妈妈打累了，丢了笤帚哽咽：“你们要担心死我啊！”

大人的恩怨，小孩不懂。

现在我也成了大人。

恩怨，有恩，也有怨。

怎么可能有百分之百的恶毒。

黄蜂蜇人，第一口有毒。

第二口没了。

这时候，捧它在手心。

别因为疼而踩死它。

你不知道，此刻它有多温柔。

假如妈妈还活着，我肯定和她大吵特吵一架。妈妈，请把我的爷爷奶奶叔叔姑姑还给我，请让罗密欧和朱丽叶自己决定他们的恩仇。

## 缺

老十字街的风阴沉老辣。

风一起，门啊窗啊，拴自行车的铁链子，全都疯狂地响动。驼背婆家的纸窗户会不会被刮破？妈妈说那是古代的窗户纸，古代东西这么好，而老师婆家的毛玻璃不知碎过几回。

老十字街的梧桐树，砸下的叶子每一片都有回响。

阳光从屋顶跌落墙角，朱婆婆背着手悠悠而来，央妈妈摆桌子，命我捧出军棋，我们仨一直杀到饥肠辘辘。

天一压黑，朱婆婆喊我去老电影院。一听电影两个字，我的口水流下来。

电影院有焦老头，焦老头有焦落生儿（落生儿，即花生）。

焦老头提着马提灯，挎着大篮子，卖焦落生儿和焦瓜子。

焦老头比我高一点点，我买落生儿笑话他："你又长低了。"他好像耳聋。

老电影院没有电影，请戏班唱戏。京剧也有，豫剧也有。我跟着朱婆婆看了很多，落生儿吃了很多。只记得有一部叫《墙头草》，老爹骑在墙上，没人供养。大儿子往二儿子家推，二儿子往大儿子家推，大概因为太有趣，我只记得这个。

散场，朱婆婆自顾自走，从不拉我扶我。

后来，听说镇上储备棉花的仓库，以前是朱婆婆家的。

朱婆婆、驼背婆、老师婆、神经婆，都住在老十字街。

谁也逃不过的小学作文《我的奶奶》，我偏写《我的婆婆》。

驼背婆，后背好似赵州桥。

驼背婆有个独子，叫金钟叔。

金钟叔修自行车。他只有上半身，左右手撑个小板凳好走路。

伙伴们不敢笑话他，他走路快，快如风，他特凶，呵几句便把人斥哭。

老正经叔有事没事找他修车子。

老正经叔喜欢在密集的人群飞快地蹬车，眼看要撞到人了，刺啦一声刹住，引无数人竞注目。

金钟叔只有成年人的膝盖高，但他喜欢撑着小板凳到人腿之间极快地走路，为什么？

《庄子》里记了许多残缺的人，为什么？

老师婆是我学前班的老师。

老师婆有个女儿，叫红姨。经常代老师婆的课。

那时候我已经上小学，红姨看见我在外面玩，喊我给小孩们讲故事。

我不敢讲，杵在讲台。

红姨说：“大哥哥，讲一个吧。”

有个小孩村头耍
有只老虎走向他
小孩吓得哭声哑
莫怕莫怕，老虎摇摇尾巴
“千不该，万不该
前边村口吃了人
吃人不该吃女人
珍珠金银挂满身
一支簪子卡在喉
你若帮我取下它
做奴做仆都听任”
小孩不要虎作奴
只要从此别伤人
老虎收起伤人心
小手取出喉中簪

老虎拖来金和银
全家成了富贵人
皇帝贪财起恶淫
大牢请进小孩身
老虎发火震乾坤
八百老虎齐上阵
围了东京南北门
皇帝尿流忙屁滚
小孩从此是真君

“八百老虎闹东京”的故事，我听红姨讲过许多遍。娃娃们都瞪着我，等我讲。

我终于开了口：“妈——”

神经婆真吓人。

神经婆的口袋里永远揣着糖果。

从她身边过，她就笑，聊几句，她就给你好吃的。

大人们和她说话，总能听到笑声。

她发神经的时候，躺在地上，嘴里冒白沫。

哪怕没看到，只要听见有人喊“神经婆发神经了！”，我就怕得要命。

可我总忘了她有多吓人。

下回碰见她，还要糖吃。

## 死

没日没夜。

想，妈会死去。

大逆不道，为何这样想？

因为我偷了妈妈的钱？因为她不给我买整套《西游记》漫画，只买《偷吃人参果》一集？因为渴望未知？因为她眼比我大？

佛教说因果，说轮回。基督教说天国，说地狱。我不知道。我什么都不知道，他们什么都知道。

没见过失去，不懂失去。现在中年的我才明白，我失去的不是一个亲人，是一种人生。

王珊珊的小狗夭折，她上课抽搐，下课啜泣。

我抿嘴，暗笑她矫情。

龚自珍有诗："少年哀乐过于人，歌泣无端字字真。"

那时我们年纪和宝黛相仿，我非宝玉，自然识不得黛玉肉身。

那时亦不知此身是何身。

死是我的直觉。

不懂死亡，怪力乱神倒常听说。

有胖同学深执鬼事，说：“父母总不骗我，父母的父母总不骗父母，他们说有鬼就有鬼。”

妈妈说我是从山岗刨来的，妈妈说只有我的手心纹路，左手是入，右手是人。妈妈说世上有一种车，坐上就不会晕车。

我深信不疑。

又有龙抓人。

下雨天，不孝的人走在雨伞下，忽地龙爪伸来。人，不见了。

躲进屋里也不行，躲在床底也不行。

那时，孝是天真的。

听妈妈的话，孝。

学习好，孝。

骂父母，不孝。

打父母，不孝。

当然，学习差，不孝。

又传说夜游神。

脚比一个人还大。住在井底，夜里出来。

夜，风不吹，草不动，轱辘自己转将起来，越转越猛，戛然而止，夜游神起床，上班。

小伙伴都说它是好神，专打小鬼。只有我没见过。

## 红

妈去新街卖衣服。

哥哥不过星期天。

姥姥抄着小板凳去看戏。

我被锁在房间写作业。

数学算到一半，我把语文拿出来。

语文写到一半，开始画小人。

画邓世昌和我和一条狗。

邓世昌落水，我带着小狗去救他。

就是喜欢耍花样。

又翻出课外书抄故事。

一张一张抄一则一则历史轶事，订装成册，包上书皮，按内容命名：《民间故事》《民间鬼故事》《故事大王》《法制小故事》。

我的桌子太小，挤满各路神仙与小鬼。

姥姥在门外喊我。1998年的我回答她：

“姥姥，俺妈出门了，等她回来开门吧！”

姥姥坐上石阶，看大马路。我隔着窗纱问她：

“姥姥你咋回来恁早？”

“天黑了……戏散了……人累了……”

“姥姥，你看《红楼梦》不？”

不等姥姥回答，赶紧地，我小跑去搬砖头厚的《红楼梦》，想从窗缝塞出去。

姥姥说：“我不识字。”

我又问：“姥姥，那你看《三国演义》不？”

姥姥又回答：“我不识字。”

我想了想，把钥匙递给她。

**柜**

过年回家，爸爸携带彩电。

爸爸是村里第一个买电视的。电视上演《杨家将》。大家都来我家看，院子里坐不下，大家相扶于墙头，屏幕里杨家男人阵亡，杨家女人大恸。屏幕外轰隆一声，墙倒了。

我不关心这些。

我事先并不知道，屋里突然多了一架书柜，淡红的纹理、厚厚的油漆味，我的心墙轰然坍塌。

书柜分三截，上层放电视，中间摆饰品，下层关着书。

客人来，夸奖说："好哎，电视柜。"我连忙打开下层的柜门，证明书柜是书柜。

爽性中间也摆书，看你们还说什么电视柜。

客人来，说："咦，电视柜不错，还送个书柜哩！"

## 酒

我们在镇上住，离老家的农田有十几里。

王珊珊笑我是乡下来的土疙瘩。

土疙瘩怎么走路？滚呗。

我又不能说王珊珊是土疙瘩，人家可是镇上人。

妈妈说，人是土命。

大人，想要小孩，背上锄头，去山岗刨一箩筐土。

锄草，弯腰；编筐，驼背；赶猪回圈，恨不能嘴啃泥；就是河里捧米虾，屁股也得撅朝天。

可不就是土疙瘩。

关键是，老家人又说我是镇上人。

每逢星期天，妈妈骑自行车从老街回乡下。我坐前梁，锄头绑在后座，车篮卷着鱼皮布袋，布袋里有馍、有菜、有水壶。从早上锄到中午，日头爬高，人该歇息，村头讨碗水，下午再锄。

有时哥哥也一起回乡下，跟在自行车后面走。干活的装备不添，粮草倒丰富了，有时火腿，有时牛肉干，有时娃哈哈。大多时候，我和哥哥被锁在屋里。大人天真地认为，锁屋里，万事安心。武林高手是为绳索束缚的吗？

我俩抬方桌，摆正。抄条长板凳，摆正。

茶壶，紫砂的、白瓷的、上釉的、鸡缸的，没有。只有一把烧一回掉一回垢的大铝茶壶，摆正。

满一壶凉白开水。搪瓷杯，两只，摆正。哥哥先上场，端坐，摆正。

“来了您，客官。”我夹着宦官嗓说，“客官您吃点啥？”哥哥装大爷说：“店，店，店小二！”我奉承道：“哎。”哥哥说：“店小二呐！”我撅起屁股答应：“哎，在呐！”哥哥说：“切两斤上好的牛肉，上一壶上等好酒。”我端上凉白开说：“好嘞，您慢用。”

你一杯，我一杯，想着传说中的大块牛肉。喝酒一定要喝到下巴挂珠帘。喝酒一定要喝洒整个胸襟。

## 玩

哥哥比我高两个年级。早上5点，我们仨起床。妈妈做饭，我和哥哥背书。我老早背得滚瓜烂熟，有时妈妈命我当考官，背得磕磕巴巴的哥哥也总过关。为了“大头雪糕”，为了“老君仙丹”，为了“唐僧肉”，放哥哥一马又一马。学校发新课本，我嚷嚷着包书皮。妈妈拿出彩色广告纸和棕色牛皮纸。我抢去彩纸，哥哥大不屑。我便对他挤眉弄眼，唱我自己都写不出对应汉字的口头禅：蛔儿气蛔儿，蛔儿气蛔儿。这一招，一用就灵。哥哥气得原地打旋，却被妈妈呵斥。终于在上学途中，不知因为什么，我被他打破鼻子，鼻子流下几滴血，我把血涂在脑门。这样回家不用费口舌告状。妈妈打哥哥，用扫把，用木板，用藤条。看书时我们难得融洽。我一口气读完新书，又翻哥哥的语文课本。看书使人安静，我在安静中生出磅礴的快感。知识欲赶在青春期还没到来前成为我的初恋。

子不语怪力乱神。

子不语的，小孩最爱。

多年以后，我遇到一本名叫《子不语》的鬼书，会心一笑。

我看的故事书很多：《民间故事》《民间笑话》《民间鬼故事》……大多取材于《聊斋》、“三言二拍”和《笑林广记》。

有一种直观的办法，辨别什么书最受欢迎。如果一本书传阅多人，大家争抢厮打着看，即说明这书很受欢迎，光看哪本书最破，是看不出来的。

我们总是蘸着舌头翻书，书角越烂越黄越蓬松，说明这本书越火。

我最喜欢鬼故事。是书生就走桃花运，逢僧逢道，道德感古板得好笑，狐狗能变成美人，且温婉，且上得厅堂下得厨房。一个人，在大而空的房间，想到荒野、破庙。抱起微凉的床单，触到丝滑的蚊帐，也许只是看见后院的花、一堆瓦砾，便想到披发的女鬼、黑暗中只有眼睛眨巴的物、钟馗，以及钟馗暖心的小妹。

同桌王珊珊最喜欢法制故事。

比如荒野小村发现无头女尸，警探嗅得蛛丝马迹，一点一点找出更多证据，最终找到嫌犯，嫌犯供认前因后果。

她坐我右边，我很快看到右页。

她真碍眼，我伸长脖子也看不到右页最下行。

王珊珊打我一拳："把我挤到哪儿了？"

我一看，我挤她，她挤墙呢。

我也看童话，《安徒生童话》和《格林童话》。

有一个士兵，捡到打火匣，每一次打开，打火匣里都会蹦出一条狗，帮他实现愿望。

我常在地上捡打火机，却砸碎了，取出里面的电打火（河南老家的说法，就是打火机的点火器）玩。

电视上演动画片，《大头儿子和小头爸爸》。火炬一样的雪糕，上面的火焰是奶油，下面的把手是鸡蛋卷。我们对它感到亲切，管大雪糕叫大头雪糕，小雪糕叫小头雪糕。

大头雪糕有多大？我们常常会诵一个恶搞歌谣：

大头大头，下雨不愁。
人有雨伞，我有大头。

“唐僧肉”是一种水果肉脯，有杏的，有乌梅的，有酸梅的，有杨梅的。

“唐僧肉”有核，扔大马路，风干，某日捡拾。

在土里挖三个小坑，呈三角形。两人来石头剪刀布，输者先放一颗“唐僧核”在三角形内，赢者在小坑旁放另一颗核，然后瞄准对手的，往坑里对撞。家里宽裕的人用玻璃弹子代替核。

“仙丹”，是山楂所制。包装画着破烂的济公，旁边立着比他还高的大葫芦。

有人喜欢济公，故意把好衣服弄破。

还有个豆制品，叫辣条，红艳艳的。

还有种萝卜丝，叫甜条，金灿灿的。

还有“冰心”，不是作家冰心，是装塑料袋里的汽水。

吃“唐僧”，喝“冰心”，这是《格林童话》的暗黑版。

买零食的钱，是哥哥拿的。是拿，不是偷。

那是一个精致的钱箱，玻璃盖子、铜扣鼻、铜锁、黄木头底槽。

纸币是枯黄的树叶，像待用的手纸。硬币，只有硬币才勾引出一个论斤称两的古代世界。在我的想象里，那个古代世界大块吃肉，大碗喝酒，人人一掷千金，挥金如粪土。

起初有道，少拿点。

道生一，一生二，二生三。

三生万物，我们哥俩竟买了玩具机枪，藏于床下。

我们还买过录像厅的门票、街机的游戏币、奶油面包、肉松面包、康师傅方便面，是一包有真牛肉块的康师傅方便面。

我还用一块钱，从同学处买“面包”。

是纸叠的“面包”，正反两面。

一方的“面包”平躺，另一方用“面包”摔对方的，摔翻面算赢。

也可以不直接用“面包”摔“面包”，把“面包”摔在旁边，生出风，吹翻对方。

地上有沙子，许多人玩到沙子嵌入肉里。

有用广告纸叠“面包”的。

有用课本叠“面包”的。

有用塑料膜叠“面包”的。

有用硬纸箱叠“面包”的。

最厉害也最珍贵的是用牛毛毡——它可以盖在屋顶防雨。

牛毛毡叠成的“面包”，犹如着黄金甲胄，打起仗来，猎猎生风。

牛毛毡“面包”极难打翻。

谁有牛毛毡“面包”，屁股后面能跟一长串马屁精。

大人管教小孩，有句俗语：“三天不打，上房揭瓦。”

我们为了最高的荣誉，只有上房揭牛毛毡。

那把藏在床底的机枪，妈打扫卫生时发现。

现在，我不记得有挨打的画面。

怎么可能不挨打。打得我俩再也没拿过钱。

1998年，我开始记日记。

有一天，我拿五块钱，偷偷买了一支英雄牌钢笔。日记里写：“这是最后一次拿钱。”

绝对的口气，信誓的口气，锵锵的口气，义正的口气，大人的口气。

没用的。

不打不成器，不修不成枝。

1998年，我的日记里有这样一句话：“不杀爷奶，誓不为人。”电视机播流行的武侠剧，我想跳进电视，再跳出来，化身大侠，替妈妈报仇。

天真的道德，无知的道德，局限于父母的道德。

没用的。

有句名言，历史是个小姑娘，任人打扮。

小姑娘是要长大的。

几个男孩凑在一起，欺负最弱的一个。跳山羊的话，他就是山羊。打迷糊的话，他就是迷糊。

打迷糊是捂住一个人的眼，一群人上去戏弄他，拍他的头，然后一哄而散，被捂住眼的那个人便不知谁打的。

长大一点，没人打迷糊，而是玩一种纸牌，双方各有八张，分别是“一象二狮三虎四豹五狼六狗七猫八鼠”。大吃小，最小的鼠克象。把两套牌洗乱，扣牌在五横四竖的棋盘上，杀光对方者赢。

再长大，就不玩“面包”和纸牌了。我们去电子游戏厅，玩《三国志》、“快3”、《喋血街头》《超级玛丽》《忍者神龟》。

一个癫狂的玩家，三百六十度的摇杆能摇到七百二十度，按钮“咚咚”地，像击鼓一样，越来越快、越来越猛、越来越嗨。老板忍不住跑过来说：“你们慢点打，我送你们一个币。”

对了，街机需要投游戏币激活，有的伙伴在别人身体掩护下，用细铁丝投币，然后请客，我们尊之为“行侠仗义的大侠”。

一天，我在床上摆弄积木，发异想，长方形的是战马，正方形的是官军，三角形的是将军。积木哗地分成两派，一场大战打响。真是响，我给每位人物配台词，也令兵刃当当、盔甲锵锵。

我捡树枝，削成刀枪，分发给将士们。在床上玩已是不可能。积木下地，很快灰头土脸。于是我改为玩石头。

把战场搬到我家后院，玩攻城游戏，没有几个小时是攻不下来的。

妈妈喊：“洗手吃饭。”

我答：“城还没攻下来呢。”

妈妈回：“再攻不下来我攻。”

我立马洗手吃饭，妈妈的大扫把一扫，可是世界末日。

姥姥见此景，喜得不行，夸赞道：“乖乖，你这是干啥呀！”

“打仗。”

“咦，将来你是诸葛亮哩！”

姥姥逢亲戚必夸，外孙会摆石头阵。

几乎每看一部电视，我都会在后院再过一遍打斗场景。杨家将、岳家军、隋唐演义，是我常玩的剧目。

冷兵器已不能拘禁我，我开始玩飞机大炮。

为了阻拦敌国汹汹攻势，我舀一瓢水作护城河。

也捉甲虫、潮虫，效法田单的火牛阵，兵法乱弹。

有一场战役实在耗时，拉锯几天。入夜，满满一后院的人马，搞得半夜起床想小便的我无处下脚。最后，实在武器匮乏，只好从筷筒里取几根筷子。杀到最后，一方人马全部灭亡，难过得几天不想玩石头。

一回，我军大败，逃遁原始森林。孰料敌军一路追来，砍伐所有树木。打完仗，妈打我。我把菜园糟蹋了一大片。

这般游戏三年，妈妈责怪："你看看你，整天蹲着打仗，腿都蹲出两个大包。"

我站起来一摸膝盖，真是两个大包。

不打了。那是1998年。

## 刀

有阳光处，就有老正经叔。

他总是靠着椅子，面朝太阳，眯缝眼，像在笑。

一天到晚看见他。

他武侠电视剧看得沉浸，看桌不是桌，是酒桌。看树枝不是树枝，是打狗棍。

我整天拖着竹竿，院子里乱掴。

老正经叔称赞我："咦！你是丐帮帮主哩！"

就老正经叔看出我是深藏又外露的帮主。大人们总说："疯孩子，乱掴个啥？"

有一回，家里多了一块长木头，我问妈妈干啥用，妈妈一边忙一边说："没用。"

我把木头拖给老正经叔。

"你看这像啥？是古代撞城门用的么？"

老正经叔掂把菜刀。

咔嚓咔嚓。

哇！它啥也不像，是一口大刀。

我花好大力气，给它起名字。

刽子手的鬼头刀，山西雁的金丝大环刀，还是水浒传里乱入纷纷的腰刀朴刀？

妈妈喊吃饭，看见一地木屑。

"老正经你可真正经哦！"

回家就挨骂，妈妈说这块木头有正经用途。

## 路

这世界有专家，有作家，有大家，也该有小孩子家啊！

小孩都穿布鞋。布鞋容易穿歪，鞋底容易磨破。

大人们既然无法教育布鞋，于是教育小孩，走路要规规矩矩，不要磨蹭鞋不要踩歪鞋，要有个人样。

1998年，我走路不像人。

走走停停，走走踢踢。

男娃总想踢开潘多拉盒子。

女娃总想驻足七色花前。

电打火还是容易踢到。

被遗弃的打火机，砸开，可以得到电打火。

电打火产生的电流极小、极麻。

别拿它捉弄女娃，女娃会哭。

2023年我已三十六岁，路上看见，仍想捡起。

捡起，电人。

可是，电谁呢？

1998年，我走路不像人。上学路上，有户人家的房子，屋后用水泥砌成光滑的斜坡。天天在此拼能耐的人是青岸、老孟、老王和我。

一阵猛烈的助跑，顺势蹿上斜坡是容易的。想要从斜坡这头踱到那头，犹如立于悬崖边上仅容一只脚的小道，不跌落悬崖太难了。正因为难，我们天天练习。单田芳的评书，我们天天听，飞檐走壁的大侠们，他们一定真实存在。

你相信灵魂附体吗？当蹿上斜坡，我真觉得自己是白眉大侠，是童林，是展昭，是白玉堂，大不了是房书安嘛！

## 信

在南方打工的爸爸寄信回来，妈妈看后告诉我和哥哥："你爸让你们给他写信。"

我写信告诉爸爸，信封上的邮票很好看。过了几个星期，爸爸的信到了。爸爸只收我们哥俩的信，并不回信，信封里倒是装了一大堆邮票，有的只剩半张，有的粘连着一片信封纸，有的还没盖邮戳。邮戳上的地址天南海北。太丰盛了，我向伙伴炫耀，炫耀的结果是被要走一些邮票。

南方是什么样呢？我也想和爸爸一样去南方打工。

## 伯

以撒对他父亲亚伯拉罕说："父亲哪！"

亚伯拉罕说："我儿，我在这里。"

以撒说："请看，火与柴都有了，但燔祭的羊羔在哪里呢？"

——《圣经·创世记》

我曾遇到奇迹。

那天在学堂玩耍，啪，一本书扔到我的桌上。有个人问，是不是我的。我还没回答，也没看清对方是谁，只剩这本书摆在我面前。

翻翻，挺好看的。

我没事就琢磨，是谁送我书。

生鸡蛋最多的是母鸡。

结桃子最多的是桃树。

老十字街属新华书店的书多。

去新华书店遛一圈，书店伯伯和颜悦目。

心底越发咬定是他送我书的。

我不说话，对他笑。

书店伯伯看我良久不走，拿出一个火柴盒，邀我拿出一个硬币，放入盒子，再开盒子，硬币不见。

我说："硬币在你兜里。"

书店伯伯邀我入内，搜身，无果。

书店伯伯说明这是魔术盒，有两层盒子，又教我如何使用。

我开心地玩了一回两回。

时间又过去许久。

书店伯伯指着一件玩具问："这个喜欢吗？"

是一座塔，塔尖停着一只鸟。

拨动鸟，它左右盘旋，欲坠不坠，有惊无险。

书店伯伯说："你若能写篇文字，写写这个飞鸟和塔，魔术盒、飞鸟和塔都送你。"

我马上答应，转身就走。

书店伯伯叫住我："先拿上它们。"

我就这样光明正大地捧着新玩具回家。

家人还在讶异。

我已铺开纸写。

我要写一个小鸟搬走巨塔的故事。

妈妈说："不是鸟，不是塔。"

我呆了。

妈妈告诉我故事应该这样写："这是一千多年前的故事。薛仁贵投军远行，他的妻子王宝钏守着寒窑十八年，中间杳无音信。春天来了，王宝钏写信，把信绑在大雁的腿上，希望北方的丈夫恰好收到。薛仁贵打猎，恰好射下大雁，见信羞愧。夫妻终于团圆。"

打我记事起，我父总不在家。后来听京剧《武家坡》：

薛平贵：好一个贞节王宝钏，
百般调戏也枉然。
怀中取出银一锭，
将银放在地平川。

这锭银，三两三，
拿回去，把家安，
买绫罗，做衣衫，
做一对风流夫妻就过几年
王宝钏：这锭银子我不要，
与你娘做一个安家的钱。
买绫罗，做衣衫，
买白纸，糊白幡，
落得个孝子的名儿在这天下传。

王宝钏这番骂，可与孟姜女哭长城、窦娥骂天、杜十娘沉箱并列。

书店伯伯看了我的文字，不信是我写的。

我羞愧地说明。

书店伯伯见我诚实，又送我玩具，还说："你的文字我要给你保存。"

他又认我做侄子。

自此，这家书店成了我的图书馆。从小学三年级到小学毕业，借书两年整。从第一本作文选，借到了高尔基的"童年三部曲"。

我捧着作文选，捧着伯伯的笑容，向家狂奔。

半途，想看书，席地而坐，读一两段。

天色骤变，下起大雨。

我躲进屋檐，把书捂在胸口。

取出来，读一两段，怕书被打湿，赶紧塞进心口。

想，读书真是世上第一等好事。

有人读书前三熏三沐。

有人读书到花前月前。

我读到开心，吃梨吃瓜。

书折皱，书浸渍，伯伯未有怨色，而我并不自知。

我要读鲁迅，伯伯不让看。我有些恼，而我并不自知我的无知。

我只闷声看书，也不交流，伯伯未有怨言。

只有一回，我装模作样拿本书，问："什么是有理数？什么是无理数？"

伯伯用粉笔在地上写两个数，说："看，这就是，明白了吗？"

"哦。"

伯伯又画了一个圆，圆里写几个数，圆外套圆，又写几个数，说："看，这就是，明白了吗？"

"哦。"

"总会明白的。"

史书记载，汉朝董仲舒，潜心读书，三年不窥园。

我闷声读书两年，性情孤僻，伯伯未尝厌倦。

那是1998年的夏天，我归还高尔基的“童年三部曲”，与伯伯作别。

伯伯不在。

过了两年，在一个小卖部，偶遇伯伯。

“哎，张赛。”

“哦，伯伯。”

我买完东西，立走。

## 夏

> 我的娘领人马来到北番。
> 我有心回宋营见母一面，
> 怎奈我身在番远隔天边。
> 思老母不由我肝肠痛断，
> 想老娘泪珠儿洒在胸前。
> 眼睁睁高堂母难得见，儿的老娘啊！
> 要相逢除非是梦里团圆。
>
> ——《四郎探母》

每年夏天，我和表弟表妹们都到姥姥家玩。

大家都怕吃姥姥的饭。

姥姥的饭其实很好吃。

我家烧煤球久矣，吃柴火灶饭，容易察觉它的喷香。

柴火是姥姥拾捡的秋天的黄叶、春天的枯枝。

灶火间有口大水缸，舅舅把它灌得满满的。

庭前一棵矮矮的开花的树，树下是凉凉的青石板搭建的桌子，桌底是空的。小鸡钻进去，木板四周围住，就是鸡窝。打开鸡窝门，偷偷把姥姥的饭倒进去，大家就解脱了。

因为姥姥给大家盛饭，满满当当的，根本吃不完。

我曾试着自己盛饭，立马被呵斥回来。

剩饭要挨骂，姥姥骂。

剩饭要遭天谴，姥姥说的。

姥姥的规矩多。盐袋子一定倒干净。

倒干净的意思是：灌水溶化最后一粒盐。

衣服简单，一定板正。

坐是坐，躺是躺，不要有过度的动作。

小孩不能疯玩打闹。疯，就挨打。

姥姥说："小孩要多识字。"姥姥不识字。

我常抱着砖头书《三国演义》，假装它是暑假作业。姥姥问："今天识得几个字？"

我答："识了，一堆。"

姥姥笑说："诸葛亮年纪轻轻就当丞相，识字少可不行。"

屋后一片草塘。

塘里曾开满荷花，妈妈说在她小时候。

如今只是一片水、一摊泥。

塘边种了黄豆和大的灰蘑菇。姥姥说灰蘑菇可以止血。我总盼望有机会试试。

后来在工厂小伤不断，止血的是创可贴，心头浮现的却是灰蘑菇。

屋后埋着书。

大舅二舅的书。

在什么位置埋着，不敢问。

我做过一个梦，手拿军用小铁铲，遍挖房前屋后，挖到一大箱书。

姥姥的堂屋有张老八仙桌。

桌腿刻一只鸟，如真。

妈说，这是二舅作品。

第一次读《初刻拍案惊奇》，以为是二舅的作品。

等表妹们走了，剩下我和表弟们，姥姥拿出好吃的。

开始讲瞎话：

有个人炒豌豆，有颗豌豆蹦到锅沿。这人伸手要捡。

豌豆忽然开口，哎呀呀，别炒我！别炒我！

我可以满足你一个愿望。

……

讲完要大家复述。

讲不出来，姥姥很生气，气呼呼地说：“人要会说话，像诸葛亮舌战群雄，说话气死王朗。”

我暗地笑话姥姥，是舌战群儒。

表弟表妹在一起，又是捉迷藏，又是跳房子，又是斗鸡。

我们顶喜欢房顶，能看见远处，舒服。

我说：“作文吧！”

于是每人铺一张纸，写。

大表妹写得最好，虽然只写了半篇。

大家写得腻烦，开始画画。

比谁画得好笑。于是老人们在亲嘴，小鱼身上长出轮胎。

待上半个月，我不禁老往屋顶走。

不想吃饭，不想玩，想家。

在姥姥家住半个月，还要到小姨家住半个月。

小姨家三个女孩，老五才是男婴，第四个女孩送人了。

家里始终像在熬一锅粥，热气腾腾，糜烂待盛。

老大训了老二，老二拿了老三的什物，老五没人管，兀自哇哇大哭。

小姨张口就骂，顺手便打，断了一件家务案，又定一场是非波。

盘古与盘古妹妹开天地，后世鲜提盘古妹妹。

女娲造人，耶和华造人。女娲当享人对耶和华的尊崇。

三千年前的一块卜辞，记下这样一件事：

> 㱿贞：妇好娩，嘉？
>
> 王占曰：其唯丁娩，嘉；其唯庚娩，弘吉。
>
> 三旬又一日，甲寅娩，不嘉，唯女。

邻家有女，常来与大表妹厮磨，我向她借书。

书一字一字读，书缝也读，怕她留下“月上柳梢头”的暗号。

没过多久，不想吃饭，不想说话。

小姨家没有屋顶。

村前有条河，每天到河里洗澡。记得妈妈送我来时，挽我裤脚，又挽我袖角，她知我过河必要戏水。

相思令人老……下一句是这样悲怆，岁月忽已晚。

我一直在等你，等你接我回家。

2023年11月

# 23 没有爸爸的童年（下）

2021年12月21日，打工爸爸再次离开孩子们去南方打工。手机成为他们唯一的联系方式。

目睹打工爸爸的爸爸跟孩子们打电话，固定有三板斧：吃了吗，在干吗，想我不。

打工爸爸也好不到哪里去。常常跟孩子们宣传：想玩就玩，多看自己喜欢的书，少看自己不喜欢的书；多做自己喜欢的事，少做自己不喜欢的事。孩子们嗤之以鼻，说，爸爸，你别在那里搞事情了。

大人承认吧，孩子们不思念。

小时候，他的爸爸在南方打工。长大后，他成了在南方打工的爸爸。

打工爸爸想做更多。他想重建思念之路，他想强大精神之路，他妄图即便不在孩子们周围，仍然达到和孩子们朝朝暮暮的效果，甚至，虚拟陪伴的效果比真实陪伴更好。

以下是打工爸爸讲述的重建思念之路。

**讲故事**

早在孩子们三岁时，我就对着某一个图画随口编故事，他们随意挑，我随意讲。我对自己张口就来的能力得意至极。一次，他们拿来一张白纸说："讲。"

老婆专职带娃以后，我和孩子们打电话以讲故事为主。每晚8点半，是我们的故事时刻。

起初打视频，发现他们总是想玩手机，改为打音频，手机黑屏，他们专注许多。

老婆叫我讲成语故事，因为孩子们在学成语。

我讲了"守株待兔""坐井观天""二桃杀三士"的故事，发现他们爱听"守株待兔"那个。讲故事，我以讲得比原著离谱为荣。农夫捡到兔子，把兔子烤了吃，还想捡兔子，种下更多树，兔子没捡到，果树大丰收，比种庄稼强多了。我和孩子们各自讲了一遍"守株待兔"的故事，各不相同，这太奇妙了。

孩子们叫我讲《格林童话》里的故事，我哪里还记得《格林童话》。上班抽出一些走神的时间看一篇，晚上便讲一篇。

我把微信的来电铃声设置成好玩的铃声。铃声如果搞怪，他们也会跟着搞怪，如果是动感的铃声，他们就跟着动感。有一次换成电影《一九四二》里的桥段，他们喜欢里面大爷的腔调，叫我讲讲大爷。我开始讲大爷冒险记，讲着讲着大爷蹿到火星上，故事具有了《小王子》里的情节，提到冥王星又扯到冥王哈迪斯，东拼西凑，胡扯八道了十九个晚上。

### 我想聊天

也不能光讲故事啊。

我说："我讲的时候你们可以随时插话。"结果，老大插话的时候老二嫌他废话，老二插话的时候老大嫌他废话。我讲解故事里的某个名词，他们一齐嫌我废话。

他们说："爸爸，不要聊天，快讲故事，等下没有时间了。"

孩子们在校时间是早上7点30分到晚上6点，回家要做一到两个小时的作业。

我表示抗议，如果只讲故事，我和智能音箱又有什么区别？

他们说："讲故事，别的都是废话。"

老婆来催："几点了，还没讲完吗？"

我讲完了，孩子们说："啊？这么短，再讲一个。"

我说："刚才的故事，有什么问题要问吗？有什么意见吗？"

他们开始问问题，越问越多，渐渐刹不住。

老婆说："他们哪里是有问题，是不想睡觉。"

我说："挺好啊，不管是什么动力，能提问就是棒。"

## 做任务

我宣布，只要买得起，任何东西都可以买。

为什么要给孩子们讲我们很穷，我不。

这是一个游戏，做我布置的任务，然后挑选想买的东西。

孩子们不。先挑选想买的东西，再领任务。

第一个任务是背诵节取自《孟子》的篇章。

> 孟子曰：民为贵，社稷次之，君为轻。
>
> 孟子曰：天时不如地利，地利不如人和。
>
> 孟子曰：尽信《书》，则不如无《书》。吾于《武成》，取二三策而已矣。

老二很快来找我背，背完问："可以买了吗？"

我说："哥哥还没背。"

老大厌倦这些，磨蹭了几天。这几天老二想尽办法让他背。这几天里，他们挑定的玩具变来变去，他俩一个是“张三变”，一个是“张七十二变”。

我说：“这很好背呀，你要这样想，尽信爸爸，则不如无爸爸。吾于爸爸，取二三策而已矣。尽信妈妈，则不如无妈妈。吾于妈妈，取二三策而已矣。尽信老师，则不如无老师。吾于老师，取二三策而已矣。”

老大愁眉苦脸地背完书，两个人欢天喜地，反复计算快递哪一天到。

## 对不起

又背了几次《论语》，他们嫌古文难，要求背诗。我说给你们换，换成《老子》，又换成《庄子》，再换成《世说新语》。他们说，还是《论语》好。

ChatGPT出来以后，我不得不思考人的境况，再不能要求孩子们死记硬背。一切在巨变，一切在反对死记硬背、标准答案、唯一答案。孔子回答什么是仁，答案总不一样，孔子一定反对标准答案，孔子一定欢迎ChatGPT。

背诵改为朗读、抄写和讲述。我说：“你们扮演老师，讲的时候随便讲。”

老二说：“乱讲？”

我说："可以。"

老大指着蒲松龄的《狼》说："啊？这么长。"

我说："不用背啊。"

老大说："你改规矩了，你说过不能随便改规矩。"

我说："对不起。"

老大说："你还打过我，把棍子还打断了。"

我说："是的，打过以后就后悔了，大人不应该打小孩，什么情况也不应该打，我给你道歉，对不起。"

老大说："没关系。"

打人发生在老大的六岁，我辅导他作业失败之后。我也是第一次当爸爸。我不想当爸爸，我不想扮演爸爸，爸爸意味着太多的高大上。我想做孩子们的朋友。

### 生气

讲到孝顺，我讲了"东海孝妇"的故事，然后讲汉朝为什么提倡孝顺。

我们又开着视频讲故事，虽然语音通话更专注，可是我想看到孩子们啊。讲着讲着，他俩拿起卡牌聊起来。

故事讲完，他俩还在聊。

我说："到提问题的环节了，有没有问题？"

没人理我。

我说："东海孝妇一哭，感天动地，小鸟就飞来了，绕着她盘旋，有没有想到什么……我们讲过巴甫洛夫和狗……还有想到什么吗……我们讲过电影《宇宙探索编辑部》，孙一通被一群鸟接走了……那群鸟是什么……"

没人理我。

诲尔谆谆，听我藐藐，扮演爸爸，是有多难。

我有点气，但几乎马上又释然。他们把爸爸的故事当作背景音，多好啊。为何问题一定要有一个答案，为何一定要成功，为何一定要做爸爸眼里的棒孩子，为何一定要有意义，为何一定要走别人说是路的路。随他们吧。

有一次，他俩找不到我发的任务。

我说："在聊天记录里面搜索关键词，就能搜到我发的文章。你们连手机都不会玩。"

老大说："妈妈不让玩。"

我说："像你们这么大的时候，什么手机我都玩得贼溜。"

我教他俩如何用表情包斗图，如何复制、转发文字。

次日，讲故事。他们一直点手机的各种功能。我气了，不讲了。

老婆说："自己教玩手机，却被自己气到。"

## 脏话风波

讲《窦娥冤》的时候，我问孩子们："窦娥骂天骂地，骂贪官骂皇帝，她应该骂人吗？"他俩说："应该。"我又问："人可以骂人吗？"他俩说："不可以。"我说："我觉得可以，看什么情况，你也可以骂，我也可以骂。"

于是，我设置了一个关于骂人的任务：

> 无论是谁，只要在中国过活，便总得常听到"他妈的"或其相类的口头禅。我想：这话的分布，大概就跟着中国人足迹之所至罢；使用的遍数，怕也未必比客气的"您好呀"会更少……
>
> 我曾在家乡看见乡农父子一同午饭，儿子指一碗菜向他父亲说："这不坏，妈的你尝尝看！"那父亲回答道："我不要吃，妈的你吃去罢！"则简直已经醇化为现在时行的"我的亲爱的"的意思了。
>
> ——鲁迅《论"他妈的！"》

老婆收到说："不能说脏话，换一个。"

我说："什么都要学。"

老婆说："我不给娃看。"

我说："娃会玩手机。"

老婆说："你就瞎搞吧，娃和同学说脏话怎么办，同学家长会怎么想，老师知道会怎么评价，你以为别人都和你一样吗？你为什么总是要和别人不一样？"

我说："我不教，同学也会教，社会也会教。与其被动接受，不如主动学习，让他们对脏话有一个全面和健康的认识。"

孩子们完成这个任务，我的成就感满满。启蒙，并不是很难嘛。

大概几个月后，有一次聊天，老大忽然对我说："你会不会说人话。"我说："这是不好的话，一般情况下不能说一个人会不会说人话，只有动物、植物和无生命的物体才不会说人话，这差不多是骂人的话。"老大并无悔意。

挂了电话，几乎要哭，我在想，我是不是做错什么了。君君臣臣父父子子，按照既有的世道人心，是不是最明智的方法？最多人走的路，是不是最顺畅的路？我并非十足了解人性，我的知识有限、认知有限、能力有限，为什么要自己思考，走自己偏僻的路？

关于脏话，还得继续和孩子们沟通。一次通话，一个任务，远远不够。

我本来还想进行性教育，但是退却了。想写工厂的性，怕写不好，想和孩子们聊性，感到更大的迷茫。说到底，害怕犯错。压抑的气氛里，怕说错，怕写错，怕做错，怕连脑子里的想法都是错。

## 我的是我的，你的是你的

我买了一本漫画书《万物：文明》，给孩子们看封面。他们说好看。

老大说："这本书要做任务得到吗？"

我说："不用，这是我的，可以给你看。家里书架上的书你们都可以看，看完还给我。"

老婆在旁说："爸爸的东西都是你们的。"

我说："妈妈说得对吗？照这个逻辑，我的食物也是你们的，可是我也要吃饭，我的那份是我的，你们的才是你们的。我的书是我的，但是我们是家人，你们可以拿去，要还的。"我的一切都是孩子的，这叫感情用事，用感情用事代替逻辑，不是有质量的沟通。我们的生活要有质量，先从说话开始，我们凭着喜怒哀乐去表达观点，这叫闲聊，想上个台阶，就需要有层次、有条理、有效率地说话。

## 再讲一遍

我说："看到两个特别好玩的书名，你们要不要做任务买下来？"

老二说："说说书名。"

我说："《DK了不起的数学思维》《DK了不起的科学思维》，哇，为什么说数学了不起啊。"

老二说："不看，讨厌数学。"

老大说："对，讨厌科学。"

态度如此坚决。孩子们，你们在学校到底经历了什么？这还是三岁时要去外星球、六岁时立志要开挖掘机的你们吗？如果说，生存是一场与人世对垒、苦苦支撑一生的战役，那么，对已知的怀疑、对未知的探求、对知识的捍卫、对理想的声张，则是对宇宙发起的一次又一次的突围。

老大，老二，老师说什么不重要，书上说什么不重要，爸爸说什么不重要，妈妈说什么不重要，重要的是你觉得，你认为，你想，你愿，你要。你喜欢哪门功课，就多学一点，不喜欢的，少学一点。我希望你们喜欢学习，不讨厌学习。爸爸不能强制你们做任何事，我只能建议。我尊重你们，因为人要尊重人，这和我是不是你们的爸爸没有关系。我们是陌生人，我也要尊重你们。以后，我希望每一个人尊重你们，你们尊重每一个人。不强制，不压迫，不愚弄，不侮辱，即便不能相爱。我们不能白日梦天堂，但我们可以白日建造一个避免地狱的地方。如今，这个地方叫家。以后，你们越走越远，到社会上，到国际上，到星际上，也应建造一个避免地狱的地方。

我开始讲一系列科学故事：讲富兰克林“捉电”，他们鸦雀无声；讲会做数学题的马，他们只觉得是假的故事；讲魏斯曼剪老鼠尾巴的实验，我说老鼠尾巴长得太快，魏斯曼剪不赢，他们笑起来。他们要求讲奥特曼，我不讲。一是他们超爱奥特曼，我要他们知道奥特曼之外有广阔世界；二是他们熟悉奥特曼，我不熟，不敢讲。讲电影《星际穿越》，他们昏昏欲睡，直到讲到黑洞，才问起黑洞到底什么情况。我抓住这一点，详细讲起黑洞。

黑洞、白洞、虫洞，都有意思。

《续搜神记》里第二个故事很有意思：

> 嵩高山北有大穴，莫测其深，百姓岁时游观。晋初，尝有一人误堕穴中。同辈冀其傥不死，投食于穴中。坠者得之，为寻穴而行。计可十余日，忽然见明。又有草屋，中有二人，对坐围棋。局下有一杯白饮。坠者告以饥渴，棋者曰：“可饮此。”遂饮之，气力十倍。棋者曰：“汝欲停此否？”坠者不愿停。棋者曰：“从此西行，有天井，其中多蛟龙。但投身入井，自当出。若饿，取井中物食。”坠者如言，半年许，乃出蜀中。

归洛下，问张华，华曰："此仙馆大夫。所饮者，玉浆也，所食者，龙穴石髓也。"

我把它改编成虫洞故事：

有一天晚上，村民还在睡觉，忽然一声巨响，村民全部起来。原来啊，种满树的山坡一声巨响之后变得光秃秃的，还多了一个洞。

村民很好奇，小瘦子也很好奇。小瘦子对啥事都很好奇，这个洞里面到底有啥呀？扔石头进去，没有声音，说明这个洞很深啊。

小瘦子在洞口蹦来蹦去，嘿，一不小心，蹦进去了。大家一看，急了。完了，这一下凶多吉少啊！

大家赶快回到村子里找工具救小瘦子，他们找来了村子里最长的绳子，丢到洞里，希望小瘦子能够抓到这根绳子，但是并没有。

大家在洞口等了半天，忽然传来小瘦子的声音：救救我呀。大家就喊："小瘦子，我们在这里呢。"

咦？然后小瘦子怎么不吭声了。

大家就说小瘦子是不是晕过去了，到底发生

什么事情了。然后过了十分钟，又听到小瘦子的声音，小瘦子说："我在底下呢，底下好黑呀，能不能给我扔一个手电筒。"

为什么小瘦子每隔十分钟才说话呀？原来呀，我们说话的声音传播出去，太远的话，需要一点时间。如果是两个人面对面，能马上听到对方的声音。如果离得太远的话，就有点延迟了，过一会儿才能听到对方的声音。

大家用绳子给他吊了个手电筒下去，小瘦子也抓不到。大家一看没办法，扔下去吧。告诉小瘦子，我们把手电筒扔进去了，你可小心一点，别砸到你的头啊。然后过了十分钟，小瘦子说："哎呀我的头啊，我的头起了一个大包啊，你们能不能提前一点说话，然后再扔手电筒啊。"大家一听也是啊。小瘦子又说："哎哟，我感觉有点饿呀。"大家赶快又给他扔食物，扔水。

大家就在那儿讨论，怎么把小瘦子救上来。有人号召把全村的绳子都拿过来，连接在一起。

于是，全村的绳子都拿过来了，绑到一起，还是不够长。

有人就说："把裤子上面的腰带也取下来吧。"

有人又说："把衣服都脱下来绑到一起吧。"

还是不够。

有人就说："把那个牛尾巴剪掉也绑到一起。"

有人又说："把猪尾巴也剪掉吧，绑到一起。"

猪一听，说："不要剪我，我的尾巴很短的，剪了也没用，不要剪了。"

大家一听，猪都说话了，猪都着急了。

猪说："你们要剪，剪驴尾巴去。"

驴一听，也着急了啊，说："我的尾巴也很短，你们要剪，剪老公鸡去。"

老公鸡一听，说："你们不要来了，我没有尾巴。"

人类一听乐了，算了，不要打这些动物的主意了。

又有人出主意了，要不然我们往洞里边灌点水，水一多小瘦子不就浮起来了吗？

大家开始往里边浇水，河里边的水都抽干了，洞穴还是没有水漫上来。接着，井水也抽干了。有人就说："往里边尿两泡尿吧，实在是没有水可以往里面灌了。"

小瘦子说："谁在我头上尿尿啊，我又不是植物。"

大家说不行，这个办法行不通啊，再想想别

的办法吧。把柜子扔下去？别小瘦子没救上来，先把小瘦子砸扁了。再想想别的办法吧。

老大说："不如扔一点小鸟下去。"

我说："为什么扔一群小鸟？"

老大说："我们之前讲过的那个电影，《宇宙探索编辑部》，最后孙一通就是被一群鸟给带走了。"

老二说："那我扔个青蛙咋样？"

我说："你让小瘦子骑着青蛙出来吗？小瘦子饿急了会把青蛙吃掉。"

老二说："扔老母鸡。"

我说："小瘦子说太好了，有烤鸡吃了。"

老二说："那扔个世界上最难吃的动物。"

我说："人饥饿的时候，没有最难吃的。"

大家一看没有好办法呀，就告诉小瘦子，小瘦子呀，我们再给你扔几个手电筒，你好好看看有没有路可以出去。

小瘦子把吃的喝的和手电筒全部绑到了身上，然后出发。也不知道走了几个小时，因为也不知道时间。前面有一点亮光，小瘦子一看，啊，有希望了。他顺着这个亮光走，没多久把手电筒关了，他走到了出口。

出来了，好辽阔的一片草地啊。又往前走，发现有人，但是外国人，说话叽里呱啦。说了半天，他才知道，他竟然来到了英国。

原来啊，小瘦子掉进去的这个洞不是一般的山洞啊，是一个虫洞。什么是虫洞？

我们地球是圆的，我们在这边，英国在这里，离我们十万八千里，走路走几年都不知道能不能走到。小瘦子走了几天就走到英国了，这是怎么回事？我给你们画个图，你就知道。

假如这张纸是一个苹果，有一个虫子在这里，对吧。它如果想从这个点到这个点的话，它是不是要爬个半圆？但这个虫子它不想爬那么远，它感觉这个路好远呐，它直接走直线，穿透两张纸，从这个苹果里面穿个洞出来，这个虫子咬出来的洞就叫虫洞。

在我们这个宇宙里，科学家说有虫洞，但是到现在还没发现。你只要找到虫洞，就可以一转眼到任何地方。

小瘦子想回到中国，他坐着轮船漂洋过海，走了很多路，花费很长时间才从英国回到中国。

我并不知道孩子们听了以后是否真的理解虫洞。老实讲，我对虫洞也是一知半解。只不过，我讲得很过瘾，第二天孩子们要求再讲一遍。这是他们第一次要求重讲故事。

### 道士阿猛

为了讲一个故事，我把整本书看完了。当然，看书很开心。以下是第213个睡前故事的文字版。

> 今天的故事有点精彩啊，我都感觉有点精彩。
>
> 有一本书叫《续搜神记》，这个故事来自那里。
>
> 阿猛，你们听听他的名字，就知道他是什么样的人，勇猛、做事很快。这个阿猛小时候有点不好过，爸爸妈妈走得早。
>
> 古代人喜欢盗墓。啥是盗墓？就是这边人没有了，被埋到土里，在埋他的时候会给这个人带点金银首饰，带点值钱的东西。因为想让他到另外一个世界有钱花。随着这个死的人埋葬的这些东西叫作陪葬品。盗墓贼专门挖死人的金银珠宝。只要别人一往土里面埋，盗墓贼一到晚上就拿个小铲子挖呀挖呀挖。他不能挖太大的洞，挖

太大的话挖到天明都挖不完，所以盗墓贼都是挖一个小小的洞，刚好人能钻进去。

这一天，盗墓贼挖的正是阿猛爸爸的墓，里边可有点好东西啊。陪葬的有一条金项链，还有一块金子做的大饼，想让他到地底下有东西啃。我感觉这个金色的大饼到时候他咬不动啊，我都不知道他们是咋想的。

盗墓贼钻进去以后，神奇的事情发生了。竟然有个声音说："哈喽啊。"盗墓贼吓着了。因为害怕，他第一反应是呆住，不是逃跑。结果那个声音又说话了："你吃了没有啊？"盗墓贼一听这个话，反应过来了，那两只手啊，比狗爪子爬得还快，嗖嗖嗖，从"狗洞"里面爬了出去。

刚才这个说话的是谁？是阿猛的爸爸吗？不是。原来这个阿猛他很喜欢思考，他早就想到这一幕了。他早就晓得盗墓贼晚上要来偷爸爸的金银首饰，所以埋爸爸的时候，他跟别人说："你们把我也埋进去。"

然后这件事就传开了，大家都夸奖这个阿猛又勇敢又会思考。

这一天来了一个道士，戴着高高的帽子，直接来到阿猛家里。他说："孩子，听说你是一个勇敢的人，还是一个善良的人，又是一个聪明的人，我想收你做徒弟。”阿猛说：“我为什么要做你的徒弟呀。”道士说：“因为我会法术啊，你向这方圆一百里打听打听。”方圆一百里就是往东一百里，往西一百里，往南一百里，往北一百里，这叫方圆一百里。道士说方圆一百里我的法术第一名。阿猛一听，这是个好老师，那走吧。

阿猛学了三年法术，就回来了。

有一天，阿猛的同学给他打电话说：“阿猛阿猛，我想找你借一百块钱。”阿猛虽然有点心疼，但还是说：“好的好的，马上给你转一百块钱。”这个同学就说：“不用那么着急，见面再给，我要现金。”

阿猛说：“这个简单，非常简单，你现在在哪里，兄弟？”

同学说：“我现在在河边呢，正准备钓鱼。”

阿猛说：“那你赶快钓鱼，钓第一条鱼，然后鱼肚子里面有一百块钱。”

同学说：“不要开玩笑了，鱼肚子里面怎么可能有一百块钱，你就骗我吧。”然后把电话挂了，说：“阿猛这个小气鬼。”

第一条鱼上钩了，他忽然想起阿猛说的话，就把鱼肚子剖开看看。他用刀子一打开，里面真的有一百块钱。

还有一个同学喜欢养小白鼠。小白鼠很聪明，要么把笼子咬个洞跑掉，要么减肥成功跑了。

同学请阿猛来帮忙。阿猛往笼子里放一个木头小人，然后说，把门都打开。

同学说："啊，那不是都跑了？"

阿猛说："不会。"

笼子的东南西北四个门都打开了，一个小白鼠叫起来："看啊门开了，兄弟们跑啊。一个从东门走，一个从西门走。"

刚到门口，木头人忽然动起来了，啊嘟，给东门小白鼠一拳，牙都打掉了。西门的老鼠一看，说："哎，我自己走回去，别打别打。"

打完小白鼠，木头人就跟没电了一样，又静止了。这些小白鼠议论，它是不是没电了呀。

一只小白鼠胆子肥，上去给了木头人一巴掌，说："哎，它真的不动哎。"另外一只小白鼠说："我试试。"又给木头人一巴掌。

兄弟们给我打！

把这个木头人打的呀。打完了，小白鼠说：“兄弟们，我们该回家了，唱着歌，回家去。”

滴答滴，滴答滴。小白鼠们哼着歌，跳着舞，刚走到门口，木头人又复活。

原来这个木头人是设置好的呀，只要小白鼠一跑到门口，木头人就活了。

还有一个同学，他是个小气鬼。别人找他借个橡皮，他切一小半给别人，然后还的时候让别人还一整个。

小气鬼家有个养殖场，养牛养马养驴，养的东西可多了。他家可有钱了。

这一天不知道为什么，这个小气鬼家里啊，有一匹马扑通一声倒在地上起不来，死了。

小气鬼想起会法术的阿猛，他就找阿猛说：“你帮我把那一匹马治活，橡皮不用还了。”

阿猛就去了，心里说，上回借你一块橡皮，你只给我一半，还的时候你让我还一整个，哼哼哼，看我这次怎么戏弄你。

阿猛摸了摸这匹马的脖子，马活了。

小气鬼的爸爸就跟小气鬼说：“快给阿猛拿一百块钱，谢谢他。”

小气鬼舍不得，只给阿猛五十块钱，剩下五十块钱塞到自己屁股兜里了。阿猛就走了。

这个时候小气鬼的爸爸大喊大叫起来："啊，孩子，你同学阿猛呢，我们家的马活了，但是我们家的牛死了。"

原来啊，这个阿猛就像变魔术一样，把那头牛的魂赶到这匹马里面去了。

## 我的宝石老舅

我说："你们要多看书，多看自己喜欢的书，少看自己不喜欢的……"

老大说："爸爸，你的书太多了，我要给你卖掉。"

我说："别卖，都是宝贝。"

老大说："都没有图片，不是宝贝。"

我说："现在不觉得是宝贝，以后会觉得是宝贝。"

老大不信。

我只好搬出我的"宝石老舅"的故事：

我老舅走到大海边，这时候天已经黑了。他在那海边捡石子，捡到一个袋子里面，捡满以后又往大海里面扔。扔着扔着，天亮了，我老舅手里的石子只剩一个。他拿起来仔细一看，哎呀，不是石子，原来他捡的全部是宝石，刚才他捡到满满一大袋宝石，一大袋宝石被我老舅扔完了。我老舅他老是做发财的梦，结果真的发财了他却不知道。所以大家都觉得他很搞笑，就给他起了个外号叫“宝石老舅”。

宝石老舅的故事就是告诉我们，其实你的宝贝就在你身边。我们家的书架上有很多比《奥特曼》还好看的书，它们是书架上的宝石。你们觉得不好看，你们觉得它们都是石头，你们想把它们都扔了，等以后你们就知道了，你们从前扔掉的是宝石。

我说：“我要告诉我的宝石老舅，你们要学他。我要给老二起个外号叫‘宝石老二’，老大的外号就是‘宝石老大’。”

老大说：“不行。”

## 不只是讲故事

等到讲了200个故事的时候，我发现和孩子们聊天的频率已大过讲故事的频率。

我们讲的故事早已不限于虚构的故事。

第119个故事，讲戏剧《墙头记》。

第125个故事，我们第一次聊当时的新闻。隔一段时间，他们会问，新闻里的那个人现在怎么样了？

第128个故事，关于行为艺术家葛宇路。

第146个故事，开始聊宗教，《最后的晚餐》是第二个他们要求重讲的故事。

第164个故事，分享王小波老师的名篇《一只特立独行的猪》。孩子们问："王小波是你的老师？"我毫不犹豫地回答："是的。"

第208个故事，讲中国盲人登山家张洪。

……

讲《三国演义》的猛将单挑时，我把手柄拿出来，挑选老大扮演张飞，我用手柄控制老大的动作，和扮演夏侯淳的老二对打。

周末，老婆说孩子们在家里躁腾得像土匪，晚上我便化身土匪拦路，喝道："此树是我栽，此路是我开，要想从这过，留下买路财。"他们说："没钱。"我说："两条腿的活人不能过，三条及三条以上的可以过，那个拄拐杖的老人，过去吧。"他们说："那我们赶紧折树枝当拐杖。"我说："改了，两条腿和三条腿的活人不能过，四条及四条以上的可以过。"他们便扮演一匹马，又说兜里装有螃蟹，骑着螃蟹，全身超过四条腿。我真想趴在地上扮演一条小狗，可是手机太笨，屏幕太小，阻挡我穿破屏幕用狗蹄子抱抱他们。

我说："给你们买了一本书，如你们所愿，都是图片。"他们欢天喜地，打开一看是《世界地图集》，直呼被坑。等到他们对着地图命我来讲各国的小故事时，我知道他们的兴致来了。

我讲到如何设计陷阱捉麻雀时，三个人各自在纸上设计，设计好，各自讲解。老大说："爸爸你在上班的厂里捉一只试试。"我说："好啊，这边有一个阳台。"老大说："爸爸，我想到你的工厂上班。"

前一晚讲英语"look out"的两种意思，因为他们刚刚开始学英语，讲一个人听到"look out"，我画的是那个人把头伸出窗外，刚好被楼上半个西瓜砸中，然后我又画了击中人头后的西瓜变成了西瓜帽。当日醒来，觉得西瓜汁和西瓜籽应该流了满脸，便又添了几笔。想给孩子们看，可是要去上班。隔着屏幕看不到我的真迹。

我想回家。

回家要办第一届书籍选美大赛。规则还在想：以我的书为选手，每人挑选五本，每次派出一本书参赛；老婆做裁判，打分，获胜者进入下一轮；另设复活牌，脱书封牌（脱掉书封可以额外得分），加十分牌，每人一张，自由使用。

回家要照着《世界地图集》，和孩子们一起绘制小区的地图。

回家要一起学学剪辑视频。

我准备过年前两个月辞职，给自己放一个长假，陪陪孩子们。老婆不同意，说：“我们会不会喝风？”

搜索我和老婆2021年3月至2023年11月的聊天记录，“喝风”出现8次，“难受”出现54次，“开心”出现48次——因为我没有搜索“不开心”。“娃”则出现了69次，仅在2023年11月这一个月。

我的重建思念之路失败了，我也必须失败。安得假期三个月，大庇天下打工爸爸俱欢颜。

2023年11月

**图书在版编目（CIP）数据**

在工厂梦不到工厂 / 张赛著. — 上海：上海译文出版社，2025. 8（2025.10重印）. ISBN 978-7-5327-9950-3

Ⅰ. I247.5

中国国家版本馆CIP数据核字第20257JA011号

**在工厂梦不到工厂**

张赛　著

责任编辑 / 张吉人　　装帧设计 / 欧乐沅

上海译文出版社有限公司出版、发行
网址：www.yiwen.com.cn
201101　上海市闵行区号景路159弄B座
山东临沂新华印刷物流集团有限责任公司印刷

开本 850×1168　1/32　印张 10.625　字数 130,000
2025年8月第1版　2025年10月第2次印刷
印数：8,001 — 11,000 册

ISBN 978-7-5327-9950-3
定价：58.00元